空を見てますか…11
人の絆、音楽とともに
池辺晋一郎
新日本出版社

はじめに

週刊の「うたごえ新聞」に「空を見てますか」と題してエッセイを連載しはじめたのは一九九三年秋。本書は、その連載の第八一四回から第九四七回、すなわち二〇一二年一月二・九日号から二〇一五年一月一九日号までの三年分を収録している。

この三年のあいだに、僕は古稀《こき》になった（一五一ページ）。個人的にエポック・メイキングなことだったと思うが、それにより起きたことについては、あまり触れていない。歳月が経《た》てば大きなできごとに感じるのに、実際の通過時では意に介していなかったのかもしれない。だが、病弱で臥《ふ》せってばかりいた幼いころ、「ハタチまではとうてい無理」と医者に宣告された人間だ。古稀に感慨を抱いて不思議はないはず。

古稀を気にしたのは、むしろ周囲だ。僕がミュージック・ディレクターを務める「東京オペラシティ文化財団」は「交響曲第九番」の作曲を委嘱してきた。古今の作曲家にとって、このジャンルの「九」が持つ格別な重さにこだわっての委嘱である。この曲は、二〇一三年九月一五日（つまり僕の誕生日）に初演されたが、その前に僕は「第八番」も書き、これは同年三月初演。これらのことについては、詳しく話している（一七五ページ〜）。さらに「サントリー・サマーフェスティバル」という何日間かにわたる大規模な催しのプロデューサーも務め、舘野泉さんのために「左手の」ピアノ協奏曲も書いた（二六八ページ）。これらの仕事をまっとうするために重ねた、多くの関係者との緊密な交わりを思い出す。

大切な人を、何人も失った歳月でもあった。作曲の師である三善晃氏（二五九ページ）、仕事仲間だった舞台美術家・朝倉摂さん（三一九ページ）、バレエの西田尭《たかし》さん（三三二ページ）……。また、この執筆のあと鬼籍に入ってしまったかたも何人かいる。年月が経てば当然と言えることでもあるが、振り返ればあらためて深い悲しみに包まれてしまう。

「三・一一」以降、あらゆる人の心のなかにしっかりと置かれるようになった「絆《きずな》」という言葉が、この一冊の三年間でいっそう重みを増したと感ぜずにおれない。「糸」と「半」という二つの漢字の組み合わせである「絆」。一本の糸が半分に折られて二重になれば、その強さ、丈夫さは倍になるということを、今、僕は再確認している。

「空を見てますか」の連載は、前述のとおり、この書のラストで九四七回（このあとさらにつづき、この稿を書いている現在、一一七六回に達している）……。毎週書くのは大変でしょうとよく言われるが、実は「週刊」は「習慣」。書くことが見つからないということは、かつて一度もなかった。むしろ、書きたいことが貯まってしまう。誰だって、周囲との、それこそ「絆」のなかで想い、考え、行動している。協調もあれば、軋轢《あつれき》もある。肩を組むこともあれば、苦々しいこともある。それらを掬《すく》いとらなければ、心はどんどん膨らみ、イソップ物語の、牛と大きさを比べようとした蛙よろしく、いつか破裂してしまうだろう。「日記」ならぬ「週記」なのだ。

連載中は「うたごえ新聞」編集長・三輪純永さんに、そして今回の上梓に関してはこれまで同様、新日本出版社・角田真己氏に、たくさんお世話になった。ここに、感謝を特記しておきたい。

著者

二〇二〇年一月

目次

はじめに　3
一九度めの新年　13
ビートルズ・オン・バロック　16
絆そして国歌　19
別れ　22
林光さんという存在　その1　25
林光さんという存在　その2　28
林光さんという存在　その3　31
ジェネレイション　34
水の星　37
大切な、水！　40
楽器との交わり　その3　43
無言館にて　その1　46
無言館にて　その2　49
村山槐多とその時代　その1　52
村山槐多とその時代　その2　55
前進座劇場閉館　58
庭の粘土　61
平和への学習　64

秘密保全法 67
新しいリハビリ 70
コーヒー その1 73
コーヒー その2 76
いちご会 その1 79
いちご会 その2 82
徹夜 85
政党 88
舞台監督 その1 91
舞台監督 その2 94
夏の会に寄り添って 97
「自害」について 100
犬の話 103
ネコの話 106
写譜 その1 109
写譜 その2 112
なつかしい人々 その1 115
なつかしい人々 その2 118
なつかしい人々 その3 121
なつかしい人々 その4 124
頭痛 127
ポリプ切除 130
エレベーターの事故 133
廃墟の島 136
恐ろしい予兆 139
年末の第九 142

年越し　145
小沢昭一さん　148
古稀　151
評価の時代　その1　154
評価の時代　その2　157
中野鈴子、そして粟田さん　160
埃が舞う　163
広島の良心　166
頻発する地震　169
生存の岐路　172
交響曲という命題　その1　175
交響曲という命題　その2　178
言葉好き　181

文字好き　184
隕石落下　187
サッチャーの死　190
アイスマン　193
指の話　196
憲法の普遍性　199
楽器を作る　その1　202
楽器を作る　その2　205
交通取り締まり　208
一七歳　その1　211
一七歳　その2　214
駅ができていく　217
古い日記　220

非西欧への関心　その1　223
非西欧への関心　その2　226
戦争を考える季節に　229
映画監督とは……　その1　232
映画監督とは……　その2　235
主権の放棄?　238
シリア　その1　241
シリア　その2　244
夢を売る　247
できるようになりたかった　250
子どもを信用する　253
ごんぎつね　256
師との別れ　その1　259
師との別れ　その2　262
食品表示偽装　265
舘野泉さん　268
「フィデリオ」の警鐘　271
来しかたを顧みて　その1　274
来しかたを顧みて　その2　277
来しかたを顧みて　その3　280
男声合唱　283
マンデラ氏の逝去　286
「カネ」の敗退　289
ちょっと変わった人　292
人として　295
二一世紀の警告　298

作曲の領域　その1　301
作曲の領域　その2　304
あの日から三年……　307
作曲の領域　その3　310
語彙　313
島に惹かれる　316
セッちゃん　319
西田堯さん　322
ウクライナ　325
憲法と集団的自衛権　328
絹はすごい！　331
世界遺産　334
ワイン　337
ビール　340
ノルマンディの式典に思う　343
ハンマーを持つ人　346
モルゴーア・クァルテット　349
ヘイトスピーチ　352
台風　355
湿度　358
八月の雲　361
夏のセミ　364
パグウォッシュ会議　367
対馬丸記念館　370
肝心精神　373
「仁術」を問う　376

カナリア諸島の九条碑　379
新幹線五〇年　382
治山治水　その1　385
治山治水　その2　388
オナガ　391
ペンギンから学ぶこと　394
好奇心　397
学生の声　400
沖縄県新知事　403
盲学校弁論大会　406
パーフェクト・マイナス（n＋1）　409
バックステージ賞　412

一九度めの新年

この連載を始めてから、一九度めの新年である。一九九三年一一月一日号が第一回なので、始まって九回目に、早くも最初の新年を迎えた。

その第九回のタイトルは「新年に歌を想う」。書き出しは、《正月は空が美しい。冷たい空気のせいで、空の純度（何のことだか……）が高く思える。》

「空」にこだわっていたんだ……。そういえば第一回も、「空に吸われし○○の心」という題。石川啄木の「不来方《こずかた》のお城の草に寝ころびて空に吸はれし十五の心」という歌を出発点に、空へ馳《は》せる思いを書き綴《つづ》っている。

第一回のころ、僕はニューヨークのアパートに住んでいた。連載依頼の電話は、そこへかかってきた。アジア文化研究所という組織による滞在で、たいして長くはなかった。一年くらい滞在してよかったはずだが、夏から年内で、帰国してしまった。仕事が混んでいて、それ以上は無理だったのである。

しかし、ニューヨークから盛岡の城址《じょうし》へ、また啄木へ寄せた思いは、よく覚えている。ニューヨークという街は、大都市なのになぜか空がよく見える所で、六階の部屋の窓から僕はしばしば空を見上げた。僕の心は、盛岡の静かな城址へ、その空を楽々と飛翔《ひしょう》した。


あの城址のある盛岡→岩手県→東北が、あんな恐ろしいことになるなんて、どうして想像できただろう。不来方城址だけではない。東北には、大好きな場所がたくさんある。友人もたくさんいる。災害のない、平穏で平和な日々を、東北の方々が送りつづけられるよう祈り、そのためにできる限りのことをしたいと、あらためて願うこの新年だ。


――もういくつねると　お正月　お正月には　凧《たこ》あげて　こまをまわして　遊びましょう　はやく来い来い　お正月――

滝廉太郎が、東くめのこの詞に作曲したのは一九〇〇年か翌〇一年である。正月は、指折り数え、首を長くして「待つ」ものだった。ことに子どもたちにとっては……。

大人にとっては、別な意味でおおごとである。借財をどうにかしなきゃ年越しできない、正月も迎えられない、という話は昔から多い。僕が一九七六年にＮＨＫの委嘱で書いたヴィデオによるオペラ「もがりぶえ」（イタリア放送協会賞受賞）も、そのような話だった。
――あるところに、貧しいが心の清い老夫婦がいた。貧しくて正月の餅も用意できない。爺さんは手製の笠を売りに行くが、売れない。吹雪の帰り道、雪をかぶったお地蔵さんを見かけ、爺さんは手持ちの笠をかぶせてやる。家に帰ると、「それはよいことをしました」と婆さんも喜んでくれた。その夜おそく、外の物音に二人が起きてみると、餅や食料がたくさん置いてあり、帰っていく地蔵の姿が見えた。――

これは岩手～福島に伝承される「笠地蔵」という話。広い空のような心で「優しさ」について考える。それには、新年がいい機会だ。

（二〇一二年一月二・九日号）

ビートルズ・オン・バロック

年も暮れようという一二月九日に、ぼくの新作オペラ「高野聖《こうやひじり》」が、金沢で初演された。原作は同地出身の泉鏡花で、僕が三〇年も前からオペラ化をもくろんでいたもの。長くドイツでオペラの仕事をしてきた大勝秀也《おおかつしゅうや》さんの指揮。オーケストラは、地元の「オーケストラ・アンサンブル金沢」。二〇一〇年六月に初演した三島由紀夫原作の「鹿鳴館」と同じく、休憩込みで三時間を超える二幕の大作になった。

公演の翌日、同オーケストラと僕は列車で滋賀県彦根市へ移動。彦根で一〇日にリハーサル、一一日にコンサートというスケジュールである。本番後ただちに金沢へ戻り、翌一二日は富山県高岡市で再び「高野聖」。かなりの強行軍だった。

この彦根公演はオペラと全く無関係。頭を切り替えなければならなかった。前半はバロック。ヘンデルの合唱協奏曲やヴィヴァルディ「四季」より。コンサート・マスター（女性だから正しくはコンサート・ミストレス）のアビゲイル・ヤングが指揮なしでまとめた。そして後半は僕の指揮で「ビートルズ・オン・バロック」。

これは何かというと、実は一〇年前にお話ししています。（『空を見てますか…　4』、二八三ページ）。一九七七年八月、Kレコードの依頼だった。ビートルズをバロック音楽と掛け合わせる試みをしたのである。若かったな……。三四歳になる一か月前だ。

たとえば——「イエスタデイ」はバッハの「エア」（G線上のアリア）に、「レット・イット・ビー」はパッヘルベルの「カノン」そっくりに編曲してある。これらは、おそらく想定内だ。しかし「イエロー・サブマリン」がバッハ「ブランデンブルク協奏曲第四番」、「ヘイ・ジュード」が同じくバッハ「ヴァイオリン協奏曲イ短調」第二楽章、「チケット・トゥ・ライド」がヴィヴァルディ「四季」の「夏」第三楽章そっくり、となると、これらはおそらく想定外。とはいえ、これが可能なのは、ビートルズの曲の根本がしっかりできている——換言すれば音楽の基本をきちんと押さえているからだ。どの曲をも、ではないが、パッヘルベルを演奏し、ビートルズの音を再生し、それから「オン・バロック」を演奏、というように、僕のトークをまじえながら、やった。

受けた。「ＬＰヒット賞」を受賞したあの頃と変わらずに、受けた。ビートルズは、依然生きているのである。

初めてビートルズを聴いたのは大学一年の時＝一九六三年。レコード・デビューの翌年だ。曲は「アイ・ウォンナ・ホールド・ユア・ハンド」。その時の驚愕《きょうがく》を、僕は鮮明に覚えている。「音楽史」という「学問」では、ふつうポップスを含ませないが、それはおかしい。だってビートルズは二〇世紀音楽の最も重要な一ページなのだから、と僕は確信している。彦根でそれを再確認し、納得し、そしてオペラの世界へと戻った僕なのであった。

（二〇一二年一月一六日号）

絆そして国歌

昨年＝二〇一一年を象徴する漢字ひと文字は「災」になるだろうという僕の予想だったが、実際は「絆《きずな》」であった。

なるほど、「絆」か……。僕はうなった。

たしかに、日ごろおぼろげになりがちだったもの、あるいは薄らいでいたもの――家族の大切さ、地域の結びつき、また組織や会社内で仲間を思う気持ちなどが、あの大災害をきっかけに明確に浮かび上がってきた。絆は、いい言葉だ。

古くから使われていたらしい。広辞苑の絆の項には、二種類の意味が記されている。まず①馬・犬・鷹などの動物をつなぎとめる綱、とあり、一二世紀の今様歌謡集「梁《りょう》塵秘抄《じんひしょう》」から文例を引いている――御厩《みまや》の隅なる飼い猿は絆離れてさぞ遊ぶ。②断つにしのびない恩愛。離れがたい情実。平家物語からの引用が付記されている――妻子というものが、生死《しょうじ》に流転《るてん》する絆なるが故に。

絆という言葉には温かさとロマンがある。国歌などにも、だから、使われる。団結という言葉も重いが、そのアグレッシヴな印象より、柔らかく、ヒューマニスティックだ。

英領一〇〇年の一九四〇年に制定され、その後（七七年）に独立を認定されたニュージーランドの国歌は、「われらが神のおん前　愛の絆に集いたる　われらの祈り聴きいれたまえ」で始まる。英語作詞＝T・ブラッケン、マオリ語作詞＝T・H・スミス、作曲＝J・J・ウッズ。

一九六三年制定のケニア共和国国歌は、同国の民謡がもとになっているから、作詞作曲は特定できない。「みな一丸となり、共通の絆たがいにかためつつ　国を築こう、相ともに」。

一九八三年八月に、のち大統領になるトマス・サンカラ（アフリカのチェ・ゲバラと呼ばれた人物だ）によるクーデターを基に国家としての成長を遂げた西アフリカのブルキナファソ国歌の一節。作詞はトマス・サンカラ、作曲者は不詳である（『世界の国歌総覧』悠書館刊による）。「挫折、成功、汗と血は　勇気ある人の絆をかため、その武者ぶりの糧となった」。

ここで思い出すのは、一九九八年の冬季オリンピック長野大会のこと。僕は参加国国歌のオーケストラへの公式編曲を依頼された。冬季ゆえ参加国は夏の大会より少ないが、でも全部を僕が編曲するのは、とうてい無理。親しい作曲者仲間と手分けし、僕は全体の監修をしつつ自分でも二〇か国ぐらいを手がけた。インストゥルメンタルだから歌詞は関係ないが、すべて音源や歌譜《かふ》で確かめる。イギリスとリヒテンシュタイン、フィンランドとエストニアなどは歌詞は違えど同じ曲。すると編曲は同じでいいから作業が減る。思わず快哉《かいさい》を叫んだね。小澤征爾《せいじ》指揮・新日本フィルにより録音され、仕事が終わった。

しかし、考えてしまった。どこの国歌にも、国民のコンセンサスすなわち「絆」の思いが込められている。絆の感触を感じられない国歌（どこのものかわかりますね）は、その存在そのものが弱い。情けないではないか。

（二〇一二年一月二三日号）

別れ

新春には話しにくかったので、やや旧聞に属することになってしまった。震災や津波、台風などで大切な人を失くしたかたが大勢いるのに話しにくいが、僕も昨年（二〇一一年）、親しい人や仕事仲間を何人も失ってしまった。

年も押し迫った一二月八日、作曲界の大先輩・三木稔さんの訃報《ふほう》。八一歳。一九七一年、まだ二〇代の僕に、二十絃箏《にじゅうげんそう》についていろいろと教えてくれたのは三木さんだった。著名な箏奏者・野坂恵子（のちに操壽《そうじゅ》）さん（二〇一九年八月、逝去された）と三木さんが共同で開発した楽器である。野坂さんの弾くこの新しい楽器のために、僕は「紡ぐ」という曲を書いた。この時のみならず、僕が三木さんから受けた示唆は数多い。

一〇日には、脚本家・市川森一さんが逝去。七〇歳。七八年の大河ドラマ「黄金の日日」で初めてつき合ってから、いくつもの仕事を一緒にした。小説『蝶々さん』の文庫化に際し、彼から依頼してきた解説を書いたのは、ついこの間だ。そのあとも、天草四郎を描く『幻日』という長編小説を送ってきてくれた。亡くなるなんて、全く信じられない……。

一四日には小山田昭さん。六一歳。芝居の音楽を担当すれば、最も親しくつき合うことになる現場の音響オペレーター。音楽を生かすも殺すもオペレーターの腕一本。僕が全幅の信頼を抱いていたのが、小山田君だった。劇団俳優座や東京演劇アンサンブルなどで、いったい何本、いや何十本の仕事を一緒にやってきただろう……。もっとやりたかった。

そういえば昨年はじめ一月三日には、歌舞伎の名優・中村富十郎さんの逝去。八一歳。僕は音楽劇の作曲を頼まれていたが、実現できなかった……。一月一四日演出家・和田勉さん（八〇歳）――数は多くないが、その演出のテレビドラマに、僕は作曲している。三月四日に照明家・佐野武治《たけじ》さん。八〇歳。黒澤明監督作品など五本の映画で一緒に仕事をした。同一〇日にクラシックのテレビ番組で何度か楽しく話をしたコメディアン・坂上二郎さん（七六歳）、四月二五日には無名塾出身の俳優・田中実君（四四歳）。五月一六日に七七歳で亡くなった俳優・児玉清さんとは、その少し前に某ホテルのカフェでたまたま会って、しばらくおしゃべりをしたっけ……。七月二一日は音楽評論家・中村とうようさん。七九歳。シンポジウムのパネリストを一緒に務めたのは数年前だった。竹脇無我君・八月二一日・六七歳。彼もしゃべり仲間だった。杉浦直樹さんとは芝居もテレビドラマも一緒にした。九月二一日。七九歳。同二三日に逝去のアキコ・カンダさんは傑出したモダンダンサーだった。七五歳。彼女の委嘱で、米倉斉加年《まさかね》さん（二〇一四年に逝去）の絵本による「多毛留《たける》」という七五分の曲を僕が書いたのは七九年。劇作家・斎藤憐《れん》さんとは何度つき合ったか……。一〇月一二日、七〇歳。

他にも尊敬する人、大切な人が幾人も逝ってしまった。別れは悲しい。だが同じ時代、現世での邂逅《かいこう》に感謝する気持ちへと、それを転換させたいと、僕は思っている。

（二〇一二年二月六日号）

林光さんという存在　その1

林《はやし》　光《ひかる》さんの死――これほどまでに信じがたいことが現実に起きるなんて、僕は予想もしなかった。昨年（二〇一一年）一〇月、ロンドンとパリの滞在から帰ってきて、家に入る前に林光さんが倒れたと聞いたのである。詳しくは後述するが、それから三か月余、林光さんは帰らぬ人となってしまった。

「ひとまわり上の元気なヒツジ」と、僕は何度書いてきたことだろう……。林光さんは常に僕の一歩前を――いやいや、ひとまわり上だから一二歩前を行く、大きな大きな存在だった。同業の先輩、尊敬する先輩は少なくないが、林光さんほど、まさに僕が歩きたいと願う道の先を歩いていた人はいなかった。

林さん――いや、ここは光さんと呼ぼう。そのほうが実感を込められる。光さんも、そのような僕の気持ちを受けとめてくれていた。ずいぶん前だが、何かの席で、光さんは僕について語ったのである。「私のあとを追っているような奴です。だんだん、風貌までそうなってきた」と。

正確な記録なら（笑い）と付記されるところ。僕自身も、そうだよな……と、その時、思った。けれど……。


僕は別に、光さんのあとを追おうと考えてきたわけではない。たしかにオペラへの関心、合唱の作曲のみならず指揮、演劇そして映画との深い関わり、音符に留まらず原稿書きの仕事も少なくないこと……。光さんの活動エリアと僕のそれとはほとんど重なっていた。とりわけ、音楽を通して社会的な発言をしていこうとする姿勢は、同じであった。光さんが原民喜《はらたみき》の詩による合唱曲「水ヲ下サイ」を書いたのは一九五八年（「原爆小景」として全曲が完成したのは七一年）。毎年八月、光さんは東京混声合唱団を指揮して、この作品のコンサートをつづけていた。この作品が、林光という作曲家の思想や社会的立場を明確にしたといっていい。

いっぽう、森村誠一さんの原詩を得て、八四年に合唱組曲「悪魔の飽食」を書いたのは僕だ。この曲も、毎年繰り返し歌われ、僕はそれをずっと指揮している。そして、僕のスタンドポイントを明確にしたのは、この作品だっただろう。

　光さんは、同門の「半先輩」だ。尾高《おだか》尚忠《ひさただ》、池内《いけのうち》友次郎《ともじろう》に師事。このうち池内先生は、僕の師匠でもある。だから半分同じ。だから半先輩。そして大学も半先輩だ。光さんが学んだ東京藝大へ僕も進んだが、大学の、学外活動への規制への反発などで、光さんは中退している。だが、本当は在学中に、すでに仕事が忙しくなっていたのだ。ということはつまり、大学で学ぶ意味がなくなったということ。幸か不幸か、僕たちの世界は、学歴なんて小指ほどの価値も持たないところだもの。

　いっぽう僕は、学部どころか大学院まで（しかも修了を延長して）、うじうじと在学した身。光さんを追ってきたといったって相違点もある、というわけ。（つづく）

（二〇一二年二月一三日号）

林光さんという存在　その2

一九九五年一一月、というと、もうずいぶん前だが、「師的な方の話」という四回シリーズをこの連載に書いたことがある（『空を見てますか… 1』二八一ページ）。これはもちろん「素敵な方」のもじりだが、「師匠ではないが師匠みたいな方」という意味も含ませてある。松村禎三さん、武満徹《たけみつとおる》さん、芥川也寸志《あくたがわやすし》さんと続くそのトップが林光さんだった。ああ、みな鬼籍に入られてしまった……。

その時の繰り返しになることを承知で、光さんに初めてお会いした折のことを話そう。

僕は東京藝大の、たしか二年か三年生だった。もともと芝居が大好きな僕の「部活」は「演劇部」。そこにアルバイトの依頼が来た。芝居の進行中に、舞台袖でピアノを弾く仕事。それまで何度も芝居を観てきた劇団俳優座で仕事なんて……！　予想もしていなかったが、僕は歓び勇んで応じた。近代ドイツの作家ブレヒトの芝居で、場所は六本木の俳優座劇場。

歌がたくさん出てくる。俳優たちが、それを歌う。その作曲が、林光さん。

作曲を学ぶ身が、このビッグネームを知らないわけがない。稽古場で、緊張して対面。本番は一〇ステージくらいだったと記憶するが、その前一か月ほど、稽古に通うものである。

「キミ、藝大生？　じゃ、この歌三度下げて弾いてみて」「あ、やっぱり、二度上げて」「あの時はネ、わざといじめてみたんだよ」と笑いながらの光さんの弁はずっとのち。

それから、時々光さんに会うようになった。僕の家とは、小田急線でひと駅という距離だったから、ご自宅へも遊びに行った。自分が音楽担当の「黒テント」の芝居などを見せてくれたり、演出家に引き合わせてくれたり……。のち、僕がたくさんの仕事をするようになる劇団「東京演劇アンサンブル」の演出家・広渡常敏《ひろわたりつねとし》さんを紹介してくれたのも、光さんだ。

演劇の仕事を次々にするようになってわかったが、俳優座や東京演劇アンサンブルの俳優たちは林光さんを「ヒカルちゃん」と呼ぶのである。一八歳くらいから演劇の音楽を書き、ピアノを弾くなどしてきた光さん。役者仲間からは「林先生」ではなく、そりゃやはり「ヒカルちゃん」だっただろう。

光さんによる音楽雑誌の付録の「マザーグース・メロディ」なる合唱曲集をいつも座右に置き、歌ってみたりピアノで弾いたりして楽しんだのは中学生の僕。あの「水ヲ下サイ」と同じ一九五八年の作品と知ったのは、ずっとあとだ。

一九七〇年、二六歳の僕は東京混声合唱団の委嘱で、万葉集による「相聞《そうもん》」を書く。かなり前衛的な曲だ。光さんも同じ時に東混のために「JAPAN」という曲を書いた。何と、これは「古事記」によるもの！　当時、前年に発表された現代音楽から選んだ数点をまとめた「日本の作曲」という本が出版されていたが、七一年版のそれには、僕と光さんの「日本の古典による曲」が並んで載っている。不思議な符合だった。光さんの思い出はまだつづく。（つづく）

（二〇一二年二月二〇日号）

林光さんという存在　その3

一九八〇年ごろだったろうか、光さんは僕の家の近くに越してこられた。世田谷区北沢という所で、ここは何というか、もともと僕のテリトリーである。疎開地（水戸市）で生まれ、戦後一〇年以上その地にとどまったとはいえ、僕の本籍はこの「北沢」。小学校卒業までは水戸だが、その後（親は）戻ったという北沢。長じて僕も、この北沢にいた。やがて娘が生まれ、その娘が幼稚園に通う。時に、通園する娘を送っていくことがあった。光さんの家の前を通る。すると娘は大きな声で、「光チャ～ン！」と叫ぶのである。あわててその口を手で押さえ、「林センセイと言い直しなさい！」などとわめく父親なのであった。

芝居の仕事の多い僕の家には役者がよく出入りし、前回話したように、彼らはたいてい大先生を「ヒカルちゃん」と呼ぶ。娘はそれを聞き覚えたにすぎなかったのだが……。

数年後、家が手狭になった僕は、あちこち物件を探していた。ある時、光さんが、「ウチのマンションに空き家があるぜ」と言う。紆余曲折《うよきよくせつ》はあったものの、結局僕はそこを購入することになる。何と、林家の一軒置いた隣。正確に言えば、林家は一〇五号。我が家は一〇三号。

一時、作曲家の武満徹、湯浅譲二、一柳慧《いちやなぎとし》の三氏が同じマンションに住まいしていたことがあって、そんなに同業が近所にいたらさぞかし住みにくいだろう、と思ったものだったが、僕自身が同様のことになってしまったわけ。だが、住みにくさなど露ほどもなかった。

新聞受けの所で時々会うくらい、という頻度だったが、必要な楽譜が見つからないときに急遽《きゆうきよ》貸してもらえた。むろん、僕がお貸しすることも。おかずの交換、水まわりや電気関係の修理業者の情報の交換、共通の知人・友人が来た時は両方の居間が接客会場だ。たがいに、まさに良き隣人であった。

光さんからもらったジョークがある――ヤクルト・スワローズってはじめ「国鉄」だったろ?　強そうな鳥の名前にしようってんで、コンドルズになりかけてたんだ。でも幹部が、「国鉄の列車が混んどるのはまずい。すわれなきゃ」と言い、それで「スワロウズ」になったんだってサ。

僕のことゆえ、さらに追加補充して育ててしまったものもある。光さん原型で――宴会で「歌え！」って言われたら、「じゃ、歯医者の歌を歌います」がいいぜ。「すみません。お手を拝借。チャン、チャン、チャン、ハ、ドーシタ（歯、どうした）？」

推理小説と宮澤賢治とブレヒト（近代ドイツの劇作家）と絵本と、そして焼酎が好きで、くわしかった。優しく、あたたかい人だった。本当に天才的な音楽家。当たり前のように、ごく自然に作曲し、ピアニスト顔負けに弾き、でも、だから驕《おご》ったりすることなど、全くなかった。

突然消えてしまった光さん……。でも、遠いところで、楽しげに作曲している。それが僕には、見えるような気がするのである。

（二〇一二年二月二七日号）

ジェネレイション

林光さんの死は、無念さや悲しみと全く異なる次元で、僕に重い意味を感じさせた。それは「ジェネレイション」ということである。

僕たちの世界――作曲家ということになるが、そう言ってしまうと、広すぎる。ここではクラシックというか、いわゆる現代音楽の世界に話を絞ろう。ポップス、邦楽やうたごえ運動その他にも、また映画や演劇、放送音楽に専念する人たちにも、すばらしい同業者がたくさんいるが、限られた紙面だ。

「作曲家」という仕事がこの国に登場したのはいつごろだったのだろう。八橋検校《やつはしけんぎょう》、吉澤検校ほか優れた作曲家は江戸期にもいたが、彼らに作曲家という意識はなかった。「箏《そう》曲《きょく》家《か》」だった。作曲という仕事が認知され始めたのは、やはり明治以後だ。ここで多くの人が想起するのは滝廉太郎（一八七九～一九〇三年）だろう。若くしてドイツに留学し、本格的な勉強をした。だが、廉太郎より早く、優れたヴァイオリン・ソナタなどを書いたのは幸田延《のぶ》（一八七〇〜一九四六年）。かの文豪・幸田露伴の妹。

とはいえ、正鵠《せいこく》を射た言及をすれば、廉太郎も幸田延も、現代音楽という範疇《はんちゅう》に含ませるには違和感がある。この分野に登場した最初の日本人作曲家は（このあと、生没年の記載は省略）、箕作秋吉、山田耕筰、信時潔《のぶときよし》、近衛秀麿、清瀬保二……。以上は一九世紀生まれ。二〇世紀に入って、諸井三郎、橋本國彦、安部幸明《あべこうめい》、池内友次郎《いけのうちともじろう》、金井喜久子、平尾貴四男、松平頼則、貴志康一、尾高尚忠《おだかひさただ》、清水脩など。このあたりが、いわば第一世代だ。

高田三郎、早坂文雄、伊福部昭《いふくべあきら》、戸田邦雄、小倉朗《ろう》、柴田南雄《みなお》、入野義朗といった人たちが間をつなぐが、第二世代としてあるまとまりを呈したのは少しあとで、ここにキラ星のように多くの才能が集中する。團伊玖磨《だんいくま》、別宮貞雄《べっくさだお》、芥川也寸志《あくたがわやすし》、黛敏郎、矢代秋雄、松村禎三、湯浅譲二、間宮芳生《みちお》、廣瀬量平、武満徹《たけみつとおる》、三木稔、諸井誠、松平頼暁、林光、三善晃、一柳慧《いちやなぎとし》……。すごい世代だ。

そのあと、石井真木、八村義夫《はちむらよしお》、佐藤眞、高橋悠治などが挟まれて、僕たちの世代になる（自分を含ませるのはいかにも不遜《ふそん》だが、この際お許し願いたい）。でも、あまり、いない。少し上に野田暉行、三枝成彰がいるくらい。数年下の世代からさらに下へ、新実徳英、近藤譲、北爪道夫、佐藤聡明、西村朗……。これらが、つまり第三世代か。次の、猿谷紀郎《さるやとしろう》、権代敦彦《ごんだいあつひこ》、伊左治直《いさじすなお》、望月京《もちづきみさと》、原田敬子、金子仁美、川島素晴、藤倉大などが、第四世代ということになるだろう。

こうして、日本の作曲界は、つながってきた。僕は今、「ジェネレイション、そして継承」ということにこだわっている。今回、ずいぶん名前を連ねた。こういうことを書いたのは初めてだが、これは大事なこと。僕は僕だけの世界で生きているのではない。横にも縦にも、この世界のテクスチュアが広がっている。

林光さんの逝去で、大切なことを忘れるなと言われた思いである。

（二〇一二年三月五日号）

水の星

水のある風景が好き、という話、しましたよね。そのことをあらためて考えてみた。なぜ考えたかというと、体が痒《かゆ》いから。何、それ？　と首を傾《かし》げる向きもあるだろう。つまり、冬になると身体のあちこちが痒くなるのである。乾燥のせいだ。乾燥で角層の水分が不足しがちになり、すると細胞の間にすきまができて、肌の内部を乾燥から保護するバリア機能が低下。ゆえに痒い、というわけなのであるらしい。背中のあたりがガサガサになっている。ローションなどを塗って何とかしのぐ……。

そういえば子どものころ、冬になると手に「ひび」や「あかぎれ」ができたっけ……。これらはもはや死語かな……。知らない人もいるだろう。手の皮膚の溝が一種の割れ目状態になってしまうのが「ひび」。ひどくなると赤くただれて「あかぎれ」になる。痛い。水仕事が多い母の手は、僕よりもっとひどかった。それでも、あのころ、ローションなんてものはなかった。そんな言葉すら、ない。春になれば治る――これがつまり薬だった。

あれらも、冬季の乾燥が原因だ。

だから、つまり、水分って大事なんだ……。


水を大量に飲む、というだけの健康法もある。ジュースやビールでは駄目なんだそうだ。水でなければならない。これは簡単そうでむずかしいです。水を、もう一人はビールを飲んで、どちらが先に参ったと言うか、という競争の話を聞いたことがある。途中で排泄《はいせつ》するのは、これは仕方ないので許される。

すると、ビールには利尿作用があるから、つまり、出せる。水はなかなかそうはいかない。腹がどんどんふくれる。降参するのは水を飲んだほう、という話。

ついでだが、人間が一日にとる水の量はどれくらいだと思いますか?

答え＝約二〇〇〇ミリリットル。一生に換算すると、むろん平均だが、約八〇トン。

――ううむ……。四トントラック二〇台分か！　ウワァ……。

考えてみれば、地球は水の星なのだ。あらゆる生物は、水から生まれた。最初の生命の誕生が海の中だったということは、よく知られている。そして人間は今も、受精のあとしばらく胎児としてエラ呼吸をし、羊水に浸って成長する。生まれる瞬間まで、人間は水中動物なのだ。そしてそのあとも、水はゼリー状の原形質となってタンパク質などを含ませ、細胞膜に包まれ——すなわち細胞として、二〇兆個以上も体内に集まる。一人の人間の体重の六〇パーセントが、水。その七五パーセントは細胞内に封じ込められていて、残りの二五パーセントが血液やリンパ液として細胞外にあるのだそうだ。

僕は毎年一月、大半札幌にいる。見えるものすべて、真っ白。この真っ白なるもの、実は水なんだな……。従って乾燥度が低い。身体も東京にいる時ほど痒くならない。「ありがたいなぁ」……。

かくして僕の、「水景色好き」は「雪景色」も含む、ということになるのである。

（二〇一二年三月一二日号）

大切な、水！

前回水の話だったので、そのつづきを。

電車の中だろうが、どこだろうが、水やお茶のペットボトルを持ち歩き、飲んでいる光景はもう当たり前の感じだ。飲料の自動販売機はいたるところに林立している。飲料自販機が日本ほど多い国はないだろうね。

ペットボトルはリサイクルされる。だから使い捨てではない。資源保護を考えています。という人がいたら、これは大まちがい。

「容器包装に係る分別収集及び再商品化の促進等に関する法律」が本格施行されたのは一九九七年。長いので普通は「容器包装リサイクル法」と呼んでいる。

この法の施行前、使用済みペットボトルの回収率は一・八パーセントだったが、二〇〇八年には七七・七パーセントまで高まった。しかし、ペットボトルの生産量がものすごい勢いで伸び、それを上回ってしまった。とはいえリサイクルが進んで、環境負荷は減ったのだろうか。

リサイクルには大きなエネルギーを必要とする。たとえば輸入ミネラルウォーター五〇〇ミリリットルのペットボトルが販売され、リサイクルされると、約三四〇g―CO_2の温室効果ガスが排出される。このg―CO_2という単位がわかりにくいですね。一リットルの燃料で七・五キロメートル走る二トントラックが、一トンの貨物を一キロメートル移動させるには一五分の一リットルの燃料があればいい。その時の排出CO_2量は二六四〇／一五＝一七六グラム。これをg―CO_2という――なのだそうだ。何だかもっとややこしくなったな……。

リサイクルには、大きなコストもかかる。収集し、選別し、保管し、処理するのは自治体の役目だ。当然、それを賄《まかな》うのは僕たちの税金。今の傾向がこのまま増大していったら、これは大変なことになる。

アメリカやイギリス、オーストラリアなどの自治体ではペットボトル飲料の使用を禁止する所が出てきている。日本でも、長野県飯田市や愛知県豊田市などでは庁舎内の飲料自販機を廃止したり、行政の会議に水道水や沸かした湯を提供しているという。
そう。水道水。前記の輸入ペットボトルによる温室効果ガス三四〇g—CO_2は、冷水器などを使ったとしても水道水なら、わずか八g—CO_2。

国際環境NGO「FoE Japan」は、世界七七か国にネットワークを持つ「Friend of the Earth」のメンバーだ。FoE Japanは「水Do！」（すいどう！）というキャンペーンを展開している。しかし、昨年（二〇一一年）の福島原発事故は、水道水の安全性まで怪しむ状況をつくってしまった。浄水技術は高度に進歩していると聞くが、だから安心とは到底言えない。今、この国は、原発事故による汚染の一日も早い解決とペットボトルを減らし水道水を利用することで温室効果ガスの発生を抑えることと、その両方について、未来に向け舵《かじ》をとる重要な時期に来ている。

水は、人間にとって、また地球にとって、生命にかかわる大切なものなのだから。

（二〇一二年三月一九日号）

楽器との交わり　その3

うっかりしていました。

何と……約一年前になる。僕はこの欄に「楽器との交わり」と題して連載（ただし飛び飛びの）をしていた。第七六四回と七六八回（『空を見てますか… 10』二六四ページ、二七六ページ）。その二回目のラストで、「この話、間を置いて、まだ続きます」といっている。嘘をついちゃいけない。ちょっと間が空きすぎたが、つづきを話さなければ……。

学校の音楽室にいろんな楽器が置いてある、という時代ではなかったが、僕はどこかで何かを見つけては音を出して喜んでいる、という子どもだったみたい。アコーディオン、木琴、ハーモニカ……。

あれは小学五年生くらいの時だったろうか……。母が友人の家へ行くのに、ついていった。その友人＝Yさんが箏《そう》を弾いて聴かせてくれた。僕は、箏を見るのも聴くのも、初めて。面白かった。「弾いてごらん」と言われたか、「弾かせて」と僕から言ったのか、それは覚えていない。が、弾いてみた。しばらくすると「六段の調《しらべ》」の初めの部分を弾けるようになっていた。その後、箏を弾く機会は全くない。そのための曲はいくつも書き、すばらしい名手たちともつきあったが、自分で弾いたのはあの時だけだ。

やがて中学生。僕は水戸から東京へ越している。入学と同時に、世田谷区立北沢中学校には新しい体育館兼講堂が落成。著名なピアニスト（誰だったか失念）が招かれて新しいピアノを演奏。その前座で僕も弾くことになった。学区内の小学校から集まる中学校に、まるきり外様《とざま》として混じっている僕が……？

シューベルト「アムプロムプチュ（即興曲）作品90―4　変イ長調」というのを弾いた。何だ、あいつは……友だちはみなびっくりしたらしい。でも、だからといって何の波風も立たなかった。僕は、できてまもない吹奏楽部に入部。大和武というヤマトタケルノミコトみたいな名前の音楽の先生は、僕の歯や唇の形をしげしげと眺め「クラリネット！」と宣言した。当時、この部の三年生には、のち読売日本交響楽団ホルン奏者を務める今井清治さんや日本の脳神経内科の権威になる岩田誠さんらがいた。この部で僕はサクソフォンも吹いたし、他のすべての楽器を吹いて遊んだ。だが、クラリネットには夢中になる。中学卒業と同時に試験を受け、当時朝日新聞社が全国展開していた「朝日ジュニアオーケストラ」東京本部教室に入団。しかしまもなくそこをやめ、学校（都立新宿高校）で「管弦楽部」を立ち上げたのだった。

一方、高校時代にはヴァイオリンも弾き始めた。安い楽器を買ってきてキーキーやっていたが、ある日、調弦をしていたら弦が切れて左眼に飛びこみ、出血。以来あまり弾かなくなったのである。

以上、ごくかいつまんでの話。楽器とのつき合いの話はキリがない。楽器は常に、そしてこれからも、最も親しい友なのである。間が空きすぎた連載、これで一応、終わり。

（二〇一二年三月二六日号）

無言館にて　その1

厳寒のある日、厳寒の長野県上田へ行った。ここの山あいにある美術館「無言館」の館主・窪島誠一郎さんに、阿川佐和子さんとともに招《よ》ばれたのである。大正期に夭逝《ようせい》した画家・村山槐多《かいた》を偲《しの》ぶ「槐多忌」のトーク（というか、窪島、阿川さんと僕の鼎談《ていだん》）をするためだが、槐多の話はあとにして、今回は「無言館」の話。

僕の家から遠くない世田谷区松原――京王線明大前駅辺りだ――に「キッド・アイラック・アート・ホール」という小劇場がある。もちろん「喜怒哀楽」のもじり。僕より二つ歳上の窪島さんが、一九六四年に設立した。東京オリンピックの年。新幹線が開業した年。で、僕の大学入学が六三年。世相の印象が脳裡《のうり》から消えない時代である。

窪島さんに初めて会ったのはたぶん七九年か八〇年だったろう。窪島さんは戦争中に父親と生き別れし、戦後三〇年以上経過してから再会した人だ。父親は、もう亡くなられたが著名な作家であった水上勉さん。僕は水上さんの謦咳《けいがい》に接してきた人間だ。親しくさせていただいていた。その芝居の音楽を何度か担当し、そういう場でお会いしたし、自ら作詞された母校＝福井県大飯《おおい》町（原発問題でこの地名は最近報道に頻出している）の同町立大飯中学校の校歌を、水上さんのご依頼で作曲したり（七八年）、アメリカでの仕事をご一緒したり（八七年）した。その水上勉作品が上演されているのを、キッドアイラックへ観にいった折、窪島さんに会ったのだと思う。

窪島さんは苦労したかただ。苦労の末に前記ホールをつくったのだが、そのあと七九年に、「信濃デッサン館」を上田に創設。さらに九七年、そのすぐ近くに「無言館」を開いた。これらの館主であると同時に、作家、エッセイスト、そして詩人でもある。僕もその詩により歌曲を書いたことがある。「槐多忌に来てほしい」と言われたのは昨年（二〇一一年）だったが、あいにく僕の都合がつかず、一年持ち越しになったのだった。

「無言館」では、戦没画学生の絵を集めて展示している。上田へ行くのは初めてだが、何年か前に東京駅ギャラリーで催されていた「無言館展」は観たから、絵には初対面ではない。約七〇年前の画学生の作品は、名画家たちの名作とはちがう。だが、生死をかけた戦いに出発しなければならないギリギリの力――迫真の力に貫かれている。

金子孝信さんは東京美術学校（現東京藝大）を一九四〇年に卒業。同年、入隊。四二年五月、華中で戦死した。享年二六歳。二本の太い樹の根の辺りを描く「あさぼらけ」という絵は、朝の陽光を浴びて生命をみなぎらせ、より高い地点を目指す、ぐいぐいとした樹の強さを感じさせる。自らの生命を、樹に託したのだろうか……。

日高安典さんは東京美術学校を四一年に卒業。翌年入営。四五年四月、ルソン島にて戦死。享年二七歳。出征の日、日高さんは……。（つづく）

（二〇一二年四月二一日号）

無言館にて　その2

（承前）出征の日、日高安典さんは描いていた。あと一〇分、あと五分……。生きて帰って、この続きを描く――モデルになってくれた恋人にそう言い残して発《た》っていった。だが帰らなかった。恋人をモデルにした裸婦像は、柔らかな優しさに満ちている。赴く先に死が待っていることを知っている男が現世に、最も愛する人に残す、堅持しなければならぬ優しさなのだ……。

大谷元《はじめ》さんは、四一年に東京美術学校を卒業し、翌年入営。四四年七月、テニアン島で戦死。かわいがっていた妹が編み物をする絵を遺した。物思いにふけりながら黙々と編み棒を動かす妹。背景に画集らしき本の表紙が見える。ＡＮＥＴという文字だけが見え、その前は妹の身体に隠れているが、おそらくＭＡＮＥＴ（マネ）ではないか……。兄の出征を悲しみたいが悲しめぬつらさを、沈思する妹の頰《ほお》に、唇に、読み取ることができる。

約七〇作が展示されている無言館。ここを無言館と名付けたわけを、窪島さんはこう説明する――絵は無言だが、多くの言葉を観る者に伝えるから。また、絵の前に立つ私たちが無言でいるしかないから。どちらかというと自分の思いは後者に近い、と。

だが、次々に並ぶ「無言の」絵を前に歩みを進める僕の耳には、ある音楽が鳴っていた。ベートーヴェンのピアノ・ソナタ第一四番嬰ハ短調。通称「月光」である。

一九九三年公開の映画「月光の夏」が、無言館の絵に重なったのだった。毛利恒之《つねゆき》原作、神山征二郎監督。特攻隊の青年二人が鳥栖国民学校を訪れ、今生の思い出にピアノを弾かせてほしいと言い、「月光」を弾いて出撃していく。

あれは音楽、ここは美術。でも、同じだ。ともに言葉ではないが、しかし言葉以上に「心」を伝え、そして、遺す。無言館のどの絵も、言葉では伝えられないものを、しかも何十年もあとの僕たちに、語りかけてくる。

二〇〇四年、この無言館の庭に「記憶のパレット」という慰霊碑が建立された。中国山西省産の大きな黒御影石に、戦時中の東京美術学校の授業風景が篆刻《てんこく》され、さらに戦没画学生四〇〇名余の名前が刻まれている。約一年後、この碑に真っ赤なペンキを大量にふりかけた者がいた。犯人は結局わからなかった。「戦後」はいまだ十分な時を経過していない、と窪島さんは思う。この事件をなかったものにしないために、赤ペンキをすべて除去せずに一部残そう、と考えた。だが、先日僕が見た折には、全国各地の遺族の悲しみを想った窪島さんの判断で、その「一部」はもう一つの「碑」に移し変えられていた。

窪島さんの思いは、たとえば合唱組曲「悪魔の飽食」を各地で自演する僕のそれと共通している。また、八〇年代の旧西ドイツの首相シュミットの言葉も、僕は想起した——「戦後長い時間が経った。だがドイツが再び過ちを犯さないと確約するには、まだ短い」。

（二〇一二年四月九日）

村山槐多とその時代　その1

「信濃デッサン館」は「無言館」の近くにある。こぢんまりした美術館だが、二〇世紀初頭の、夭逝《ようせい》した日本人画家の作品を展示していて興味深い。戸張孤雁《とはりこがん》（一八八二～一九二七年）、関根正二（一八九九～一九一九年）、靉光《あいみつ》（一九〇七～一九四六年）、野田英夫（一九〇八～一九三九年）など、好きだがなかなか観られない絵を、観ることができた。そして何といってもハイライトは、村山槐多《かいた》である。

槐多は一八九六（明治二九）年、横浜の生まれ。父親は教師で、まもなく高知、さらに京都に移り住む。槐多が育ったのは京都だ。信濃との関わりは、一七歳の夏、長野県上田の伯父の家で過ごしたこと。一八歳で上京し、日本美術院の研究生になり、創設されたばかりの二科展に出品。うち一点を横山大観が買い取ったというから、すごい。他方、詩や小説も書いていた。一九歳の時には『武侠世界』という雑誌に、小説が掲載された。

一九歳からは毎年、日本美術院展に出品。受賞もたび重なる。が、一九一九年二月、流行性感冒にかかったのち、死去。享年二二歳。

特に詳しいというわけではないが、僕は以前から槐多の絵が好きだった。蛇足ながら、僕と誕生日が同じ（九月一五日）ということを知ったのは、最近。


「カンナと少女」（一九一五年）――赤い、夕陽らしき光が少女を包んでいる。じっと斜め前の下方を見つめている少女。だが、その眼はやや大人びた意志を示して、強い。

「尿《いばり》する裸僧」（一九一五年）――合掌する裸の僧がショウベンをしている。目の前の托鉢の鉢にむかって、激しく。裸僧は全身が赤く、その周囲には仏像のような光背が描かれている。中国の山水画を思わせる背景も赤黒い。すさまじい迫力だ。

「スキと人」（一九一四年）は、何かの挿絵のような趣き。遠くの山の前に広がる畑に立つ麦わら帽子の男が、長いスキを立てたまま、斜めウシロを振り返って、目を見開いている。墨だけの絵である。絵には見えない所で何かとんでもないことが起きているような、あるいは今にも起こりそうな、怖い絵だ。

《充血せる君　鬼薊《おにあざみ》／金と朱の日のうれしさよ／わめきうたへる街中に／金箔をぬるう

れしさよ》――槐多の「充血」という詩の冒頭である。絵も、そしてこれら詩も、表面上そういうわけではないのだが、内的にシュルレアリスム的なものを、僕には感じさせる。

国内では、青木繁の一四歳下。ジャンルは異なるが日本画・福田平八郎の四歳下。海外に眼を転じればデュシャンの九歳下、デ・キリコの八歳下、デルヴォーの一歳上、マン・レイの四歳上、ダリの八歳上。

また萩原朔太郎《さくたろう》の一〇歳下、中原中也《ちゅうや》の一一歳上、立原道造の一八歳上、アポリネールの一六歳下、エリュアールの一歳下。そして、アンドレ・ブルトンと同い年。

思えば、すごい時代だった。急カーヴを切る、世紀の変わり目なのだった。（つづく）

（二〇一二年四月一六日号）

村山槐多とその時代　その2

どんな絵が好きかと問われれば、僕はシュルレアリスムと答える。デュシャン、デ・キリコ、デルヴォー、マグリット、ダリ、シャール、エルンスト、マッソン、マン・レイ……。

シュルレアリスムは「超現実主義」と訳される。「既成の美学にこだわることなく、主観による自由な表現」などと国語辞典にある。

しかし、それは違う。むしろ無意識とか客体の表現といったほうが近いだろう。一九二四年に『シュルレアリスム宣言』を著したのはアンドレ・ブルトン（一八九六～一九六六年）だが、前回に話したように、このブルトンと槐多が、同い年なのである。

そんなこともあって、僕は槐多に惹かれてきたのかもしれない。時代が激しくカーヴを切っていた。一九一一年、辛亥《しんがい》革命、一四年、第一次世界大戦が始まる。一七年、ロシア革命。一八年、ハプスブルク帝国（オーストリア・ハンガリー帝国）の滅亡。二二年、オスマン帝国の滅亡。

ストラヴィンスキー「春の祭典」初演が一九一三年。シェーンベルクが初めて「一二音技法」を用いたのが二三年。ニューオーリンズにジャズが生まれたのが一〇年ごろ。翌一一年、アービング・バーリン「アレクサンダー・ラグタイム・バンド」が全米で大ヒット。

前衛音楽の芽生えだ。ジャズに代表されるポピュラー・ミュージックの台頭だ。音楽はこのあと、「商業」として成長しはじめる。

槐多が生きた（一八九六〜一九一九年）日本も、激動の中だった。一九〇四〜〇五年、日露戦争。〇九年、伊藤博文暗殺される。翌一〇年、大逆事件。一八年、コメ騒動。二三年、関東大震災……。

槐多と、孤雁、関根、靉光、野田らの絵を観ながら、「信濃デッサン館」で僕の想いはどんどん広がっていくのだった。と、気がつけば会場の端のドアに「立原道造記念展示室」の表示。あ、そうだ！　と僕は膝を打った（立っていたから実際には打たなかったけどネ）。

東京の文京区弥生にある「立原道造記念館」が二〇一〇年九月に閉鎖になってしまったが、その後一部がこの「信濃デッサン館」に移されていたのだった。僕は、その詩のほとんどを諳《そら》んじているくらいの熱烈な道造ファンで、「立原道造の会」会員。その移設は知っていたはずなのに、うっかりしていた。

道造は一九一四年生まれで三九年没。槐多とほんの少しずれるが、やはり激動の「カーヴ」の中にいた人なのである。

道造とほぼ同じ時代の中原中也《ちゅうや》（一九〇七〜一九三七年）には、シュルレアリスティックな魂を感じるが、道造にそれはほとんどないといっていい。そして槐多の詩には、中也に近いものを感じる。何にせよ、多様な時代だったのだ。

僕は、座右の槐多の画集を広げる。その傍らに、槐多と、そして道造、中也の詩集も置く。それらに包まれて、至福の時間が過ごせるぞ……。約一〇〇年前を想いつつ、一〇〇年あとの未来へそれを転化させるのだ。

槐多から、話が徒然《つれづれ》に広がってしまった。これも槐多のなせる業《わざ》だったんだろうか。

（二〇一二年四月二三日号）

前進座劇場閉館

芝居の仕事がめっぽう多い僕のところには、各劇団から機関紙が送られてくる。「月刊前進座」もそのひとつ。文学座、俳優座、民藝、無名塾、東京演劇アンサンブルなどと比べると、つきあった回数は少ないが、前進座の役者さんたちとは他の機会に顔を合わせることも多いし、親しみを感じている。一九八二年、同劇団が本拠地の吉祥寺（東京・武蔵野市）に劇場を建てることになった時には、僕もわずかながら募金に加わった。募金者の名は、劇団ロビーに貼られた板に刻まれているが、僕の名もそこに見ることができる。

で、この三月、送られてきた前記「月刊前進座」を見て、びっくり！　第一面に「前進座劇場閉館のお知らせ――劇団前進座代表・中村梅之助」という記事が……。

劇場南側にある「吉祥寺南病院」が拡張されることになった。その背景には昨年（二〇一一年）の大震災がある。東京都が「緊急輸送道路沿道建築物の耐震化を推進する条例」

を制定。同病院はそこに該当する。全面改築しなければならない。だが、入院患者もいる状況で現地建替えは無理。医療環境や病床数を維持して改築するには拡張しかない。よって、劇場の土地を譲っていただけないか。

全国からの募金や近隣の賛同署名があって建設したものゆえ、それはむずかしいと初めは回答した由。だが、災害時の医療、地域防災等に鑑《かんが》み、さらに三〇年経った劇場の劣化も考え、「泣いて馬謖《ばしょく》を切る」思いで譲渡を決定した。

前進座という劇団は、創立八〇年である。庶民に歌舞伎を、というポリシーはよく知られているが、現代劇、児童劇にも積極的だ。戦前からのほとんどの劇団と同じく、思想的に左翼を標榜《ひょうぼう》している。

面白い話を思い出したぞ。一九九一年、僕は「訪中映画人代表団」の一員として中国を訪問した。団長は篠田正浩監督。山田太一、小栗康平氏と僕が団員。北京の撮影所で新作を観た。辛亥《しんがい》革命を描く映画で、その音楽はすべて「インターナショナル」のヴァリエイション。終わると篠田監督が僕にささやいた。「志麻（岩下。夫人である）を思い出しちゃったよ」——僕はちょっと驚いた。だって、そういうことをまず言わない人だもの。「志麻は前進座育ちだろ。今でもウチで何かしながら鼻歌を歌ってると、インターナショナルなんだよ」。

僕はとっさに「極道の妻《おんな》たち」（その時代である）の映画台本を読みながら歌っている志麻さんを想像。おかしくてたまらなかった……。劇団に所属したわけではないが、志麻さんは前進座と近い関係の新協劇団の中心・野々村潔の娘にして、前進座の重鎮・四代目河原崎長十郎（一九〇二～一九八一年）の姪《めい》なのである。

前進座劇場の閉館は、淋しい。だが、稽古場と事務所は残る。劇場がなくても、前進座の精神は変わらないはずだ。よりたくましく、より強く、吉祥寺にありつづけるだろう。

（二〇一二年五月七・一四日号）

庭の粘土

子どものころ住んでいた家には庭があった。玄関や居間の縁側がある側の庭には明るい陽があふれ、草花が生い茂っていた。対して、裏側は暗く、いつも湿っぽい。その裏側の庭の一角、たかだか一メートル四方くらいだったが、そこは周囲の土に比べ、やや白というか灰色っぽい土なのだ。実は、そこだけ粘土だった。どういうわけでそういうことになるのか、まったくわからなかったし、そんなことはどうでもよかった。何しろ、面白かった。

スコップでその粘土を掘り出しては、いろいろ作って遊んだ。夏休みの宿題の工作も、その粘土をベースに作った覚えがある。

粘土とは何か、ということを考えたこともなかったから、調べてみた。粘土とは、要するに粘っこい土のこと。字の通りだ。地質学では一粒の大きさが三九㎛（マイクロメートル）未満の粒子。鉱物学では二μm以下の粒子。土質力学では五μm以下の土を指すのだそうだ。水を加えると、手で延ばすことができる。いろいろに細工することができる。耐火性を持つ。

たしかにひとくちに土といってもさまざまである。僕が育った茨城県水戸の土が、広い「関東ローム層」に属するということは、子ども時代に教えられていた。ロームはloamという英語で、当て字だろうが漢字もある。むずかしい字だが「壚坶」と書く。「壚土」とも書く。「ほけつち」あるいは「ろど」と読む。翻訳すれば「壌土」であり土性の種類を意味する。粘土、砂、シルトの混合具合がほどよく、耕しやすく、養分の管理も容易だが砕けやすい、と辞書にある。シルト（silt）とは、砂と粘土の中間の細かさの土、地質学上では直径一六分の一から二五六分の一、土壌学上では直径〇・〇二～〇・〇〇二ミリの土を指す。

「ローム」は要するに赤土だ。風成火山灰の一種で、酸化鉄に富む由。だが実際は、赤というより赤黒い感じだった。やがて関東圏の外へ「遠出」をするようになって、真っ黒な土や黄色っぽい土の地域を知り、土も多様なんだ、と理解するのである。このところ、ことに西日本では、大陸からの「黄砂」の飛来が激しく、困っているようだが、あれはまさに黄色なのだろう。

そういえばずいぶん前だが、中国・山西省の大同《タートン》という街に行った時は、ホテルの室内に黒い砂が飛んできてまいった。雲崗《うんこう》石窟で有名な所だが、北魏《ほくぎ》時代（三八六～五三四年）から今日に至るまで、良質の石炭が採れることでも知られている。飛来するのはその飛沫《ひまつ》なのだった。

というわけで、土はさまざま。我が旧家の庭の一部が粘土ということも、とりわけ不思議なことでもなかったのである。しかし、幼い僕にとっては「土の不思議」だった。その体験のせいか、今でもあちこちの土の色の違いを楽しんでしまう僕だ。だが昨年（二〇一一年）、放射能を含む危険な土が生成されてしまった。恐ろしい土だ。それを見て、違いを楽しみたくない。そんな土を再びつくらせてはいけない。

（二〇一二年五月二一日号）

平和への学習

「負傷者16人」という芝居を観た。新国立劇場（小）。作：E・クライエム、訳：常田景子、演出：宮田慶子。

時は現代。オランダ・アムステルダム。男（ハンス）が一人で営む小さなパン屋が舞台。ある日そこへ、暴行を受けて血だらけになった青年（マフムード）がころがりこんでくる。ハンスは親身になって青年を看護する。「なんでそんなに親切にするんだ?」といぶかしむマフムード。「人が血だらけで倒れていたら、誰だってそうする」とハンス。頑《かたく》なだったマフムードの心が次第に開き、傷が癒《い》えてこの店でパン職人として働き始める。恋人もできた。そのお腹には子どももできた。

だが、ハンスがユダヤ人だと知った時、マフムードは豹変《ひょうへん》する。彼はパレスチナ人なのだ。幼いころから、ユダヤ人に迫害され続けてきた。親もユダヤ人に殺された。ユダヤ教徒ではないというハンスとなら解り合えるか……。その努力をするが、これは彼一人の問題ではない。二〇〇〇年の歴史が背後にある。ある日突然マフムードの兄が来訪。兄は弟の安穏な生き方を責めて、帰っていく。

ハンスはひそかにマフムードが作った手製の爆弾を見つけてしまう。二人の、解決の道のない激しい論争……。店を出ていくマフムード。「家に帰ってこないのよ」と泣きながら飛び込んでくる恋人。その時、町に轟音《ごうおん》が響き渡る。人々の騒ぐ声。救急車のサイレン……。叫び声が聞こえる。「バスが爆破された！　自爆テロだ！」

これはもちろん「9・11」以降に書かれた戯曲である。テロリズムは、現代の難病だ。僕も、テロを憎む一人である。だが、暴力はいけない、話し合おうというだけの提案でテロの解消を目論んでも埒《らち》があかないことを、世界はもっと深く知らなければいけない。

十字架上のキリスト以来、ユダヤ人は迫害され続けてきた。前世紀のナチによるホロコーストは、その頂点だ。ユダヤ人は、紀元前に国を失ってから久しく世界をさまよっていたが、一九四八年に現イスラエルを建設。いっぽう、そのことにより迫害される身になったのがパレスチナ人。かつて僕はレバノンで、「平和とはイスラエルの軍機が飛んでこないこと」と言う子どもたちに会っている。戦時下でなくても、威嚇《いかく》の低空飛行が毎日。家々の窓がビリビリ震える。怖い、と子どもたちはおびえた表情で言うのだった。

だが、内戦が終わった翌日、「無事だったか!」と飛んできて抱き合ったのは、軍事ラインの向こうのキリスト教(ユダヤ教ではなかったが)の友だった……と述懐するパレスチナ人の老夫婦にも会っている。

人間はなぜ戦うのか、なぜ理解し合えないのか……。平和を叫ぶことはたやすいが、真の願いのために学ばなければならないことは少なくない。学ばずに入手する平和は、単なる安穏。本物ではない。「負傷者16人」という芝居は、僕の学習の確実な一部となった。

(二〇一二年五月二八日号)

秘密保全法

「秘密保全法」が国会に提出される。その理念は国の安全・外交上の必要性だが、実際は「公共の安全及び秩序の維持」にまで拡大される。さらに、重要事項は「特別秘密」として区分され、取材等でこれに接近したり、ましてこれを漏らしたりした場合は厳罰が科せられることになる。処罰範囲は、未遂・過失・共犯・煽動《せんどう》の行為にまで広げられる。

そもそもの発端は、二〇一〇年九月七日の、尖閣諸島付近で中国漁船と海上保安庁の監視艇の衝突事件を海上保安官が撮影した四四分間の映像がYouTube上に公開されたことである。

この映像を公開したことがなぜ大問題になったかというと、日本政府の中国への配慮ゆえだ。つまり、事件後の中国との協議にあたり日本政府は、事実の撮影という絶対的なデータの存在は隠しておこうと考えていたのだ。

その対処法が、まず理解できない。領土問題云々以前に、故意の衝突という事実を曖昧《あいまい》にしてコトにあたろうというのは、いったいどういうことか？で、この発端以後、秘密保全法を指す針が振れはじめたのである。国家に「機密」は必要なのだろうか？

あるアンケート（といってもたかだか一〇〇〇人余を対象としたものであるらしいが）の結果。

◆国家に機密は必要か——Ｙｅｓ九五パーセント、Ｎｏ五パーセント。
◆国民の知る権利は確保されているか——Ｙｅｓ四三パーセント、Ｎｏ五七パーセント。
◆外国のスパイ行為に脅威を感じるか——Ｙｅｓ九七パーセント、Ｎｏ三パーセント。

外交に関して日本が「スパイ天国」と見做《みな》されているらしいことは、僕も知っている。そのことが前記アンケート結果に反映されている。しかし、僕は思う。日本は「戦争放棄の国」なのだ。平和とは何か、さらに水面下においても戦いを拒否するということはどういうことか、を世界に指し示す国であるはずなのだ。外交スパイなどという存在自体を不要と断じる姿勢をとることのできる（今のところ）稀有《けう》な国であるはずなのだ。

「秘密保全法」が及ぶ範囲は広い。公務員はもちろん、行政に関わる民間、そこに属する労働者、そこに関わる報道や研究者、さらに一般市民の活動や生活……。「情報公開」への国民の要求も規制されるだろう。法の内容が前記の通りになれば、その要求のための準備や会議だけで処罰の対象になりかねない。つまりは国民の「知る権利」は、国家の恣意《しい》的な許容範囲に左右されることになってしまう。

憲法第一一条＝国民は、すべての基本的人権の享有を妨げられない。この憲法が国民に保障する基本的人権は、侵すことのできない永久の権利として、現在及び将来の国民に与えられる。

コソコソした国になるな！　秘密がなければスパイの営為も成立しない。何ごとにも正々堂々とあたる、そんな国であってほしい。憲法が、それを謳《うた》っているではないか。

（二〇一二年六月四日号）

新しいリハビリ

今回の話題に入る前に、前回の補足をちょっと。もし「秘密保全法」が施行され、たとえば原発の安全性や放射能量、環境や健康への悪影響等について、真実を発表すれば都合が悪いと国が判断し、この法により「秘密」にされてしまった場合の、国民がこうむる犠牲の大きさを、考えてほしい。

先日、この法について論議する有識者会議の配布資料が改竄《かいざん》・捏造《ねつぞう》され、官邸ホームページ上で公開される事件が起きた。事実関係を調査する、と藤村修官房長官が表明。秘密の何たるかをまるでわかっていない政府が「秘密保全法」の推進を考えている、というおかしさ！　というところで、今回の話に。

これはしばらく前（二〇一二年三月初め）の新聞記事。読んで僕は、思わずうなった。ううむ……！

ほとんど請け売りになってしまうが、以下は僕がうなったその記事からである。

「リハビリテイション」に、逆転の発想。山口市郊外のデイサービス施設では、一日の過ごしかたを利用者が決める。

二〇〇種以上のメニューから、選ぶ。人気のメニューは「カジノ」。マージャン、ルーレット、おいちょかぶ、トランプ……。賭け金は、「村」と称する当該施設のみで通用する通貨＝ユーメ。メニューには他に「木工」や「料理教室」もある。「うたた寝」「何もしない」というのも、ある。

そして、ここは一見「不親切」なのだ。施設内には階段や坂があり、これを「バリアフリー」と呼ぶ。食事も、大鍋から自分で選び、盛りつける。もちろんスタッフがそれを見守り、どうしてもできないことには助けを施す。

さらに、見学者が来た時の「水先案内人」や、後輩の家をスタッフとともに訪問して生活のコツを伝授する「宅配ビリテイション」もある。施設の「助けられる人」を「助ける人」にしてしまうわけ。

その結果――死にたい、自分は何ひとつ人の役に立っていないと言っていた人が、今は料理教室の師匠。「こんなに楽しい人生が待っていたなんて」と誇らしげ。「リハビリテイション」の原義は「名誉回復」なのだ。

と、以上の報告をしているのは、国際医療福祉大大学院教授・大熊由紀子さん。大熊さんは、カリスマ作業療法士・藤原茂さんの言葉を引用する――制度があるからやろう、ではダメ。いいものは、国が追いかけてくる。社会保障制度を進めるのに、うわべの理論や形、あるいは恩情だけで考えていてはいけない、ということだと思う。

「揺り籠から墓場まで」といわれる北欧に老人の自殺が多いことを、僕は想起する。人間は「心」で動き、「心」で変わり、「心」で生きることができる。真に必要な場合に「助ける」のは大切なことだが、しかし何かをやること、人のために役に立っていると実感してもらうことも、劣らず大切だ。老いてなお、いや、老いたがゆえの「名誉回復」。人生とは、本来アクティヴなものなのだ。

（二〇一二年六月一一日号）

コーヒー　その1

僕の朝はコーヒーで始まる。正確にいえば、飲むのは朝食のあとなんだが……。自宅での朝食はパン、旅先では和食。和食のあとでも、コーヒー。かくして、とにかく、何はともあれ、僕の朝にコーヒーは不可欠なのだ。

とはいえ、ことさらに凝《こ》ったりしません。家に、また仕事場に常備しているのは、ペーパー用に挽《ひ》いた粉だ。

実は、凝った時代もあった。豆で買い、自分で挽く。小さなミル＝製粉機である。モカ、キリマンジャロ、マンデリン、グアテマラ、ブルーマウンテン……。豆にも一家言――これを若気の至りという。

凝る時代を過ぎると、逆に凝らない時代がやってきた。家ではいつもインスタント。三〇代の僕は多忙を極めていた。徹夜なんて日常茶飯事。食事もゆっくりとれない。コーヒーをどうのこうのなんて言っておれない。夢物語だ。それでも、できるだけおいしいインスタントを！――あのころ、そういう製品もけっこう出回っていたのである。

そういえば、ヨーロッパに初めて行った六〇年代終わりごろ、、レストランでの食後はたいていネスカフェの袋とお湯で、ちょっと呆《あき》れたものだ。他方、カフェでは本当においしいコーヒーを飲むことができた。忘れられないのはローマで飲んだコーヒー。ものすごく濃くて、最高においしい。何も知らないのに、どうして出てきたか覚えていないが、それは「エスプレッソ」だった。世の中にこんなコーヒーがあったのか……大感激。


当時、日本でエスプレッソを飲むのは難しかった。若者が出入りできる街中の喫茶店には、まずメニューにない。だが、メキシカンコーヒーを飲ませる店を新宿に見つけた。とにかく、濃い。カップの下半分は粉状である。飲む前に黒砂糖を口に含む。これがやや奇妙で、はじめは喜んだものの、すぐに飽きてしまった。

エスプレッソというより、あれはトルココーヒーに近かったのではないだろうか。トルコ、エジプト、レバノンなどで飲んだコーヒーはドロドロしていて濃く、おいしかった。

でも、ベイルート（レバノン）の家庭に招かれた時に、そのドロドロ・コーヒーに角砂糖を三つも四つも放り込みながら、あちらの方が言うのだ。「日本人は金持ちなのになぜ砂糖を入れないのか？」と。「ブラック派」の僕は、この質問に目を白黒。それって、どういう意味なんだ？

いい器でいいコーヒーを飲ませるゆったりした喫茶店が減った、という話は既出。今やアメリカ式のセルフサービス・カフェが幅を利かせている。空港の係官がコーヒーの特大カップを片手に仕事をするのがあちら流だが、あれは「アメリカン」。うす〜い奴だ。フランス人の友は、コーヒーを飲みながら食事をするアメリカ流なんて信じられない、と言うが、あれは要するに「コーヒーに似たもの」にすぎない。（つづく）

（二〇一二年六月一八日号）

コーヒー　その2

アメリカ式カフェの、蓋《ふた》つきの紙コップ。小さな穴から、すする。あれ、イヤ。歩きながら飲んだりするにはいいのだろうが、僕は歩きながら飲まない。仕事で頻繁に行く金沢や、仕事場のある札幌では、うまいコーヒーをいい器（もちろん、蓋なし）で飲ませる店があり、懇意にしています。

ところでコーヒーは、アラブ地域辺りではかなり古くから飲まれていたようだ。六世紀にイエメンを支配したササン朝ペルシャの記録に、コーヒー豆を煎《せん》じて飲料にしている、という記述がある由。九世紀のエチオピアでは、山羊が興奮して跳ねるので調べたら、コーヒーの実を食べていることがわかった、とある。ヨーロッパにこれがもたらされてしばらくは「密かな飲み物」だったらしいが、ローマ教皇クレメンス八世がコーヒーに洗礼を施し（何のこっちゃ？）、以後公式に認められたのだそうだ。イギリスに初めてコーヒーハウスができたのが一六五〇年。一七世紀末にはオーストリアでも飲料として流布した。

バッハに、有名な「コーヒー・カンタータ」という曲がある。一七三四年ごろの作。教会カンタータではなく、いわゆる「世俗カンタータ」だ。コーヒーに夢中になって他のことに目もくれない娘。「コーヒーをやめろ」と咎《とが》める父。「それじゃひからびたヤギ肉みたいになっちゃうわ！」と叫ぶ娘。ついに父は「コーヒーを飲み続けるなら、あらゆる楽しみを禁じる」と宣言。「コーヒーさえ飲めるならどんなことだって我慢するわ！」と答える娘――一種の室内オペラだ。面白いでしょ？　当時のヨーロッパで、コーヒーがいかに人気があったかを示す話ではないか。

江戸初期、日本にもコーヒーが伝わる。ただしこれは長崎・出島。一六四一年にオランダ商館が設立され、そこで飲まれた。役人、商人、通訳、遊女など出島に出入りする日本人も飲んだという。だが、おいしいとは思わなかったみたい。一般的になるのは明治になってから。一八八八（明治二一）年、東京は上野・西黒門町に「可否茶館」という本邦初のコーヒーハウスができた。以後、コーヒーはどんどん一般に浸透していく。

さて、僕の話になるが、二、三年前、あれは三重県四日市での合唱コンサートの時だった。僕の楽屋に、主催者がタテヨコ二〇センチくらいの器械をセットする。「何ですか？それ」「エスプレッソを作ります」。

びっくりした。いやぁ、本当においしい。

売り出されたばかりのエスプレッソ・マシーンだった。帰京して、ただちに購入。コーヒー好きの皆さんは、たいてい、もうご存じだろう。小さなカプセルと水を器械にセットすれば、できちゃう。本もののエスプレッソの味だ。以来、仕事場に居る時の僕は、ついつい何杯も、これを飲んじゃうのである。

何かの理由で、朝飲めないと、終日それを気にしている。コーヒーは単なる飲料ではない。仕事を支える、エネルギー源なのだ。

（二〇一二年六月二五日号）

いちご会　その1

高校の同期会があった。僕たちは新制の第一五回生なので一と五、すなわち「いちご会」と称している。一学年四〇〇人だが、二次会以降の参加者も含めると、何と一三〇人が集まった（僕は所用のため一次会のみ）。卒業五〇年目に突入記念、と銘打った会であった。

その数日前、国立西洋美術館館長にして古代ローマ学の権威、青柳正規《おおやぎまさのり》と新聞の対談。青柳は、クラス替えがあるにもかかわらず高校三年間を同じクラスで過ごした旧友である。残念ながら彼は「いちご会」に来られなかったが、僕はこの週、高校時代を回想する日々を送ったのである。

ところで、『むかし〈都立高校〉があった』という本が手元にある。奥武則著。二〇〇四年平凡社刊。この著の出発点は「学校群制度」。

当時は、いわゆる「受験戦争」の時代だった。中学も高校も「入試準備教育」に明け暮れ、調和のとれた本当の教育からほど遠くなっている。一九六〇年に都の教育長に就任した小尾《おび》乕雄《とらお》氏（二〇〇三年に九五歳で逝去）が、これを是正すべく考えたのが学校群制度。六七年から実施された。

東京都は一〇の学区に分かれていた。内訳は二三区が六つ、多摩地域が三つ、伊豆諸島に一つ。世田谷区立北沢中学に在籍する僕は、志望校を第二学区に属する一二の高校から選ぶ（むろん「都立」の場合。私立は無関係）。第一志望に落ちても、学区ごとに決められた合格ラインをクリアしていれば、第二、第三志望で救われる。

これが、学校群制度で変わった。学区内の都立高校は二〜四校のグループに分けられ「学校群」と呼ぶことに。受験生は、この学校群に願書を提出する。個別の高校を志願することは許されない。入試の合格者は、成績により機械的に、学校群内の学校に振り分けられる。この結果、入試の段階での学校ごとの格差は生じない。

この制度は、たしかに受験戦争の熱を下げることにつながったと記憶する。「東大進学なら〇〇高校」というような看板は、都立に関する限り、消滅した。その代わり、学校の個性というものも、完璧になくなった。平均化してしまった。

いちご会で、なつかしい顔に会う。学校群制度以前の、僕たちの高校は、まさに個性的だった。そこにいる我々もまた、それぞれに個性的だった。個性的であることは当たり前で、ごく普通のことだった。僕は、自分を育んだのはあの高校だったと、今も信じている。前記・青柳だけでなく美術関係者、たとえば世界的な彫刻家がいる。大会社の重役を務めた奴がいる。著名な学者も医者も、最高裁判事も、そしてぼくのような音楽家も、いる。だが、普通だ。何てこともない。半世紀を経て、みなが普通に会い、普通にしゃべっている。進学校にはちがいなかったが、極めて自然体。あのころから、都立新宿高校はそんな学校だった。(つづく)

(二〇一二年七月二日号)

いちご会　その2

高校時代の話は前にもしていると思うが、いちご会＝同期会を機にいろいろ思い出しちゃったので、以前との重複も許してほしい。

都立新宿高校は、父の母校である。もっとも、父のころは「府立六中」だ。その時代の鐘楼が、僕たちのころも正面玄関の脇に残っていた。「興国の鐘」という。いかにも戦前の用語。夏、千葉県の海岸での臨海合宿では、泳ぎ得意の先輩たちに、キャンプファイアで学校に伝わる歌を教え込まれた。

歌詞こそ違えどどこの学校にでもある「つんつん節」（〽僕は六中の五年生、つんつん。胸に五つの金ボタン……）や、「五万節」（〽学校出てから十余年……）等々。そして「〽黎明の雲を破り　さし出づる日のごと……」という、これはここだけの「六中健児の歌」。

半世紀を経て、もちろん校歌を覚えている者も少なくないが、むしろなつかしくて耳に残っているのは、この「六中健児の歌」であるらしい。「いちご会」で僕は、全員で歌うこの歌を指揮する破目《はめ》になったのだった。

僕たちの学校には、この歌に象徴される磊落《らいらく》な校風が明らかにあった。新宿駅南口から五分の街中。甲州街道からいくぶん降りる感じで校門がある。秋にはそこにカマイタチのようにつむじ風が円を描いた。「新宿中のゴミが集まって舞い上がっているのサ」と先輩がヒヒヒと笑いながらつぶやいた。


その校門から二分も行けば「名画座」の裏。洋画の名作の二本立てだったか三本立てだったたか……。メチャ、安い。二時限目をさぼって観る。あまり長くさぼるとばれるから、翌日三時限目をさぼって、続きを観る。映画好きの僕は、三年間こうしてそこの映画をほとんど観た。実をいうと、今映画の仕事に携わることも多い僕は、脳裡《のうり》に残るその時のファイルが役立ったりするのだが、当時、まさか将来そんなことがあるだろうなどとは、つゆ考えなかった。当たり前ですね。

安食堂なら、辺りにいくらでもあった。ラーメンは一〇〇円くらいだったたか……。早食い競争で四〇秒の記録を打ち立てたNは、今「いちご会」の中心幹事だ。

グラウンドと塀で隔てられた向こうは「新宿御苑」で、コンクリートのその塀にはいつも穴があいていた。弁当を手に穴から侵入。するとそこは、広い御苑でもっとも隠微な所。昼なお暗く、その蔭に抱き合う男女がいたり……。見て見ぬふりをして僕らも木に寄りかかって、弁当を食べた。ある日の朝礼で、生活指導の教官が怒鳴った――きのう、新宿御苑に忍び込んだ者がいる！

そんなこと日常茶飯事だから、僕らはニヤニヤするだけ。「きのうは首相の茶会か何かで、一般立ち入り禁止だった。ゆえに見つかってつまみ出された。よく調べてから入れ！」

学校は、それぞれが個性的かつ自然体だった。僕を育んだのは「あの時代のあの学校」。あそこへ行ってなかったらすべてが違っていた――そう僕は信じている。

（二〇一二年七月九日号）

徹夜

先日、中部フィルハーモニー交響楽団のコンサートを指揮した。名古屋地区三つめのプロ・オーケストラで、創立は二〇〇〇年。同団の本拠地・小牧市で、前半にクラシックの序曲集、後半に武満徹《たけみつとおる》さんと僕自身の映画音楽など、というプログラム。大成功で終演し、オーケストラ関係の何人かと祝杯をあげた。こういう時のビールは最高においしい！

そこへ電話がかかってきた。携帯へ、二つ……。

①締め切りは明朝で、掲載は明後日の夕刊なんですが、原稿はまだですか？

②きょうホテルへ、譜例も含めたゲラ校正をＦＡＸし、締切は二日後と付記しましたが、それは間違いで、明朝にもらわないと間に合わないんです。

ええっ？

①は一〇年以上続いている某新聞に月一回のエッセイ。今回は、亡くなられた日本音楽界の重鎮——吉田秀和さん、畑中良輔さんの追悼を書くことを、すでに伝えてある。

②は音楽雑誌の、これも一五年くらい続けてきた大作曲家の「音符たち」というシリーズ。今は「チャイコフスキーの音符たち」を掲載中である。

原稿書きはパソコンだ。しかし僕は、旅にはPCを持ち歩かない。ということは、手書きでやるしかないな……。実に久しぶりだ。

こういうことを全く予想しなかったのに、なぜか原稿用紙を持参していた。思いついたことを書きつけるために、持っていることが多いのだ。ホテルの部屋で、着手したのが、あれはたぶん午前一時くらいだったと思う。亡くなったお二人の業績などに触れたいが、手元に何もない。自宅には資料があるのに……。

苦労して、書いた。それから、譜例もあっていろいろややこしい校正も、やった。

朝になっていた。ううむ……徹夜はずいぶん久しぶりだなぁ……。

三〇～四〇代のころ、徹夜は日常茶飯事だった。黒澤明監督「影武者」のスコア書きの時は二日連続の徹夜。二晩めの明けがただったたか、不思議なことが起きた。監督が鉛筆で書いた絵コンテ（カットごとの簡単な絵。〇秒でそれが次のカットに変わり……などというもの）を傍らに置いているのだが、モノクロのはずのそれがカラーに見える。ええっ？　目をこすって見直す。あ、やっぱりモノクロだ。で、再び五線紙に目を走らせ、それから絵コンテに視線を戻すと……あれ？　カラーだ……。眼の機能が麻痺《まひ》したんですね。奇妙だった。

右手首にガングリオン（結節腫）ができたことも一度ならず、ある。手首の関節が網の上の餅のように膨らんじゃう。徹夜仕事の時だった。僕は鉛筆ダコができないタチなんだが、その代わり、これなんですな……。

つい先日の「久しぶりの徹夜」は、疲れた。修復に何日かかかった。そりゃそうだ……。どこかに勤務していたらとっくに定年。それがない職種は、つい年齢を忘れてしまう。疲れた脳裡《のうり》に、自戒が走った。

（二〇一二年七月一六日号）

政党

衆議院三八人、参議院一二人、計五〇人の議員が離党届を提出し、民主党は分裂した。消費税増税法案に反対する小沢一郎氏がこの分裂劇の主役だ。これまで何度も新党をつくっては壊してきた人が、また新党を立ちあげると言っている。この大騒ぎの間、被災地への支援や原発問題ほか急を要するたくさんの問題が棚上げ状態。そうでなくても「決められない野田内閣」はますます硬直し、停滞し、日本の政治はほとんど開店休業であった。

もはや政権交代した時の民主党ではない、と小沢氏は言う。ではあなたは、マニフェストを実現すべく党内で努力を重ねたか、と問いたい思いだ。小沢氏がこの間にした努力は、カネにからむ自らの諸問題への対処法のみ。といっても、まるでヌルヌルの鰻《うなぎ》だ。自分を摑《つか》ませないための「すり抜け術」に関しては巧み、と言っておこう。

しかしここは民主党分裂の話ではない。この欄をそんな話で埋めるのはもったいない。

僕は今、「政党」ということを考えている。

議会の起源は古い。古代ギリシャには都市国家＝ポリスがあり、そこでは民主制議会政治がおこなわれていた。古代ローマには市民によって構成される「民会」と貴族によって構成される「元老院」があった。あのシーザーがブルータスに殺されたのは元老院議場だが、政党はあったのだろうか。


一七世紀末のイギリスには、王政のもとにホイッグ党やトーリー党が存在したし、フランスでは一七八九年に革命派が国民主権を宣言し、議会制度を掲げた憲法を制定して革命が起きる。ジョルダーノ作曲の名作オペラ「アンドレア・シェニエ」の背景はこのフランス革命。タイトルになっている実在の詩人が主役だが、このオペラでは、ジャコバンやジロンドといった政党の動向が重要な鍵になる。

日本では、一八七四（明治七）年、板垣退助が愛国公党を結成。薩長による政権運営への批判を高める。これが自由民権運動だ。その中で政治結社が全国各地に生まれる。人間はやはり一人ではなく「みんなでやればコワクナイ」という動物なんだな……。そのルーツは、同じ意見だから党を組もうということだったろう。その逆――同じ党なのだから同じ意見でいろ、というのは初心を忘れた本末転倒に見える。

大勢の人間が、何もかもについて同じ意見ということは、ほとんどあり得ないと僕は思う。総論では同じ意見だから党としてまとまりはするが、各論については一人ひとりがそれぞれの考えを持ちうるという形にはならないのだろうか。もちろん、「多数」を勝者とする現行の制度下では困難を伴うだろうが、モノによっては党としてまとまれないことも出てくるはずだ。そのたびに、造反だ、分裂だと騒いでいたら、そのうち「一人ひとりが一人党」ということになってしまうだろう。

政治家は政治に専念してほしい。大切な問題を放置して、党の看板、党の保身、党の建前……もう、いい加減にしてくれないか。

（二〇一二年七月二三日号）

舞台監督　その1

世の中には、そのエキスパートぶりにただただ驚嘆してしまう、まさに「仕事人」という人がいる。そりゃ、いろんな職種にゴマンといるだろうから、思いつく方たちを挙げていたらキリがない。僕の仕事の周辺に絞ってみる。

まずは超絶技巧の持ち主である演奏家たちだが、これはまぁ当たり前で、あらためて驚嘆という筋のものではない。ではあるが、僕は高校生の頃に読んだ芥川也寸志《あくたがわやすし》著『音楽の現場』という本（一九六二年初版、音楽之友社刊）を思い出している。芥川さんは、ピアニストが鍵盤の最低音から最高音までどれほどの速さで弾くかを、当時の日本のピアニストの頂点・安川加壽子さんにやってもらった。

六・八秒！　ピアノは八八鍵だから、安川さんは一秒間に一二・九個のキイを叩いたことになる。ちなみに今僕がやってみたら九・八秒でした。

たしかに、すごい。が、繰り返しになるが、音楽をやっていればこの種の驚きはよくあること。他に目を移して、特筆したいのは「舞台監督」だ。ステージマネージャー、略してステマネなどともいう。コンサート・ホール、プロ・オーケストラ、プロ劇団などには必ずこの道のスゴ腕がいる。

まだお元気だが、一応現役から退かれた宮崎隆男さんは、ものすごい人だった。まさにプロ中のプロ。だれも宮崎さんとはいわず「マーちゃん」と呼んだが、これはマネージャーのマーがニックネームになったもの。いかにこの仕事の代表選手だったかを示す名である。

マーちゃんはコンサートのステマネだが、たとえばオーケストラの全奏者の前に譜面台を置くにあたり、それぞれの奏者が指揮者を見る視線に鑑み、それぞれの角度や高さ、また座る椅子の好みの高さまで熟知していた。すべての演奏家が、マーちゃんさえいれば大丈夫、あとは音楽に専念すればいいと安心しきっていた。

今、日本の音楽関係のステマネの多くが、このマーちゃんの弟子である。マーちゃんは、後継者を育てるプロでもあったのだ。

先日、拙作「悪魔の飽食」を金沢で公演する際、合唱が約五〇〇人と予想された。しかもピアノではなくオーケストラとの共演。石川県立音楽堂コンサートホールのステージに、それだけの人数が乗り切れるだろうか……。

「ケンタローがいるから大丈夫」と僕は言った。山本健太郎＝オーケストラ・アンサンブル金沢のステマネである。彼は九〇席の客席椅子を外し、その上に板を貼ってステージを広げた。僕たちはそこで安心して歌い、演奏したのである。

オペラ界には小栗哲家という敏腕ステマネがいる。歌手の舞台への出入り、歌い出しのきっかけ……オペラに精通している。彼もまた、周囲のすべての人間に不安を抱かせない。あらゆる世界に共通しているだろう。たとえ影にいても、エキスパートがその世界を支える。そういうものなのである。

（二〇一二年八月六日号）

追記：文中のマーちゃん（宮崎隆男氏）は二〇一九年五月に、九一歳で逝去された。

舞台監督　その2

文学座、俳優座、東京演劇アンサンブル、民藝、青年座、昴、円ほか僕が仕事をした劇団それぞれに、素晴らしい舞台監督がいた（いる、というべきだが、このあと思い出話になるので……）。

若いころだが、某地方で文学座の舞台稽古があった。翌日から旅が始まるのである。舞台稽古は、夜遅くまでかかった。スタッフの常で、それから飲む。そして宿で雑魚寝。こういう場合、ある年齢から僕もきちんと部屋をあてがわれるようになったが、あの頃は雑魚寝だったたな……。僕の隣に、舞台監督のN君が横になっている。痩躯《そうく》。やや神経質そう。

朝、みな、起こされた。急いで朝食を済ませ、すぐ出発である。だが、N君は前夜の酒が抜けていないらしく、起きられない。僕は眠い目をこすりつつ朝食をかっこみ、宿を出て駅へ向かった。みな、おそろしい早足だ。

と、いつの間にかN君が僕の横を歩いているではないか。あれ、いつ起きたんだ？　朝食抜きだって？　なんだかフラフラしてるぜ。大丈夫か？　目を閉じて——ということはつまり、彼は眠りながら歩いているのであった。

舞台監督とは、こういうものなのである。その行動は、どんな場合も迅速。他人に迷惑をかけるなんて、絶対にない。疲れもたまるが、最小の時間を最大に有効に使う。

さまざまな事象が、この舞台監督に代表されるような「裏方」で支えられているのだ。この大切な「支えの方々」を、ウラカタと呼ぶのに、僕は少し抵抗がありますね。だいたい「裏」は表現としてよくない、というのが近年の傾向だ。その筆頭は「裏日本」。日本海側がなぜ「裏」なんだ？　太平洋側を、誰が「表」に決めたんだ？　富山県の仕事をいくつかしてきた僕は、県庁の知事室の壁にある素晴らしい地図に感心したことがある。逆さなのだ。すなわち上に太平洋、下に朝鮮半島と中国大陸の端。

これは実に不思議なもので、ふだん見る日本地図と、まるで印象が変わるのである。中央部つまり関東辺りが上向きに膨らみ、北海道と沖縄つまり両端がそれより下でその膨らみを留めている。すると、日本海はほとんど湖だ。両端が閉じて見える。佐渡や隠岐、対馬や済州島は、湖に浮かぶ島々。そして、その湖に面した弧の、まさに中心が富山になるという仕掛け。

ま、この際、中心が富山というのは話のほかだが、何というか、裏と表という通念がものの見事に消え去る。これには驚いた。

ところで、「ウラをやめろ」などと、裏方の方々は別に言っていません。ウラカタで結構。ただ裏という表現にマイナーなイメージを抱く人がいたら、それは大間違い。裏は、視座を変えれば表になる。舞台監督の話で始まったが、映画の助監督なども同様。僕らの生活にも、それを支える裏方が実はいるはず。

あらゆることに関するふだんの意識を、時に逆さにしてみたら？　と僕は思ってしまった。

（二〇一二年八月一三日号）

夏の会に寄り添って

八月だ。うだるような暑さの中で、戦争について考える季節が、今年もやってきた。そして僕にとっては「夏の会」による朗読劇「夏の雲は忘れない　ヒロシマ・ナガサキ　1945年」の季節でもある。

僕は、かつて地人会「この子たちの夏」に、音楽担当として関わっていた。演出の木村光一さんの都合で、この公演の継続が難しくなったが、そこで用いられたものとは別の詩などをモトに新たに構成し、女優たちが自主的に始めたのが「夏の会」である。五年前だ。広島・長崎の被爆体験を綴った子どもたちの詩、詩人・峠三吉の詩、そして被爆地を歩き、日本に思いを寄せたアメリカ軍の従軍カメラマン、ジョー・オダネルの文章や写真（『空を見てますか…10』一一〇～一一五ページ、「トランクの中の写真」その1、その2参照）などが読まれていく朗読劇。演出はまだ若い城田美樹さん。

集まった女優たちは、岩本多代《ますよ》、大橋芳枝、大原ますみ、大森暁美、長内美那子、川口敦子、北村昌子、神保共子、高田敏江、寺田路恵、中村たつ、日色ともゑ、柳川慶子、山口果林、山田昌、渡辺美佐子。発足時にはその後他界した松下砂稚子《まつしたさちこ》、水原英子も連なっていた。この連名から六人がその都度の公演に出演。さらに公演地の学生（高校生、大学生、時には小学生）数人が加わる。

僕は、この「夏の雲は忘れない」の音楽も担当している。演劇など舞台では、録音された音楽を現場で流すのが通例。スタート時を過ぎれば、現場で音響を操作するオペレーターと呼ばれる係に託すことになる。

ところが「夏の会」の公演では、何度か現場につきあってきた。夏限定だが、今年（二〇一二年）は全国で二二公演。うち三か所に僕も参加した。何をするのかって？　もちろん朗読はやりません。

「夏の雲は忘れない」の前座。トークをする。この背景には、僕が合唱組曲「悪魔の飽食」を作曲したこと、それを歌う全国縦断や海外公演が展開され、指揮をすることで僕もそれに関わりつづけていることがある。

「悪魔の飽食」は「加害の記憶」だ。あの戦争で日本はたくさんの国や地域を、人々を、傷つけ、苦しめた。いっぽう「夏の雲は忘れない」は「被害の記憶」である。広島・長崎の苦悩はあちこちの空襲の、また沖縄の被害の記憶につながる。戦争を語り継ぐことの大切さは言うを俟《ま》たないが、そこには被害と加害、両方の側面を持たせなければならない。

われらは、平和を維持し、専制と隷従、圧迫と偏狭を地上から永遠に除去しようと努めている国際社会において、名誉ある地位を占めたいと思う——憲法前文の、僕が最も好きな一節である。この「平和の維持」とは何か。手をこまねいて安穏とすることではない。維持には努力が要る。それを僕は、勝手な僕の用語で「平和のメンテナンス」と呼んでいる。

「語り継ぐこと」もその一環。被害を語る「夏の会」に寄り添って僕が加害を語ることもまたその一環、と考えていたい。

（二〇一二年八月二〇・二七日号）

追記：「夏の会」はメンバーの高齢化などのために二〇一九年夏の公演を最終として解散した。

「自害」について

前回、加害と被害、そして「平和のメンテナンス」について話した。これは僕の勝手な用語だが、しかし僕自身を考えさせ、動かしている原動力でもある。

もう一つ、「自害」とでもいえばいいだろうか、忘れてはならないことについて追記したい。先日の新聞記事――沖縄や硫黄島、近隣の海外での戦没者（総数二四〇万人）の遺骨が戻ってきていない。その数、一一三万四六七〇人！　何と、総数の半分近くではないか……。以下、①はそれぞれの地の戦没者数。②はいまだそこに眠っている遺骨の数である（数字のあとの「人」を省略した）。

- フィリピン①五一万八〇〇〇、②三六万九四八〇
- 中国本土①四六万五七〇〇、②二万七二三〇
- 中国・東北部①二四万五四〇〇、②二〇万六一〇〇

・中部太平洋①二四万七〇〇〇、②一七万三七四〇
・タイ・マレーシア①二万一〇〇〇、②八〇〇
・ミャンマー①一三万七〇〇〇、②四万五六一〇
・インドネシア①三万一四〇〇、②二万三七〇
・インド①三万、②一万五〇
・東部ニューギニア①一二万七六〇〇、②七万七一二〇
・西イリアン①五万三〇〇〇、②二万五〇
・北ボルネオ①一万二〇〇〇、②五〇九〇
・ビスマルク・ソロモン諸島①一一万八七〇〇、②六万一九三〇
・ロシア・モンゴル①五万四四〇〇、②三万三五七〇
・アリューシャン・サハリン①二万四四〇〇、②二万二六八〇
・朝鮮半島、台湾など①一〇万七八〇〇、②四万九〇〇〇
・硫黄島①二万一九〇〇、②一万一八五〇
戦没者には、職業軍人のほかに、応召され「お国のために」戦わされた人も含まれる。いや、そのほうが多いだろう。さらに、巷間《こうかん》の民間人も入っているかもしれない。戦後六

七年、その骨が、いまだに帰ってこない。骨も、そしてそれを待ち続ける遺族も、みな戦争の犠牲者だ。犠牲にさせられた相手は誰か。

アメリカか、中国か、ソ連か、日本が戦った相手国すべてか……。直接はそうかもしれない。だが、ちがう。犠牲者を生んだのは、あの時代の日本なのだ。であれば、これは加害、被害と並ぶ「自害」ではないか。

自害犠牲者ではない、英霊だ——遺族の方々はそう言うだろう。数年前、アメリカの元国防長官ロバート・マクナマラ氏が「ベトナム戦争は間違いだった」と発言した。その時、米国内にわき起こった怒りの声は、この英霊意見と同じだ。靖国神社問題もそこに連なる。だが、僕は思う。英霊の意識で戦争を振り返っても、未来はつくれない。美化したところからは、不毛な結果しか生まれない。

「戦犯音楽家の精査をしなくていいのか?」と佐高信《さたかまこと》さんに言われたことがある。これはむずかしいことだが、たしかに重要なテーマだ。いずれこのことも、話したいと思う。

戦争を正しく振り返り、「自害」も含めた責任の所在と反省、そして謝罪を、完遂しなければいけない。

（二〇一二年九月三日号）

犬の話

犬派？　それとも、ネコ派？

僕は犬派だと自分では思っていた。そこで、まずは犬の話。

子ども時代から、たいていウチに犬がいた。雑種だったが、「コロ」はかわいかった。ある一瞬の光景が頭に焼きついているということが誰にでもあると思うが――小学生の僕がコロを散歩させていた。夕方だ。近くを走る私鉄の電車の、単線のレールが大きくカーブしている。辺りは広場というか空地というか、茫漠《ぼうばく》とした所で、しばしば空に下駄を投げ、それを追って急降下する蝙蝠《こうもり》を眺めて楽しむ、僕には親しい場所だ。と、電車が来た。

その時、僕が鎖を離してしまったのか、そもそも鎖をつけていなかったのか覚えていない。コロが走る電車に巻き込まれてしまったのだ。思わず僕は目をつむった（と思う）。

電車の下にいるコロが見えた。そして次の瞬間、電車が通過したあとのレールの間に、コロは何でもなく座っていたのである。

中学になる時、水戸から東京へ引っ越したが、その折に「コロ」は荷物と一緒にトラックで移動し、クルマ酔いでふらふらになった。犬は三半規管が鋭いので、乗り物には人間より弱いのだとあとで知り、かわいそうなことをした、と僕は懸命に看護した。

コロという名は、たぶん母か妹の命名だっただろう。僕は、家の書棚にある画集のなかで大好きなコローの風景画を、いつも連想していた。カミーユ・コロー（一七九六～一八七五年）は、フランス・バルビゾン派の、ミレーと並んで名高い画家。このコローと我が家のコロは、何の関係もなかったが……。

コロのあとはラッキーというスピッツがいた。あのころ、スピッツは多かった。最近、見ませんね。はやりすたりがあるのだ、犬には……。それまで聞いたこともなかった種類が、ある時急に増えたりする。

子どものころの僕は、犬の種類に詳しかった。コリー、ブルドッグ、グレートデン、グレイハウンド、スコッチテリア、チン、ポインター……。よく読んだ絵本には、アルプス山中で遭難した人へブランデーを届けるセントバーナード犬の絵が描いてあって、その絵にひどく感動したりしていた。

これは小学校高学年のころだったろうが、愛読していたコナン・ドイル「名探偵シャーロック・ホームズ」に出てくる「バスカーヴィル家の犬」が怖かった。夢にまで、見た。あれは架空の犬なのだろうが、僕は勝手にドーベルマンのイメージを小説に重ねていた。
先日読んだ新聞のコラムによれば、「人間と犬はいわば親と子の関係で、こちらの支配下に置いてコントロールし、しっかりしつけなければいけない」のだそうだ。長じてから、犬は飼っていない。あまりに多忙で不在が、そして旅が多く、とうてい「コントロール」はできないから。
ところで、犬派の僕とはいえネコの話もある。では、次回にそれを。

（二〇一二年九月一〇日号）

ネコの話

もう二〇年以上前のことだ。ある日我が家に一匹のネコがやってきた。知人に「もらってほしい」と言われ、受けたのである。血統書つきの「名ネコ」。そこには「クラシック」という名前が明記されている由で、「その名前ゆえに、あなたにもらってほしいと思ったわけ」。

いやいや、とんでもない、ネコだろうが人間だろうが、血統書なんぞに僕は全く興味がない。その上そんな名前じゃかえって後《あと》ずさりだ。ところがクラシックさまはメチャかわいくて、ソクいただくことになってしまった。しかしこの名前はねぇ……。我が家での名前は「クラ」におさまった。縮小でも愛称でもない。正式にフルネームで「クラ」。

ブルーとグレーの中間のような色。ペルシャだ。フサフサ度、極めて高し。クラを抱いた妻がたまたま家の外にいたら、近所の人に「それは何という動物ですか」と尋ねられたという。運動神経はかなり低かった。どこかのネコが我が家の小さな庭に入り込んだとき、珍しくクラは飛び出してそれを追った。逃げネコは、隣との間の低い柵をひょいと跳び越えて走り去り、いっぽうクラはその低きにだらしなくぶら下がったのである。

おとなしかったが、旅の多い我が家ゆえ、ペットホテルに外泊させることもあった。外泊から戻ると性格が変わっていた。周囲の犬やネコに影響されたのだろう。猛烈に気が荒くなっているのだった。胃が弱く、トリのササミ以外は下痢してしまう。金がかかって、困った。胃だけにとどまらず、弱かった。やがて、死んでしまった。たまらなく淋しく、悲しかった……。

犬、鶏、カラス、ウサギ（アンゴラ）、カナリヤやジュウシマツ等々さまざまな動物を飼ってきた僕だが、ネコの記憶はない。クラだけが例外だ。しかし世の中にネコ好きは少なくないみたい。僕が音楽を担当した黒澤明監督の最後の作品「まあだだよ」に、かわいがっていたネコが家出してしまう話が登場する。松村達雄さん演じる内田百閒《ひゃっけん》先生の悲嘆のさまに、ネコ好きはみな涙しただろう。

ところで、最近「ネコ貸します」という商売があるらしい。現代人の孤独、寂しさ、心の穴……。ネコはそれらを埋めてくれる。一人暮らしの老人、単身赴任中の中年男性、友人がいない留学生などが、期限を決めて（自分が死ぬまでという期限もあるという）、ネコを借り受けるのだそうだ。前回話したように、「人間と犬は親と子のような関係」だが、対ネコは「孫のような感覚で、いるだけでかわいいし、主導権はあちらが握っている」のだという。ネコと一緒に部屋を借りる「ネコマンション」もある。何と、ネコ用の抜け穴まで完備している。

ネコは精神のカウンセラーか？　ペットの立場も変わったものだ。ネコにそんな重責を要求して、いいの？　人間の勝手なのでは？　でも、ネコはそんなこと感じていないか……。

（二〇一二年九月一七日号）

写譜　その1

僕たち作曲家にとって「写譜屋」は不可欠の大切な存在である。若いころから僕は、この「写譜屋」に、日々世話になってきた。

厳密にいうと、楽譜の「浄書」と文字通りの「写譜」。二種の仕事がある。前者は楽譜の出版にあたり「版下」を起こして作曲家の譜面をきちんと書き直す。後者は、演奏のためにパート譜を作成するのが主たる仕事。

時代が移り、これらの仕事のかなりの部分がパソコンでできてしまうようにもなったが、しかし依然「写譜屋」の仕事は生きている。

音楽出版社には専属の「浄書屋」がいる。僕は大学卒業直後に出版社主催の大きな賞をもらい、その作品「交響曲」（当時はただそれだけ。のちに「第一番」がついた）が出版されるので浄書屋が僕の楽譜を浄書し、僕はその校正をすることになった。浄書屋は中野さんといい、この世界の大ベテランだった。作曲を勉強していても、楽譜の正しい書き方に案外疎かったりする。僕は中野さんにさまざまなことを教わった。午後になると、中野さんはいっさいの水気をとらない。夜の酒がまずくなるから、という理由。ううむ……すごいな……本当の酒好きにも、僕は初めて出会ったのだった。

それにしても。浩瀚《こうかん》なこの曲の校正は大変だった。版下を預かり、我が家に何人もの友人を呼んで、総出でやったりもした。いよいよ上梓の際は、嬉しくて出版社まで受け取りに行った。受け取ってすぐ喫茶店に入り、さてページを広げ……。あっ！　間違いつまり校正漏れを発見！　がっかりしたな……。

いっぽう、文字通りの「写譜屋」がその手腕を問われる最もスリリングな場面は「スタジオ録音」。映画や放送、演劇の音楽は、ぎりぎりに作曲されるのが常。時には録音スタジオの現場まで持ち込んで作曲することすらある。ただちにパート譜が必要。写譜屋は大車輪でそれを作る。今やそのような仕事の情報は簡単にリサーチできるし、音大の僕のクラスの学生は僕の現場を見学したりもする。だが学生時代の僕は、この世界を全く知らなかった。二〇代半ばのころ、突然、武満徹《たけみつとおる》さんの仕事を手伝うことになり、ようやく写譜屋という存在を間近に知った。その時、仕事は徹夜になり、書きあげたスコアを写譜屋が何度も（ということは少しずつ）武満家に取りに来た。

こういうふうにやるのか……。僕はびっくりしたが、程なく僕はこの世界にはまることになる。いわゆる「劇伴《げきばん》」の仕事（僕はこの言葉を嫌っているのだが、ここでは敢えて使います）。最も忙しかったのは七〇～八〇年代だった。午前中ＮＨＫでテレビドラマの音楽録音。その足で都内のスタジオへ移動して芝居の音楽録音。夜はまた別なスタジオで民放のニュースのテーマ音楽の録音なんて猛烈なこともあった。そのすべてを作曲するわけだから、たいてい徹夜明け。写譜屋も徹夜明け。写譜の仕事は写譜の会社でおこなう。だがある時から、それでは間に合わなくなった。（つづく）

（二〇一二年九月二四日号）

写譜　その2

写譜の会社では仕事が間に合わなくなり、この世界ではよく知られた長老格・浅田さんが、その都度家まで来てくれることになった。その都度といっても、当時はほとんど毎日。仕事部屋に、僕と浅田さんのデスクが並ぶ。

ところで「劇伴《げきばん》」の仕事では、音楽にナンバーを振る。たとえば一本のテレビドラマに二〇曲の音楽があるとすると、それらにM―1、M―2……とつけていくわけ。たとえばM―8は、シーン12の四つめのカットの、人物の表情がふっと曇った瞬間に音楽が入り、次の大海原のシーンの最初のカットすなわち遠景からカメラがズームバックし、手前の人物の姿が現れたところで音楽が終わる。この間、二分二二秒。その中でシーンが大海原に変わる地点が二分〇四秒。というように打ち合わせる。この「尺」（業界用語。時間のこと）で作曲しなければならない。もちろん、二分〇四秒で転調である。

で、そういうふうに作曲する。浅田さんは慣れたペン使い、すごいスピードでそのパート譜を作成する。仕事は終日どころか、しばしば徹夜になり、夜食も含めた食事も一緒。時には二人で仮眠をとることもあった。

あのすさまじい時期のことを、時折思い出す。演劇の場合は、稽古場で稽古を見て、そして演出家と打ち合わせをするわけだが、ある時一日に五か所の稽古場をハシゴしたことがあった。いっときに五つの芝居に関わっていたのである。さすがに、今やそんなことはなくなった。今僕が抱えているのはほとんどがオーケストラ曲や室内楽、合唱曲などだ(仕事予定には演劇が三本、映画が一本入っているが)。

浅田さんは亡くなり、僕の仕事は再び写譜の会社がやってくれることになった。写譜屋は、スコアのコピー・製本もやってくれる。

あれは一九九六年。僕は広島市の委嘱でオペラ「じゅごんの子守唄」を作曲した。二幕で、上演は三時間を超える。そのころ、僕が教える音大の作曲科学生が、共同で、「いい紙質のいい五線紙」を作るから出資してくださいと言ってきた。同僚のN教授と僕が学生に同調。五線紙は、たしか四〇段。裏は白紙(両面より片面の方が仕事しやすいのである)。

このオペラは、どうせならこの上質五線紙で書こう、と僕は思い立った。そうしたら……。

このオペラのオーケストラ・スコアは（今、引っ張り出して調べる時間がないが……）七〇〇〜八〇〇ページになったと記憶する。僕の書いた原譜は、重くてとうてい持てない。写譜のH社に「このスコアを持って広島へ通わなければならない。とにかく持てるように、うすい紙で両面コピー、製本を」と注文した。こういうことを、何でもなくサササとやってくれるのが、写譜屋なのだ。

作曲家の仕事は個人的かもしれない。が、そんなことはない。浄書屋・写譜屋がいて初めて僕らの仕事は活性化するのである。

（二〇一二年一〇月一日号）

なつかしい人々　その1

歳をとってきたせいか、なつかしい人たちのことを時折ふっと想うことがある。といって、国木田独歩の名作「忘れえぬ人々」の深遠さに及ぶべくもない。単なる思い出にすぎないが、もしかして共通の思いを抱く人がいないとも限らないから、試みに話してみよう。

幼いころ、母方の祖父母の家が主たる遊び場所だった。幼い足でも家から一〇分とかからない。とはいえ、六歳ごろからは病気で臥《ふ》せる日が多く、その近さでもあまり行けなかっただろう。だから、それより前と、そして一年遅れで小学校に入ってからの話だと思う。

戦前、地方でそれなりの素封家だった祖父の家には、手伝いをする女性がいた。家族が「イーちゃん」と呼んでいた彼女に、幼い僕はすっかり懐いていたらしい。何をするにも母よりイーちゃんだった、とのちに聞いた。

戦後、土地も手放したのだろう。つまり完全に没落した祖父母は、小さな菓子屋を開業。

「利久」という店だった。店にいるのは祖母と、戦前からの流れゆえと戦後の不況の影響か、そのままいついているイーちゃん。

僕はしばしばこの店をのぞき、イーちゃんがこっそりくれる饅頭を楽しんだりしていた。そして中学になる時、僕は水戸を離れる。だがその後も、休みのたびに故郷へ行き、祖父母の家に寝泊まりした。そんな日々の時折、もう祖父母の家にいないイーちゃんを、僕は訪ねようとした。ところが……。

何があったか知らないが、祖父母とイーちゃんの関係は悪化していたのである。僕がイーちゃんを訪ねることを、祖父母は許してくれなかった。人と人とがそんなふうになってしまうことを、僕は悲しんだ。悲しみの中で僕が自分を重ねていたのは、大好きな『次郎物語』（作：下村湖人《しもむらこじん》）。主人公の次郎に、共通する境遇を見つけていたのだろう。

ようやくそのころになってからだ。イーちゃんの名前が「富《とみ》」だということを知ったのは。いつのまにか結婚していて、姓が「石川」だということを知ったのも……。もっとも、そもそも旧姓を知らない。知らずじまいだ。

イーちゃんを訪ねることはできなかったが、広場で友と遊んでいてふと気づくと、少し離れた所に、じっと僕を見つめているイーちゃんが立っていた。その、優しい眼……。僕は、胸が熱くなるのを覚えた。

何年か前まで年賀状のやりとりはあったが、その後音信は途絶えた。一六年前に死んだ母と同い年だったから、イーちゃんももしかしたら鬼籍に入ったかもしれない。

イーちゃんという存在を想うと僕は、自分が日本の近代化の波のなかで「旧」と「新」のはざまを通ってきたと感じるのである。前記の下村湖人に限らない。不遜《ふそん》なようだが、島崎藤村、山本有三、武者小路実篤や志賀直哉が描いた世界と、明らかに同質の場所だった気がする。そんな世界は、もう、どこにもない。「なつかしさ」を僕が抱いてしまうのは、個を越えた「時代」が関わるからだろう。

（二〇一二年一〇月八日号）

なつかしい人々　その2

順風満帆《まんぱん》というわけではなかったが、菓子屋「利久」は、まぁそこそこ客が来ていたみたい。祖父母との関係悪化のせいなのか何なのか、幼い僕は知る由もなかったが、店を手伝っていたイーちゃんは、やがてやめた。

そのあとに働きに来て、店につながる家に住んだのが、佐々木さんという母子。実は、今回この姓が思い出せなかった。妹に電話で尋ねたのである。妹と同い年（ということは僕の三歳下）の男の子で、ター坊とかターちゃんと呼ばれていた。正か忠志か、字はわからないがタダシという名だったと思う。僕と、毎日のように遊んだ。おとなしい子だった記憶があるが、なぜあんなことになったのか……。

ある日、たぶんふざけてター坊が投げた釘が、僕の右頬《ほお》に当たり、ちょっと刺さった感じになった。たいしたことはなかったが、それが祖父母の家の玄関の前の敷石の所だったことを、鮮明に覚えている。

そういえば、その玄関には古い古い思い出がある。けっこう広い三和土《たたき》だったそこで、おそらく三つか四つの僕は、遊んでいた。そこへ、排水口からだろう、蛇が来訪したのである。「これ、なに?」と僕は叫んだらしい。

母か祖母かが、奥で言った。「持っておいで!」――「持てないよう……」という僕の一言でやってきた家人は、びっくり。

危険はない青大将だったのだろう。これが、僕が蛇を見た初体験であることは、たしか。

祖父母の家の庭には、井戸があった。蛇口の下の、タタミ一畳ほどの平らな洗い場は、ター坊や僕らにとって格好の遊び場だった。ガッタンガッタンと汲《く》んだ水を掛け合って遊んだのは、僕の幼い「夏の思い出」。水芭蕉は咲いていない「夏の思い出」。

門と玄関の間に、井戸のほかに、築山《つきやま》もあった。そこに置かれた石燈籠のそばを登ったり降りたり……。台所から庭へ出た所には、イチジクの木。折れやすいから登っては駄目と言われても、よく登った。樹液が白い。これはフィシンといい、ミルクやチーズのように加工できるそうだが、そんなことと無縁に、ター坊も僕も、ただかぶれるだけだった。

本当に、あの庭で、よく遊んだ。一番の秘境(?)は、蔵。なまこ壁、二階建ての、典型的な蔵。何が納められているのか関心はなかったが、入ると暗く、ひんやりしてスリリング。ター坊にも僕にも、ちょっとした、まさに秘境だったのである。

中学入学で東京へ移って以来、ター坊とは音信不通。どこで、どうしているだろう……。

祖父母の家の隣の臼井さんも思い出す。仕事は何か知らなかった。いろいろ器用に作る小父《おじ》さんだった。自作のテープレコーダーを見せてくれた。しゃべった声を、再生してすぐに聞かされた時の驚き！　テレビの実験放送が始まったころだ。テレビも、氷でなく電気で冷やす冷蔵庫も、洗濯機も掃除機も高嶺《たかね》の花。

貧しかったはずだが、貧しいなんて全く感じない、そんな時代だった。

（二〇一二年一〇月一五日号）

なつかしい人々　その3

引っ越しは春休み中。水戸の小学校で卒業式を終え、東京・世田谷区立北沢中に入学した。ここには、北沢、大原の二小学校の全員と、池の上、守山《まもりやま》の二小学校のうち居住地が該当する半数が集まる。一学年三五〇人はいたと思う。だが僕は「外様《とざま》」なのだ。知っている子は一人もいない。借りてきたネコのように、ぼくはおとなしかった――というより、おとなしく装っていた。自分では気づかなかったが、どうも茨城訛《なま》りがあったみたい。何か言うと笑われたりした。遊んでいるみんなに「よせて」と声をかけると妙な顔をされた。水戸ではそう言ったが、東京では「入れて」なんだ、ということを、まもなく知る。

笑われても、別に何てことはなかった。いじめられているとも、露ほども感じなかったし、引っ込み思案になることもなく、すぐに何人もの仲良しができた。

なかでも忘れられないのは同じクラス（G組だった）の小川清君だ。家がすぐ近所だったのである。僕は毎朝彼の家に寄り、一緒に登校した。清君が僕の家に遊びに来るのも、しばしばだった。そして僕は「外様」なのに、どういうわけか学級委員長にさせられたのである。誰も僕を知らないのに、なぜ？

ここで、僕の推理――すでに話したように、僕は小学校就学が病気で一年遅れている。ということは、同級生はひとつ歳下なのだ。水戸時代の小学校は大学の教育学部付属であるせいか、一般と少し違うところがあった。各学年が一クラスしかない。出席簿は五〇音順ではなく生年月日順。当然、ひとつ歳上の僕は、出席番号＝一。子どものころの「一歳違い」は大きい。大人になるとそんなことは大した問題じゃなくなるけどね。

僕はいつも「まとめ役」になるのだった。それも、ごく自然に。自分ではそんなことを、全く意識していないのに……。

「外様」なのに、いつのまにか身についていたのか、きっとそんなふうに感じられたのだろう。今想えばあれは、加賀前田家が江戸でまとめ役に就くという感じの巡り合わせだ。「借りてきたネコ」なのに……。しかしこのネコは、時々目立ったみたい。入学してまもなく、この中学校に新しい講堂兼体育館が落成し、そこに新しいピアノが備えられた。

その「ピアノ開き」ということで、ある日著名なピアニスト（誰だったか全く覚えていない。関心もなかったのだろう）が来校し、演奏。その前座で、僕が弾かされたのである。シューベルト「アムプロムプチュ（即興曲）作品90―4」。

何だ、あいつは？　あの外様は？

みな、びっくりし、かつ奇異に思ったらしい。ではあっても、別に何も起きないし、変化もなく、僕は相変わらず清君と一緒に登校していた。遊び仲間はどんどん増え、家の近くの空き地では僕たちがバットを振り、ボールを投げ合う音が毎日響いていた。あのころは、あちこち空き地だらけだったのである。

（二〇一二年一〇月二二日号）

なつかしい人々　その4

家に一番近くて広い空き地の隣に、大きな家があった。同級の村瀬君のウチだ。そこの屋根に登って、よく遊んだ。行くたびに、面白いウチだなぁと思った。二つ（三つだったかも）の家族が同居しているのである。いや、同居ではない。一軒を仕切って、つまり分けて住んでいる。戦後しばらく、そのような住みかたは多かった。小山祐士《こやまゆうし》の戯曲「二人だけの舞踏会」は、そんな家で起こる話をほのぼのと描いている。人の家を面白がっていたが、気づけば我が家も同じなのだった。

父方の祖父母の家だ。その三部屋ほどを間借りして、僕の家族すなわち父母、妹と僕が住んだ。祖父母と食事は別で、特別な時だけ一緒だった。風呂は一つだから共用だが、毎日使うのは祖父母だけ。僕たちは毎日は入れない。汗だらけの中学生でも、風呂は、たしか一日おきだった。

戦後、この家は代々そのように使われてきた。水戸に住んでいた幼いころ、夏休みや冬休みにこの家を訪れると、間借りしているのは祖父の弟の一家だった。そこに僕よりずっと歳上だが三人の兄姉妹（男―女―女）がいた。その姉＝香子と妹＝恵美子が、幼い僕と遊んでくれた。おぶってもらったりしたな……。

この姉は、まもなく映画界に入り、名前を姓に移して、香川京子と名乗ることになる。当時僕は香子ちゃんと呼んでいて、これは今も変わらない。恵美子ちゃんも同様。

僕が小学校後半のころ、香子ちゃん一家は自宅を得て引っ越し、そのあとに父の弟一家が入った。娘が二人。僕の従姉妹《いとこ》だから、同世代だ。休みのたびに、この二人と遊んだ。

そして次にこの家に入ったのが僕たち一家だった、というわけ。これは、祖父母が亡くなるまで、長くつづいた。

前記村瀬君のところの、「同じ屋根の下の複数家族」が親族どうしだったか他人だったのか、知らない。国じゅうが貧困だった。不自由な住みかたかもしれないが、そこに今は消えてしまった何かが潜んでいたような気がする。共生、隣人愛、調和、助け合い、慈しみ……そのどれもであり、かつすべてを包含する何かだった。

一生の友を得たのも、中学校だ。タイ人のマノ・ブンヤスパと仲良くなったのは入学式の日。のちに帰化して真野洋平となり、今も親友だ。石川征三にはめったに会えなくなったが、親友であることに変わりはない。諏訪秀樹の早すぎた死（『空を見てますか… 3』一〇六ページ、「親友の死」）だけが、痛恨の極みである。

高校で出会った木本琢磨、藤本直道、三井康行についても話さねばならないが、別な機会に譲ろう。この三人とも、実は故人なのだ。時は冷静で、残酷。歳月の経過は、すなわち順に友を失うこと。そして、過ぎた時代を顧みる日々を送ることでもある。

だが、人間は思い出すことができる動物。「なつかしさ」は、我々の特権なのだ。

（二〇一二年一一月五日号）

頭痛

今回は、わりに深刻な話だ。僕は子どものころ、時々妙なことがあった。頭痛である。といっても、ある一定の時間、まして長い時間痛むのではない。何かの瞬間、頭の奥の方にカキン！　と鋭い痛みが走り、それがシンバルのひと打ちのあとのように、余韻を減衰させていく。図形に表せば、流れ星の感じだ。

僕は、これが気になっていた。

幼いころの医者のひと言が関わっている。幼稚園に満足に通えなかった。卒園後、小学校へ進めず、臥《ふ》せったまま一年を過ごした。そのころだ。往診に来たS先生が、僕の寝ている部屋と廊下の間の敷居辺りで、母としゃべっている。先生は、僕が眠っていると思ったのだろう。「このお子さんはハタチまでは無理ですな」と言っている。僕はそれを聞いてしまったのだ。

そうか……。僕はハタチ前に死ぬのか……。

一年遅れで就学したあとも、このことは脳裡《のうり》から去らなかった。丈夫になり、学校を休むことがほとんどなくなっても、「ハタチまで」は忘れなかった。頭のカキン！　が、きっとそれと関係があるのだろうとも、感じていた。

カキン！　は年に一〜二回だったが、小学校六年生の時、近所の道を歩いている時にあったのが最後。以来、ずっとない。やがて、ハタチを過ぎた。すると不思議なもので、「ハタチまで」は脳裡から完全に消去された。

あのＳ先生は藪《やぶ》医者だったにちがいない。僕は健康で、ハタチの三倍以上を生きているのである。

ところが……。あのカキン！　が、先日、あったのだ。「あ、これは……」と思った。何しろ、約五五年ぶり。なのに、覚えていた。

話は変わるが、僕はずいぶん前から血糖値が高い。祖父からの隔世遺伝かもしれない。少々だが運動はしているし、ＢＭＩ（肥満度）も二二・一。至極ふつうなのに……。血糖高値が発覚した時は、さすがにショックだった。ちょっとしょげていたら、そのころ頻繁に会った脚本家のジェームス三木さんが言うのである。彼は、脳腫瘍《しゅよう》で苦しみ、そして生還した人だ。「そうか、よかったじゃないか。脳腫瘍とわかった時、私はしめた！と思った。ひとつ病気があるってことは何よりの健康保険だぞ。何もないのはいかん。よかったな」。

なるほど。一病息災とはよく言ったものだ。そこで今、僕は思うのである。カキン！が、本当は何なのか、わからない。何でもないのかもしれない。しかし何かの予兆だと思っていれば、これは血糖高値と併せて「一・五病息災」といったところか。ジェームスさんではないが、ならばいいじゃないか。

僕は健康のことばかり考えている生活をしたくない。精神も大切だからだ。健康について考えるのは、自分の思いの五〇パーセントまで。残りは精神のためにとっておく（『空を見てますか… 1』六三ページ、「精神の健康」参照）。

とはいえ、カキン！も「ハタチまで」も、思い出してしまった。年齢のせいなんだろうな。

（二〇一二年一一月一二日号）

ポリプ切除

今年（二〇一二年）の六月に、大腸の内視鏡検査をした。胃の内視鏡はやっているが、腸については生まれて初めて。おおかたが熟知していることなのかもしれないが、一応その顛末《てんまつ》を話しますね。

検査は午後早い時刻だが、その四時間前に病院へ。整腸剤や下剤を、前夜から服用しているのに、さらに大量の「ほとんど水」を飲む。実は下剤だ。二時間かけて、飲み干す。たいていは、これがつらいらしい。しかし僕は全く平気で、決められたとおりのプロセスで容器をカラにした。ついでに話すと、たとえば胃の検査のためにX線造影剤＝バリウムを飲む、というのも僕は何てことない。これがオオゴトという人も少なくないと聞くが、ほとんどジュースでも飲む感じでゴクゴクと飲んでしまう。だいたい僕は、幼いころ病弱だったのに医学的関心はゼロに近く、世のなかで最も記憶できないものは薬と病気の名前。

それゆえ、というより無関心だからだろう、検査の類でもろもろの指示に対し、常に完璧に近く、平気で遵守してしまう。

閑話休題。で、この時の検査で、S字結腸に小さなポリプがひとつ、見つかったのである。たいしたことはない、おそらく良性だと医師は言う。「半年くらいあとに再検査し、育っているようだったら切除しましょう」。


内視鏡が襞《ひだ》だらけの赤い洞穴を進みゆくさまを、横になっている僕も凝視していた。「ミクロの決死圏」という映画（一九六六年、アメリカ。監督：R・フライシャー）を思い出すなぁ……。で、ポリプ？　どこに？　S字結腸なるものがどこかも知らないのだ。ポリプも医師に説明されるまでわからなかった。そもそもポリプって何だ？　ずっと「ポリープ」だと思っていましたよ。正しくは「ポリプ polyp」ですと。皮膚・粘膜などの面から突出した腫瘤《しゅりゅう》（＝はれもの）。良性なら放っておくか。

ところが、医師の次の言葉で、考えてしまった――切除すると、二週間は激しい運動、旅行そして飲酒は禁止です。

何？　そりゃ大変だ。予定を鑑《かんが》みるに、二週間旅をしない期間は、ほぼ二年先まで、ない。この一〇月に、一〇日間在京というところがあり、それが最長だ。ならば、育っていてもそうでなくてもいいから、その時切除しちゃうか！

というわけで、この一〇月二日、手術をいたしました。都心の虎の門病院なる所。六月の検査と全く同じことを繰り返し、ぼくはモニターを凝視し……。「これですね。取ります」と医師はこともなげに言い、ひも状のものを追加挿入。赤いナマコみたいな塊がスッと浮いた。「取れました」。

「どのくらいの大きさなんですか」「米粒くらいですかね」「二週間旅なしは無理で、一〇日後に動かなきゃならんのですが」「ま、大丈夫でしょう」。

入院もなし。その後、違和感や出血もなし。この稿が紙面に載るころは、僕は以前と変わりなく旅をして、飲んでいます。

（二〇一二年一一月一九日号）

エレベーターの事故

この一〇月三一日の午後、僕は金沢にいて、石川県立音楽堂四階の僕の部屋（洋楽監督室）で仕事をしていた。音楽堂はJR金沢駅に接しており、僕の部屋の窓の下は、北陸新幹線建設の工事。行くたびに僕は、その進捗《しんちょく》状況を確かめることになる。プラットフォームを挟んだ駅の反対側のビルもよく見える。僕の部屋の正面は、大きなアパホテルの窓、窓……。

と、突然サイレンの音。またたく間にそれがいくつも重なり、増幅され、けたたましく鳴り響く。救急車だな、きっと……。これは尋常じゃない。何があったんだ？

むろん、その時はわからず、あとで知ったのだが、目の前のアパホテルのエレベーターに清掃員の女性が挟まれ、死亡したのだった。

痛ましい事故だ。数年前、同様の事故で東京の高校生が亡くなった。何と、その時と同じ、スイスに本拠を置く会社のエレベーターではないか。
現代は、あらゆるシーンで機械が幅をきかせている。で、何か不都合があれば、「何しろ機械ですので故障することもあり……」などと弁解される。ところがいっぽう、「機械がやっておりますから、どうにもなりません」と説明されることもある。口のない機械には抗弁ができず、人間がいいように使い馴らすことになる（今のところ、だ。いずれ人間が機械に使われることになるだろう）。

重い物を持ち上げるのに人力で無理だから何か機械を、と思うのは当然。だからエレベーターの歴史は古い。紀元前のギリシャで、あのアルキメデスがロープと滑車を使った機械を考えた。一九世紀初頭には水圧、一八三五年には蒸気機関による機械が発明される。だが安全性に問題があり、速度もかなり遅かったという。やがて一八五三年に、現在も会社としてその名を残すE・G・オーチスというアメリカ人が、落下防止装置つきの蒸気エレベーターを開発。さらに一八八九年、電動式に発展させたのもオーチス社だ。日本では、一八九〇年一一月一〇日、浅草の凌雲閣《りょううんかく》（通称：浅草十二階）という所に設置されたのが最初だという。この日は「エレベーターの日」として制定されている由。知らなかったな……。

しかし、僕の故郷、水戸の偕楽園内にある好文亭には、料理を運んだらしい昇降機が残っている。一種のエレベーターではないか。偕楽園は、名君の誉れ高い幕末の水戸藩主・徳川斉昭《なりあき》（第一五代つまり最後の将軍・徳川慶喜の父だ）が、藩校＝弘道館とともに造った公園。子ども時代の僕の遊び場である。

現在、世界最速のエレベーターは日本製だそうだ。一分に一〇一〇メートル。時速に換算して六〇キロ。すごい技術だ。しかしいったん事故があったら大変なことになる。絶対に完璧な機械はないだろう。となれば、完璧を期してほしいのは、何百万分の一の確率だろうが、機械に異常があった場合、それを明確に告知するシステムだ。今度の事故も、もしそれが完全だったら防げたにちがいないのだから。

（二〇一二年一一月二六・一二月三日号）

廃墟の島

軍艦島へ行った。正しくは、長崎市高島町端島《はしま》という所である。僕は三年前から「ながさき音楽祭」の仕事をしており、コンサート等のほかに同県内あちこちの視察もつづけているが、その一環だ。軍艦島も、県の音楽祭担当の係と一緒に行ったのである。

江戸年間の一八一〇（文化七）年ごろ、ここで石炭が発見された。佐賀藩により採炭がおこなわれたが、一八九〇（明治二三）年、三菱がこの島を買い取り、大規模な海底炭鉱が建設される。しかし三二〇メートル×一二〇メートルという、島というより岩礁。それが、一八九七年から一九三一年の間に六回も埋め立てをして、その三倍の大きさの「島」になった。人が集まる。最盛期には五二六七人。ものすごい人口密度である。東京区部の九倍。世界一だった。小中学校、寺、神社、病院、映画館、喫茶店、スナック、雀荘……火葬場と墓以外は何でも揃っていた。一九一六（大正五）年には、我が国最初の鉄筋コンクリートの高層（七階）アパートも建つ。びっしりとひしめいて建つビルは七一棟。労働者は国内だけでなく、中国や朝鮮からも集められた。海底一〇〇〇メートルの坑道は摂氏四五度！　過酷な労働だ。いっぽう、電気洗濯機、電気冷蔵庫とテレビが三種の神器といわれたころ、この島では普及率ほぼ一〇〇パーセントだったという。

だが、エネルギー革命が起きる。石炭から石油へ。出炭量は徐々に減少。ついに一九七四年、閉山。島から人影は消えた。無人島となり、放置されていたが、しばらく前から、限られた地域を開放し、上陸できるようになった。

とはいえ、島全体がいつ崩れるかわからない廃墟だ。細かな行動規則があり、それを遵守する誓約書にサインしてようやく見学が許される。無人島化してから建てられたものが一つだけ、ある。島の一番高い所に建つ灯台だ。島の最盛期は夜じゅう煌々《こうこう》と明るく、必要なかったが、今や真っ暗。航行する船にとって危険なのだ。

海から眺める姿は威容にして異様。大正年間の戦艦「土佐」にそっくりだということから「軍艦島」と呼ばれるようになった。僕は、遠景はフランスのモン・サンミシェルみたいだと感じたが……。

かつて、愛媛県新居浜市に「別子《べっし》銅山」があった。一六九〇（元禄三）年に鉱脈が発見され（住友の発祥だ）、採りつくして一九七三年に閉山する。その閉山間際に、僕は池澤夏樹（作家）と一緒に山を歩き、坑道の先端（端出場《はでば》）までもぐった。その結果できたのが合唱組曲「銅山」。最盛期の別子には万を超す人がいた。東平《とうなる》という地区には回り舞台を備えた劇場や遊郭まであって賑わった。

だが、人が去り、やがて坑道もつぶれる。銅山は自然の「山」へと回帰していく。何らかの理由で、大自然に人が群がり、理由が消えると人間も消え、まずは廃墟となり、やがて自然に戻る――池澤夏樹と僕が合唱曲として描いたのは、その構図だった。

軍艦島に別子を、僕は重ねていたのである。

（二〇一二年一二月一〇日号）

恐ろしい予兆

衆議院が解散し、誰もが忙しい年末に選挙ということになった。目下、激しい選挙戦の真っ最中。

各党のマニフェストを見ていて、大いに気になるのは自民党のそれ。改憲し、自衛隊を防衛軍として整備するなどと言っている。

これは、何をおいても阻止しなければ。戦争をする権利を永遠に放棄したのではなかったか。陸・海・空軍その他の戦力を絶対に持たないはずではなかったか。国に戦争をする権利はない、と明言したのではなかったか。

周知のように、現行憲法の公布は一九四六年一一月三日。施行が翌四七年五月三日。あれからもう「六六年も経った」のか。「まだ六六年しか経っていない」のか。

アメリカの元国務副長官アーミテージ、ハーバード大教授で元国防次官補のナイ氏などのグループ「ジャパン・ハンド」（ジャパン・ハンドラーズとも）による「第三次報告」（二〇〇〇年秋、二〇〇七年春に次ぐもの）は僕たちを震撼《しんかん》させるに十分な内容だ。

日本が「二流国」ではなく有能な軍事力を持つ「一流国」でいたければ、下記の勧告を受け入れろ、というもの。勧告は二七項目だ。

◆日本自身の軍事行動の責任範囲を拡大すべき。◆憲法九条にもとづく集団的自衛権行使の抑制を排除すべき。◆イランがホルムズ海峡を閉鎖する兆しがあれば、日本は単独で掃海艇を派遣すべき。◆アメリカと共同で南シナ海での監視を強化すべき。◆アメリカの「エア・シー・バトル（空海融合作戦）」と日本の「動的防衛力」の連動を強化すべき。◆日本は原発再稼働を推進すべき。等々。

何ですか！　これは……。軍拡路線は、アメリカ国内でも支持者が減少している。先日の大統領選で共和党候補ロムニーが敗れたのには、そのような背景がある。スリーマイル島事故以降、アメリカで原発は一基も新規建設されていないのに他国に要求。何というアナクロ（時代錯誤）で勝手放題の勧告か……。ところが、自民党を先頭とする改憲の動きは、まさにこの報告書に寄り添うものなのだ。

もちろん僕は、この報告書を直接読んだわけではない。「赤旗」紙・坂口明記者の文章で学んだ。それによれば、アーミテージという人はかつて、「情勢が求めればアメリカ人は残忍になりうる」と発言した由。残忍な人間の残忍な暴言を承服し、日本という国の大切なポリシーまで売り渡してしまうことを、許してはならない。

アメリカの元国防長官マクナマラが、「ベトナム戦争は誤りだった」と述懐し、その発言を評価する人と、「自分たちは誤った戦いをさせられたのか」と怒る人に分かれた、ということが何年か前にあった。怒る人の気持ちはわかる。わかるからこそ、マクナマラは勇気ある発言をした、と僕は思う。正しい答えを示す師は、歳月。その師への敬意、師の心を予測し、読みとろうとして初めて、本当の政治だ。逆に、恐ろしい予兆を醸成する政治など、絶対に認めてはならない。

（二〇一二年一二月六日記。同年一二月一七日号）

年末の第九

この年末も、あちこちでベートーヴェン「第九」が鳴り響いている。これを聴かないと一年が暮れない、という人もいるくらいだ。ヘンデル「メサイア」やチャイコフスキー「くるみ割り人形」などは、クリスマスに関わるからわかるが、「第九」はなぜ年末なんだろう……。日本だけの不思議な現象である。

「二十四節気」って知ってますよね？
春＝立春・雨水・啓蟄《けいちつ》・春分・清明・穀雨。
夏＝立夏・小満・芒種《ぼうしゅ》・夏至・小暑・大暑。
秋＝立秋・処暑・白露・秋分・寒露・霜降《そうこう》。
冬＝立冬・小雪・大雪・冬至・小寒・大寒。
四季を峻別《しゅんべつ》し、さらにそれぞれの季節を六つに分ける――太陰暦の考えかただが、認知度に差があるとはいえ、これらの言葉は今も生きている。明確に四季が移ろう風土に生活する日本人にとって、日々をこのように細かく分けることは極めて大切なのだ。

しかし、四季は日本だけのものじゃない。ご存じヴィヴァルディの「四季」（正しくはヴァイオリン協奏曲集「和声と創意の試み」第一集全六曲中のはじめの四曲）という音楽もある。あれはイタリアだ。ハイドンはオーストリア人だが「四季」というオラトリオが知られているし、ロシア人グラズノフも「四季」というバレエ曲を書いた。このタイトルは他にいくつもある。「春」とか「冬」とか季節別のタイトルなら頻出するといって過言でない。シューベルトの歌曲集「冬の旅」を想うまでもなく。これは絵画や文学作品にしても同様だ。

とはいえ、日本ほど「四季」が生活に密着している所はないだろう。新年を寿《ことほ》ぎ、正月を特別な時と考える習慣も、そう。であれば当然「年の暮れ」も重要。そこで、「第九」。

まず「9」という数字。9は一桁台最後の数。ゆえに「終わり」というイメージを感じる数。しかも実際、このジャンルに不朽の名作を残したベートーヴェンの、最後の交響曲。

次に、最終第四楽章の構築の仕方。嵐のように激しく展開したあと、チェロとコントラバスがまるで語るような旋律（レチタティーヴォ）を奏でる。これは、のちにバリトン独唱が歌いだす際の旋律だが、それは、「おお友よ、このような音ではなく、もっと快く歓びに満ちた歌を！」という、いわば「否定」の意味を持つもの。

第一楽章が回想されるが否定される。第二楽章が、第三楽章が回想され、その都度、否定される。そのあと出るのが、あの「歓喜の歌」の旋律。これこそが「もっと快く歓びに満ちた歌」！――何と、具体的ではないか。

今年もいろいろなことがあった。いやなこともあった。それらを打ち消し、新しい年を迎えよう！――つまり、そういうこと。

年末第九現象について、他にも私見を持つが省略。とにかく季節を峻別する日本の年末に、この曲はなるほどピタリなのである。

聞いてよし。歌ってよし。今年も、おおいにやってください。

（二〇一二年一二月二四日号）

年越し

日本の民話には、人々の年末から正月への生活に関わるものが少なくない。「笠地蔵」などはその典型だ。落語では、長屋の住人が借金対策に苦慮の末、正月を迎えますな。で、やっと落ち着いた大晦日《おおみそか》の夜に聞こえてくる除夜の鐘は、どんなにか人々を静かな心へと導いただろう。

だが、そんなふうでもなくなってきた。年越しの仕方は、人により、家庭により、千差万別。自分の家で家族団欒《だんらん》に限るという人もいれば、旅行に出ちゃうという人もいる。「紅白歌合戦」＆「ゆく年くる年」じゃなきゃ、という人もいれば、新年はいつも神社で、という人もいる。

子どものころ、僕は除夜の鐘、聞いていましたね。近くの寺から聞こえてくる。我が家のルーツである大分の慣習らしき大根や昆布、そしてブリの煮物を食べながら。

元日の朝は、まず餅に梅干しを挟んで食べる。「歯がため」と称した。子どもだけだったような記憶があるが、あれも大分のやり方だったのかな……。そのあとは雑煮だが、これも具は、ブリ。年越しをまたいで、ブリ攻めだったのである。

この一〇年と少し、僕の大晦日はジルベスター・コンサートだ。ジルベスター（Silvester）とはドイツ語で大晦日のこと。一九九八年のオープン以来、横浜みなとみらいホールの同コンサートで音楽監督を務めてきた。二〇〇七年からは監督と同時に、館長としてこれを実施する立場である。一月一日〇時に向かってのカウントダウンは、音楽。有名な曲の、最高に盛り上がる最終コードをピタリ〇時に迎える、というように。オーケストラを指揮する飯森範親君は、それはもう大変。演奏が延びて〇時一分になっちゃったら台無しだもの。

オーケストラは、横浜や神奈川にゆかりの第一級プレイヤーで組む。豪華メンバーだ。プログラムは、前年と新年がアニヴァーサリーになる作曲家の作品を中心に考える。今回なら、二〇一二年あるいは一三年に「生誕〇年」とか「没後〇年」、時には「初演後一〇〇年の名曲」なんてのも。これを前記飯森君、演奏家の核・ヴァイオリニストの徳永二《とくながつぎ》男君《お》と僕で、五月ごろから準備検討するのである。

このコンサートを楽しみにしている人がたくさんいて、毎回満席の大盛況。元日の午前一時ごろの終演のあとは、演奏家とホール・スタッフの大パーティ。眠気も忘れて楽しむ。

元日は、ウィーン・フィル・ニューイヤーコンサートが人気だ。一九三九年以来の行事だが、今や世界中に同時中継される。今年、中継を受ける日本のＮＨＫスタジオでしゃべったのは夏木マリさんと僕。もしかしたら、見られちゃったかな……。

大晦日の、また元日のコンサートは、きょうびあちこちでやられるようになってきた。年越しを音楽で楽しむ人が増えたことは、音楽家として、やはり、嬉しい。音楽には、人々の心を結びつける力があるから。

（二〇一三年一月七・一四日号）

小沢昭一さん

暮れの（二〇一二年）一二月一〇日、俳優の小沢昭一さんが亡くなった。享年八三歳。所用のため一四日の葬儀に参列できなかったが、供花で弔意を送らせていただいた。親しかったわけではないが、何度か仕事でご一緒したのである。

ある時、東京の地下鉄車内で偶然お会いした。ちょうど井上ひさしさん作の一人芝居「唐来参和《とうらいさんな》」が始まったころだった。注釈を付すと、小沢さんはこの芝居を一九八二年から一六年間、実に六六〇回、公演したのである。

その折の小沢さんの話――例によって井上さんのホン（台本、脚本をこの世界ではホンという）の仕上がりが遅く、台詞を覚えきるのは到底無理。そこで舞台のさまざまな「道具」に、台詞を書いた紙をベタベタ貼って、何とかやりおおせました。それから旅公演があって台詞も完璧に頭に入り、再び東京に戻ったので、はじめに観てくれた知人たちに再度の観劇を頼みました。ところがその知人たちがみな異口同音に、前のほうがよかったと言うのですよ。「この歳になって、芝居というものがわからなくなりましてね……」。

こんな話も聞いた――芝居がはねると知人・友人が楽屋に来てくれる。それが、みな塩豆を持ってくるんですよ。ラジオで「私は塩豆が大好きで」と言ったからなんですな。いやぁ楽屋は塩豆の山。参りました。そこで今度は「塩豆と言いましたがホントは現金のほうが好きで」と言ったんです。ところが誰も現金を持ってこない。どうしてですかね……。

というように、面白い人だった。早稲田大学の仏文卒という経歴は意外だが、そこで「落語研究会」を立ちあげたというから、すごい。「早大の落研」といえば斯界《しかい》を代表する存在だから。かつては僕も落研目当てに早大の大学祭へ行ったものだ。その立ち上げをともにやったのが文学座の長老・加藤武さん、劇作家の大西信行さんだったという。しかも小沢さんを含むこの三人は、高校（麻布高校）もいっしょで、高校時代には演劇部を立ちあげたそうだ。加藤さんも大西さんも僕はよく存じ上げているので、これらの事実にある種の感銘を抱いてしまう。

その後、俳優座養成所第二期生となり、六〇年には劇団「俳優小劇場」を創立。その時いっしょだった演出家・早野寿郎さん（故人）とは、僕も何本かの芝居で協働した。劇団「しゃぼん玉座」の立ち上げは八二年。僕が小沢さんと一緒だったのは、故・今村昌平監督の映画「ええじゃないか」「楢山節考」「うなぎ」など。小沢さんは、今村監督とも早稲田同窓なのだった。

だが、僕が小沢さんの恩恵を最も大きく受けたのは七枚組のＬＰ「日本の放浪芸」（七一年）だ。芝居や映画の音楽の仕事における守備範囲は実に広い。このＬＰがどれほど役に立ったことか……。ＴＢＳラジオ「小沢昭一の小沢昭一的こころ」も、楽しませてもらった。まだまだそれらは続くと思っていたのに、本当に残念だ。ご冥福を心から祈るだけである。

（二〇一三年一月二一日号）

古稀

今年（二〇一三年）は僕にとって特別な年になりそうである。「古稀《こき》」なのだ。唐の詩人・杜甫《とほ》が「人生七十古来稀《まれ》なり」と歌って以来、七〇歳は古稀と呼ばれている。しかしこれは本来、数え年で考えるもの。そうであればすでに古稀になっているわけだが、この類、近年では「満年齢」でいうようになった。すなわち僕は、誕生日である九月一五日に「古稀」を迎えることになる。

桶狭間の戦いに出陣の直前に、織田信長は「敦盛《あつもり》」を舞う――人間五十年、化天《げてん》のうちをくらぶれば夢幻の如くなり。一度生を享《う》け、滅せぬもののあるべきか。これを菩提の種と思い定めざらんは口惜しかりき次第ぞ。

能「敦盛」は、熊谷直実《なおざね》との一騎打ちに敗れた平敦盛一六歳の悲劇である。「人間五〇年」の「人間」は「じんかん」と読み、人の世の意味で、「人生五〇年」としばしばいわれるのは誤り。「げてん」も「下天」ではなく、正しくは「化天」。僕が音楽を担当した映画「影武者」（黒澤明監督、一九八〇年）に、この信長の舞のシーンがあった。隆大介《りゅうだいすけ》君の信長は精悍《せいかん》にして重厚。凄味があった。

それはともかく、信長にとって人の世はおよそ五〇年だったのだ。それが今は……。

日本人の平均寿命は、男＝七九・〇歳、女＝八六・二歳、総合八二・七歳である。世界一。僕はまだまだ平均以下だ。日本の次は香港。以下、スイス、アイスランド、オーストラリアの順。

ところで古稀の前は六〇歳の「還暦」。六一歳は「華甲」。「華」の字は十が六個＋一で「甲」はキノエネ。干支《えと》の最初だから。そして六六歳は緑寿というらしい。緑緑と書けば「ろくろく」と読めるから（しかしこの緑寿はデパート業界の発案である由）。

古稀のあとには次々。七七歳は喜寿。「喜」の略字が七を重ねたものだから。八〇歳は傘寿《さんじゅ》。「傘」が八を重ねたものだから。八一歳は盤寿。棋盤の桝目が九×九＝八一だから。九半寿ともいう。半の字を分解すると八と十と一だから。八八歳＝米寿はご存じですね。九〇歳は「卒寿」。「卒」の略字が九と十だから。さらに九九歳は「白寿」。九九は一〇〇－

一。百の字から一をとれば白だから。僕の父方の祖母はこの白寿で他界した。その先は一一一歳。「川寿《せんじゆ》」とも「皇寿」ともいうが、当然ながら実例はあまり聞きません。111と書けば「川」の字のようだし、「皇」の字は白＋王。白は前記の通り九九で、王は分解すれば十と二。足して一一一。

このように、いわば字の遊びができるところが、漢字のすばらしさだと僕は思う。ところで……そう、僕の古稀の話だった。

先般お話ししたように、ハタチまでは無理と幼いころ医者に告げられた身としては不思議な気持ちもある。しかし、ラク隠居というわけにはいかない。今年僕は記念と称する作品委嘱が目白押しで、かなりの重労働を強いられそうである。交響曲二つ、左手のためのピアノ協奏曲、合唱曲……。ま、定年のない仕事を選んだ以上、これでいいのですが……。

（二〇一三年一月二八日号）

評価の時代　その1

大阪で、体罰を受けた高校のバスケット部の生徒が自殺した。強豪校だった由で、その名誉を担ってきた指導者つまり教師が生徒を殴るなどしていても、まわりは見て見ぬふりをしていたという。だが以前にもこの教師の暴力について告発があり、その折に学校側は調査をしたが、件《くだん》の教師に尋ねるだけの杜撰《ずさん》な調査でお茶を濁していたという。

これは悲しく、かつゆゆしき事態だ。このところの勢いで自信満々らしき大阪市長も、さすがにこの事件に関しては平身低頭。

他方、中学や高校で、生徒が教師を評価採点する制度が始まるらしい。これもまず大阪だと聞いた。しかしすでに大学では実施されている。僕も一応大学教授なので、知っております。ただ、僕の場合は音楽大学で、しかも作曲の個人レッスンしか教えていないから、自分のクラスの学生はみな個人的によく知っている。だから調査結果に客観性はほとんど反映されないだろう。あ、そう、その調査よろしくね、なんて会話を学生と交わしている。だが、中学や高校で生徒が先生の勤務評定をして、その結果が給与やボーナス査定にまで影響するということになると、僕は首をひねらざるをえない。とはいえ、全くの門外漢だ。少し大局的な方向へ話をずらしてみる。

学校の先生や医師の立場が、かつてとは異なってきた。校内で、いや時には校外であっても、何かあると学校の先生は責任を問われる。「いじめ」がクローズアップされる現代に、公私を問わず、また昼夜を問わず、絶えず生徒のすべてに気を配っていなければならないのが先生だ。

医師もそう。診療や手術に関する苦情が病院に押し寄せる。病院も、そして個々の医師も、その対応に追われる。すべての患者から十全の安心と信頼を集めていると言いきれる病院が、今どきどれだけあるだろうか……。

僕の中学生時代、体育のA先生は、柔道と剣道と合気道と何やらと何やらとで、合わせて〇段というのが口癖の自慢。この先生、頻繁に生徒を殴るのである。もちろん、いたずらっ子の僕はしばしば殴られました。水がいっぱい入ったバケツをぶらさげたまま長時間廊下に立たされたこともある。数人が並んで立たされたが、うち一人がポケットにガムをひそませていた。それをもらってモグモグやりながら立っていたら、見つかった。で、やはり、殴られた。なのに、人気がある。とても慕われていた。今も僕は懐かしくA先生を脳裡《のうり》に浮かべるのである。

順序は逆だが、小学生時代。僕は学校でしょっちゅう怪我をした。高い鉄棒から飛び降りた砂場で手をついたら、左ひじの骨が欠けてしまったことがある。ずいぶん長い間、ギプスの腕を吊っていた。これは授業中だったから、今なら先生の責任を問う声があがるだろう。しかし、怪我の責任は僕だと当時の僕は思ったし、親も当然そう考えた。何か問題が起きる兆しさえ、全くなかった。（つづく）

（二〇一三年二月四日号）

評価の時代　その2

前回、さすがに平身低頭と言ってしまった大阪市長だが、その後体罰のあった高校の体育系二科の入試中止を決定した。これは行きすぎだ。というより、矛先を取り違えている。が、今お話ししたいことはこの問題と別なので、詳しい話は措《お》いておきます。

何か起こると、責任を問う声が上がる。責任の所在を確かめるために、常に監視していようということになる。役所の仕事ぶりを監視するオンブズマンがその一例。もちろん、オンブズマンのような角度は社会に必要だと僕も考える。だが、こういうことは時として行きすぎることがある。たとえば役員が出張時に航空会社のマイレージを貯め、特典を得た――けしからん！　とか、役所が官舎と称して役人に住宅を供給する――けしからん！　とか、役人が役所の金で飲み食いをする、役所の金でタクシーに乗る――けしからん！　とか……。

でもですね、旅をしたのは本人に違いないし、それなりに疲れただろうし、マイレージのご褒美くらい、いいんじゃないですか。

役所や会社が家を準備してくれれば、相応の感謝も愛情も湧《わ》く。生涯をこの役所や会社にささげようという心も生まれるというものだ。

飲み食いやタクシー代を役所や会社が持ってくれれば、たがいの心もほどけ、通じ合い、深夜に及んで交流を図るという機会も出てくるのではないか。

学校や病院にしても同様だ。学校では先生と生徒がたがいに点をつけあう。気に食わない先生はわずかな失敗も許されない。それゆえに生徒の誰かが致命的な点をつけるかもしれないから。

病院では後ろ指を指されないために、診療の詳しいデータを明記し、会計の時に領収書とともに患者に手渡す。嘘の治療ではありませんよ、これこれの検査をし、これこれの結果なのでこれこれの注射をし、薬品を決定したのですよ、というわけ。

監視し、評価点をつけ合う時代なのである。

点数は明確な結果を示すことができるだろう。だが、点数はデジタルだ。白と黒を峻《しゅん》別《べっ》する。点数では表し切れないアナログなもの——換言すれば白黒でなくグレーのものは切り捨てられる。多くの場合グレーは悪役だが、ここでは違う。白と黒しかない判別法は、貧しい。先般の選挙結果は「小選挙区制」ゆえだった。一発で白黒がひっくり返るオセロゲームのようだった、と畏友《いゆう》・池澤夏樹が新聞紙上で言った（二〇一三年一月七日付北海道新聞）。その通りだ。

このまま、評価と監視、白黒でデジタルという方向へ進めば、僕らの社会は警戒感と不信感でいっぱいになる。すべて点数で優劣を決める世の中になっていく。そういえば「勝ち組・負け組」という言いかたがあるが、これは悲しい。僕は大嫌いだ。人間の生きざまに、勝ちも負けもあるわけがない。人が人を安易に評価する時代を、僕は阻止したい！

（二〇一三年二月一一日号）

中野鈴子、そして栗田さん

福井で「うたごえ」の活動をしている栗田栄さんが『中野鈴子全詩集』を送ってくれた。福井は、よく行く。行くと栗田さんはじめ辻さん夫妻、杪谷《ほえたに》恵子さん他たくさんの仲間たちとすばらしい時間を過ごす。

中野鈴子は、中野重治の実妹だ。兄妹ともに福井県の人。重治（一九〇二～七九年）は戦前、プロレタリア文学運動の中心として活動。『新日本文学』の創刊に携わった。久板《ひさいた》栄二郎などが一緒だった。話がちょっと横道にそれるが、これまで約四七〇本の演劇音楽を書いてきた僕が、初めてプロの劇団の依頼で仕事をしたのは一九七〇年俳優座公演「原理日本」。その作者が久板栄二郎だった。

重治は一九三一年に日本共産党に入党。だが三四年に転向。戦後再び党員となり、四七～五〇年は参議院議員も務めた。その後、六四年に除名されている。しかし最後まで極めて大きな影響力を持つ「知の人」だったことは、多くが認める通り。夫人は女優の原泉。スクリーンでしばしばお目にかかったものだ。

その妹・鈴子（一九〇六〜五八年）も、社会主義リアリズムに基づく農民の眼差しで詩作をつづけた。新日本文学会福井支部を結成し、文芸誌『ゆきのした』を創刊した。「鍬《くわ》」という詩の、最後の一節――

私のお兄さんは牢やのなか
その日から足かけ三年
つかれて泣きそうになって
私の振り上げる鍬《くわ》は
お茶を沸かすお母さんと
牢やのお兄さんへ一直線

ところで僕は、福井の隣＝石川県の仕事をするようになって久しい。一〇年以上金沢の石川県立音楽堂に関わっているが、能登中島町（現・七尾市）の「能登演劇堂」との縁は、もっと長い。演劇堂へ行く際は能登空港へ飛ぶが、金沢行きは東京・羽田から小松（現在は新幹線である）。ところが、意外に多いのが関西から入る、また金沢から関西へ移動する機会である。このルートに航空便はない。ＪＲの特急「サンダーバード」だ。

するとと福井を通過するわけ。その時僕は必ず「ただいま福井を通過中。福井のみなさんによろしく」というメールを、栗田さん宛てに車中から送信する。これをやらないと福井を通過したことにならない気分なのだ。

栗田さんから送られた『中野鈴子全詩集』に魅せられ、読みふけっている僕に、年が明けて間もなく連絡があった――栗田さんが癌《がん》で入院！

福井では、この六月、僕が指揮して拙作「悪魔の飽食」を歌うことになっている。さらに僕は、いつになるかわからないが、中野鈴子の詩で合唱曲を書きたいと思っている。

栗田さんには、何としても元気でいてもらわなければ。先週も、病院の栗田さんに、列車の中から例のメールを送ったばかりである。

（二〇一三年二月一八日号）

埃が舞う

午後、拙宅の近くの井の頭線の駅で、電車を待っていた。人気が少なく、もうそれだけでいかにも真冬。そこに、極寒の風が渡る。目の前に一〇センチほどの棒状に固まった埃《ほこり》が横たわっていた。それが風のたびに、まるで生きもののように動く。ベンチに腰かけたまま、何ということもなしにそれを見ている僕。あれはまもなく、プラットフォームから線路へと、落ちていくだろう。

ところが、なぜかこいつは風をうまくやりおおせるのだ。なかなか、落ちない。ひとつの風に、プラットフォームの端まで追いやられる。あ、もう落ちる……。しかし、次の風でくるくると内側へ吹かれ、ベンチのほうへ戻ってくるではないか。あ、電車が来た。ついに、僕が乗り込むまで、この埃はプラットフォームで命ながらえていたのである。

この何ということもない日常の小さな光景に、僕は心惹かれた。風も、埃も、生きもののようだったのだ。僕は高校時代へ引き戻された。東京・新宿の街中に埋もれたようにある高校。校庭の背後は広大な新宿御苑だが、表は激しく車が行き交う甲州街道。その通りから二～三メートル降りたところに校門がある。その狭い傾斜に風が舞う光景を、しばしば目にしたものだ。土と枯れ枝と埃が一緒に巻き上げられ、円を描く。「見ろよ」と言ったのは先輩のSだ。「新宿じゅうの埃がここに集まってくるのさ」。

古い、どす黒くくすんだ校舎。防腐のため塗られたタールの匂い。戦前から同じ場所に建つ朽ちかけた鐘楼……。沢登哲一という名物校長が、ずだ袋を肩からぶら下げ、ほとんど乞食みたいな格好でやってくる。浮浪者と間違えられ、警官に呼び止められるのは日常茶飯事だったらしい。夏、校長室の半開きのドアから覗《のぞ》くと、パンツ一丁でソファに横たわる校長が見えた。式典の挨拶はいつも、「勉強なんてやたらするな。遊べるだけ遊べ」。これが当時屈指の受験校の校長の弁だ。たしかに勉強一辺倒でない、自由でのびやかな校風だった。埃っぽい環境に、妙な誇りがのさばっていたのである。

なぜ、あのプラットフォームの埃は棒状だったのだろう。電線に降り積もり、それが一〇センチほどに切れ、羊羹《ようかん》のようになって落ちてくる山形の雪を、僕は思い出していた。

雪に含まれる水分の比率か何かのせいで、あんなふうになるのだろう。プラットフォームの埃も同様かもしれない。湿り気とか、埃の材質とか……。ちょっとしたことで違う結果を生むのは、僕らの世界と同じだ……。

小川で休んでいるイモリを驚かすつもりで投げた小石が当たってしまい、イモリは死んでしまった――ただそれだけのことから、生と死、そして命を考え、名作小説を書いてしまったのは志賀直哉。『城の崎《きさき》にて』である。この名作を夢見るだけで笑止千万だが、何でもないようなことからの出発というのを、僕もやってみたかった、と、ま、そういうわけでした。

（二〇一三年二月二五日号）

広島の良心

広島の平和記念公園を、僕はたびたび訪れている。園内に数多い、被爆を記録し、また平和を祈る石碑や銅像について、この欄でお話ししたこともある。

そこに立つ樹々も、さまざまな背景を持つ。カナダカエデも、それらのひとつ。傍らの石碑に「カナダ政府からおくられたものである　昭和38年5月」と明記されている。このカエデの実はプロペラ状なのだそうだ。ところが、イガグリ状だった。市民から、おかしいと声があがった。管理している市が調べたところ、「タイワンフウ」という樹であることが判明。寄贈を受けたときに園内のどこに植えたかという記録が残っていないという。

とはいえ石碑を移動させることは稀《まれ》なので、その付近に植えたであろうことは推測できる。だが、もしかすると日本の風土に合わず、枯れてしまったのかもしれない。いっぽう、タイワンフウが植えられた経緯は全く不明。

以上、広島滞在中に目にした地元の中國新聞（二〇一三年二月四日付）の記事である。もちろん、僕もこの石碑をかつて読んでいる。カナダの名産「メープルシロップ」はこの樹液なのか……と思った。長い間、たくさんの人がこの碑文と樹に親しんでいたが、それが違っていた。些細《ささい》なことのようだが、行政が嘘をついているとはふつう思わない。それを市民が指摘した。すばらしい。

ところで話は変わるが、広島県議会議員・正木篤という人が、住民投票によるリコールで失職、という記事にも接した。有効投票総数四万七七八一票のうち、賛成が四万五八一二票。何と九五・八八パーセント！　圧倒的多数で、リコールが成立。都道府県議のリコール成立は、全国初だという。

この県議は一昨年（二〇一一年）六月、無免許運転で現行犯逮捕された。その後広島地裁で、懲役八カ月、執行猶予三年の判決を受け、確定。県議会は同年六月と九月の二回、辞職勧告を決議。しかし、これに応じなかった。公選法および地方自治法の規定では、県議が逮捕・起訴された場合、裁判で禁錮《きんこ》以上の実刑が確定しなければ、自動失職することはないのだという。また、県議会が議員の失職を促す条例を独自に制定することも、憲法で認められていない。いっぽう地方公務員の場合は、逮捕・起訴され、有罪判決が確定した時点で、自動的に失職となる。

議員と公務員とで、規定が異なるのはなぜか。議員は有権者の一票の積み重ねで選ばれているがゆえに身分が保障されている、という見解である。しかし、そうであるならば、住民投票以前に、それを可能にすべくなされた署名が四万七六七一人（有権者数の三分の一以上）集まったというのだから、そこで辞職すべきだった。ところが、執行猶予ということは更生を許されたということ、という勝手な解釈で辞職しなかった。そこで市民が立ち上がったのである。

二つの新聞記事に僕は、広島市民の良心を見た。爽やかな風が吹いてきた感じだった。

（二〇一三年三月四日号）

頻発する地震

「東日本大震災」から丸二年が経過した。復興が思うように進んでいない最大の理由は、いうまでもなく「福島原発事故」である。放射能に汚染され、避難を余儀なくされた人たちのつらさは想像にかたくない。こんな時、作曲家に何ができるだろう……。

阪神・淡路大震災のあと、僕は鎮魂のための合唱組曲を書いた（「１９９５年1月17日」全音刊）。中越地震のあとは、ＮＨＫ交響楽団のために短い曲を書いた（「ふるさと、あたたかく」）。そして今回、映画音楽作曲家が八人集まり、それぞれ短いオーケストラ曲を書き、復興支援として録音した。四月に、コンサートもおこなう。東京都交響楽団。岩代太郎君が発案者かつまとめ役。他に渡辺俊幸、千住明《せんじゅあきら》、大島ミチル、菅野祐悟《かんのゆうご》、山下康介、村松崇継《むらまつたかつぐ》の諸氏と僕。音楽にどれほどのことができるか、とも思うが、しかし人はそれぞれ自分のできることで支援をしなければいけないと考えるのである。

それにしても、地震が多い。日本を含む環太平洋地域だけではなく、地球のあちこちで頻発している。この星が生きている以上、どこであろうと地震が起きて不思議はないとは考えているが、それにしても……。

地球がおかしくなっているのではないか。地軸が傾いたという説もある。「そういえばこの前、あっ傾いた！　と思ったよ」などとほざくふざけた友もいるのだが、月の見える場所が北にずれた、とか日中の太陽の高度が前より高くなったなどという話は、たしかにささやかれているのである。

地軸とは、地球が自転する際の軸で、北極点と南極点を結ぶ直線。これが公転面の法線に対し、約二三・四三度傾いている。このために太陽の高度に変化が生じ、季節が生まれるのであるらしい。つまり地球の軸は、そもそも傾いているというわけ。ちなみに水星は約〇度。ほとんど傾いていない。いっぽう天王星は約九七・八六度。横倒しだ。地球の軸が傾いたのは、地球ができた直後に火星サイズの天体が衝突したためという説がある（ジャイアント・インパクト説）。その際の破片が集まってできたのが、月なのだそうだ。それだけでなく、地球の自転軸の方向は、月・太陽・惑星の引力の影響で変わり、恒星に対し春分点が毎年約五八秒ずつ西へ移動しているという。つまり大きくいえば、地球は約二万五八〇〇年の周期で首振りをしていることになる。これを歳差または章動という。自転とは、独楽《こま》の首振りなのだ。

それが、近年何かの理由で大きく傾いた。それは当然四季の変化に、また地殻の状態に影響を与えるだろう。頻発する地震がこのことと無関係とはとうていいえない、ということは専門家でなくてもある程度想像がつく。

具体的な復興やこれからの地震への対策はもちろん推進すべき大命題だが、のみならず巨視的な地球科学からの観測も怠ってはならない。とにかく人間は、この星にいるしかないのだから。

（二〇一三年三月一一日号）

生存の岐路

黒澤明監督作品「夢」が公開されたのは一九九〇年。だが、手元に残る台本の「第二準備稿」は「こんな夢を見た」というタイトルで、印刷された日付は一九八八年五月一七日。僕はこの映画の音楽を担当したが、顧みるとたしかに、二年くらい携わっていた。長い仕事だった。

映画「夢」は、八つの夢の話（前記準備稿の段階では一〇の夢）のオムニバスだ。中に「赤富士」という章がある。黙々と流れる人の群れ。その背後に富士山。さらにその後方に、火の玉のような太陽。「知らないのか。あれは発電所が燃えてるんだ。原子力の」という声が聞こえる。そこへ、さまざまな色をした霧のようなものが流れてくる。「私」は、また声を聞く。「赤いのがプルトニウム２３９。あれを吸い込むと一億分の三グラムで癌《がん》になる。黄色いのはストロンチウム90。あれが身体に入ると骨髄にたまり、白血病になる。

紫色はセシウム137。生殖腺にたまり、遺伝子が突然変異を起こす。つまりどんな子どもが生まれるかわからない……」。

「私」は絶壁の突端に駆けより、海を見下ろす。その私に、赤い霧がしのび寄る。

この話、黒澤監督がつくった架空の話に思えますか？　とんでもない！　極めて高い現実性を帯びた話に感じる。多くの人が同様だろう。黒澤監督には、自分の死後の世界状況が見えていたのだろうか。この「夢」に描かれた恐怖の、まさにただなかに僕たちはいるのだ。

ただ、恐怖という視点でいえば、一九五〇～六〇年代のほうが大きかった、という説がある。北朝鮮が核実験を実施して世界中からの非難を浴びたのはつい先日だが、半世紀前は世界各地で実験が繰り返されていた。当時の放射能の値は今より一万倍も高かったというデータもあるらしい。たとえば一九五六年の降雨により日本海側～東北地方の放射能は四〇〇〇～一万九〇〇〇カウントだった由。ビキニ環礁付近でのアメリカの水爆実験の影響である。

以下は、そのころの報告。日本の地理的な位置が、北緯二五度付近（沖縄県）から同四五度辺り（北海道）だということを念頭に入れて読んでほしい。

ストロンチウム90の地上での蓄積量は、北半球の緯度四〇度地帯が最も多い。赤道付近の約三倍。なぜそうなるかというと、成層圏からの降灰だけでなく、ソ連（現ロシア）やアメリカの核実験場がだいたいこの緯度付近にあり（北朝鮮もそうだな……）、それがそのままジェット気流や偏西風に乗って回るから。なかんずく日本は雨が多く「死の灰の吹きだまり」といわれることすら、ある。

これが、半世紀前の説……？　それじゃ、僕たちの世代はほとんど放射能とともに生きてきたことになってしまうではないか。そこへさらに福島の原発事故！「夢」が夢でなく現実になってしまう恐れは十二分にあるのだ。ほかのすべての生き物と同じく、人間もまた子孫を残そうと努力する存在なら、今が生存の岐路であることは、明らかだ。

（二〇一三年三月一八日号）

交響曲という命題　その1

先日（二〇一三年三月二日）「交響曲第八番」の初演があった。横浜みなとみらいホールで、金聖響《キムソンヒャン》指揮、神奈川フィルハーモニー管弦楽団の演奏である。「大地／祈り」というサブタイトルをつけた。もちろんこれはアトづけではなく、この作品の発想を示すものである。

「第七番」のあと一〇年以上、このジャンルを書かなかった。交響曲は、よほどの思いがなければ書けないのである。

交響曲って、何だろう?

ハイドンが一〇四曲を、モーツァルトが四一曲を遺して以来、作曲をする人間はこの命題と戦ってきた。偉大な大改革を成し遂げたのはもちろんベートーヴェンだが、シューベルト、シューマン、ブラームスとつづく路線にも、ベルリオーズ、リストという標題音楽の路線にも、ドヴォルザーク、ブルックナーそしてマーラーとつづく近代の路線にも、この戦いの痕跡《こんせき》はにじんでいる。まして現代の東洋に生きる僕が、このジャンルで何ができるかは、僕が絶えず自問してきたことだ。

一九八一年「モスクワ現代音楽祭」に参加した僕は、会期中にエチオピアの作曲家ソロモン・ルル君と仲良くなり、ホテルの僕の部屋で毎晩語り合った。会期のあともモスクワに残って自分の「交響曲」を録音して帰る、という彼に、僕は尋ねようとした言葉を呑み込んだ。すばらしい民族音楽を持つエチオピアのあなたが、なぜ「交響曲」などというものを書かなきゃならんのだ？　と。

呑み込んだわけはわかってもらえると思う。僕も同じじゃないか……。日本人の僕も「交響曲」を書いている……。それはなぜだ？　学生という身分を終えた年（学部卒業の一九六七年）に書いた「第一番」（初演：渡邉暁雄《わたなべあけお》＝日フィル）は、当初単なる「交響曲」だった。このあとも書くとは予想しなかったからである。これは、身につけた（であろう）アカデミズムの総決算というつもりだった。だがそのあと、僕の視座は明確になった。「第二番《トライアス》」（七九年／渡邉暁雄＝日フィル）ではたくさんの三重奏（トリオ）

をオーケストラに組み込ませることで、個と社会の関わりを音化しようと目論《もくろ》んだ。「第三番《エゴ・パノ》」（八四年／井上道義＝新日フィル）で、この視座はより明確になる。一人ひとりの人間は社会の中でどのような存在であり得るのか……。この命題は「第四番」（九〇年／外山雄三＝N響）、「第五番《シンプレックス》」（九〇年／大野和士＝東京都響）、「第六番《個の座標の上で》」（九三年／岩城宏之＝新日本フィル）、前記「第七番《一滴の共感へ》」（九九年／秋山和慶＝N響）と、拡大されながらつづいた。

それが今回、変わった。サブタイトルがそれを示している。「3・11」ゆえだ。しかしこれは悲しみや追悼の表現ではない。もちろんそれらも含んでいるが、むしろ大自然と人間との関わりへの思い、そしてその共存のための祈りなのである。（つづく）

（二〇一三年三月二五日号）

交響曲という命題　その2

音楽家に限らないが、芸術関係の仕事に携わる人間は社会と遊離した存在だ、という考えに、僕は与《くみ》しない。完全に逆である。これまで僕は、社会的なメッセージ性を具体的に帯びた作品を数多く書いてきた。それは、合唱というジャンルに集まっている。反戦・平和・反核・人権・環境・災害被災者へのメッセージ・復興支援……さまざまな問題に向き合ってきたと思う。合唱という演奏形態が、大勢の人の心をひとつにし、たがいの肩を、手を組ませることができると考えるからだ。

もちろん、合唱以外でもこれは同様なのである。とはいえ、作曲という仕事は千差万別の機会になされるものだ。たとえばあるオーケストラの周年記念に委嘱されることもある。市や町のアニヴァーサリーやイヴェントのために書くこともある。演奏家のリサイタルのための依頼ということもある。さらに映画や演劇、テレビ・ラジオドラマのための音楽ということもある。作曲していて、前記のテーマがいつでも関わってくるわけではない。たとえばピアニストAさんの演奏活動三〇年記念の委嘱作品を、人権問題への意見表明という内容にするわけには、ふつう、いかない。

だが、当然ながら僕は僕の思いを、主張を、音楽で表したいと願う。その具現こそが「交響曲」だと僕は考えている。「交響曲」というジャンルがそういうものなら、そこに西欧・非西欧というような概念を入り込ませなくていいはずだ。僕が「交響曲」を書くのは、そのような理由からである。

さて、「交響曲第九番」の依頼が来たのは二〜三年前。これは、考えた。なぜなら「九」という数字は、重いのだ。ベートーヴェン以降、ドヴォルザークが、グラズノフが、ブルックナーが、マーラーが、ヴォーン＝ウィリアムスが、このジャンルに「九」で終止符を打った。シューベルトは諸説あるが、九曲としているものもある。マーラーはこの数字を嫌い、九つめに「大地の歌」という標題をつけて、避けた。が、そのあとの「第一〇番」が未完に終わり、結局「九」で終わった。一五曲書いたショスタコーヴィチは、誰もが大曲を期待する「九」をいかにも軽い作品にして通過、という肩透かしをやってのけた。

ロシアのミャスコフスキー（一八八一〜一九五〇年）の二七曲、アメリカのホヴァネス（一九一一〜二〇〇〇年）の六七曲、フィンランドのセーゲルスタム（一九四四年〜）の現在二六〇曲……これらは、例外。セーゲルさんは作曲するとなんでも「交響曲」にしてしまうらしいし、本人は、自分がピアノで弾くための曲だ、と告白している。

「九」の委嘱者は僕に、このあと早く「一〇」を書いてくれと言っている。やはり気になるわけですね。もちろん僕だって、考えます……ううむ……ここで終わるのもシャクだな、とネ。

「九」の初演予定は九月一五日。僕のバースディコンサートだ。「交響曲」こそ、音楽による僕の主張の場。僕は今、日々この大命題と格闘中である。

（二〇一三年四月一日号）

言葉好き

生来の言葉好き。なかんずく詩が大好きで、立原道造や中原中也のほとんどを諳《そら》んじている話は、すでにしました。今回は別な角度で。

僕は「音楽言語」で仕事をしている人間だが、もしかしたらそれゆえ、というよりその反動で、普通の「言葉」一般への興味にとりつかれているのかもしれない。

興味は細かなことにまで及ぶ。たとえば「一対になるべきなのにならない日本語の単語」という視点に惹かれてしまう。

「雪女」は、幻想的で美しい。竹内勇太郎「雪女風土記」に読むごとく。いっぽう「雪男」は、まるでちがう。毛むくじゃらで獰猛《どうもう》そう。怖い存在。「雪女」と一対にならない。

同義かと思うと、まるでちがう、というのもある。例えば「おくれ毛」と「うしろ髪」。前者は艶《つや》っぽい香りにあふれ、後者は迷いとためらいに満ちている。

同じ言葉だがところによって意味がちがうケースも面白い。「カメラ」といえば英語では写真機だが、イタリア語では「部屋」だ（英語のカメラには「裁判官の私室」という意味もあるが）。初めてイタリアへ行った若い時、安いペンションに泊まるにあたり、英語を全く解さないそこの小母《おば》さんが、自分の目を指さしながら「カメラ、カメラ」と繰り返す。何のこっちゃ？「まず、部屋を見てくれ」と言ってるんだとわかるまでに時間を要した。

「プラン」は英語では計画、案を指すが、フランス語では「地図」だ。もっともこれは、語源としては同一かもしれない。

かつてエジプトで、カイロ交響楽団によるベートーヴェン「第九」を聴いた時は仰天した。四人のソリストはドイツ語で歌っているが、合唱はドイツ語が苦手で、イタリア語なら何とかなるらしい。バリトン・ソロが「Freude（フロイデ＝歓び）」と呼びかけると、合唱が「Gioia（ジョイヤ）」とイタリア語で応じる。客席で吹き出しそうになるのをこらえる僕だった。こういう「バイリンガル第九」を日本でもやったら話題になるかも。

では、日本の話を。室町期のジョーク。なぞなぞの形をとっている。「天狗の涙」とは何ぞや？

答え＝まな板。天狗は魔物。すなわち「魔」。涙は泣くと出る。そこで、魔、泣いた＝まな板。もう一つ――「近きあいだに必ず参りまする」↓答え＝ちまき。チカキあいだの「カ」はナラズ（カ・ナラズ）、マ・入《い》りまする。カをとってマを入れろ、と言っている。従って「ちまき」。

江戸時代末期、ペルリが来航したころ、望遠鏡や双眼鏡が流行った。それらにも、その風景を描いた錦絵にも、同じ焼印が押してある。丸の中に卯、という焼印。何故かわかりますか？　干支《えと》の卯です。そこから数える――「ウ・タツ・ミ・ウマ・ヒツジ・サル・トリ・イヌ・イ……初めに戻って……ネ」。一〇番目が「ネ」。すなわち「トオメがネ」。日本語って、いや、言葉って、おもしろいですね。

（二〇一三年四月八日号）

文字好き

言葉好きは同時に、文字好きでもある。

子どものころ、自分だけの文字をつくって遊んだ。なに、たいしたものじゃない。「いろは……」を別な形にしただけの幼稚な遊び。わら半紙の「自分新聞」をそれで書いて、あとで読めなくなった、というお笑い。小学校の学芸会で、上級生がザメンホフの生涯を劇として上演した。エスペラントを考えた人だ。僕は観劇して感激。文字遊びは、その影響だったろう。

初めての海外はインドだった。僕は二〇代半ば。インドでは英語が日常語だが、発音が独特。たとえば働く＝ワークが「ヴァルク」と聞こえる。彼の地で知り合った米人老夫婦がインド英語を全く聞き取れず、何とか理解していた僕が通訳したりして、この時はちょっと嬉しかった。その足でギリシャへ行き、ここでギリシャ文字に遭遇する。九世紀ごろ、フェニキア文字をモトに考案された文字だ。「アルファベット」の語源であるαβ（アルファ・ベータ）で始まることは知っていたが、他に奇妙な文字がいろいろあり、戸惑ったのを覚えている。

そして八一年に初めてロシア（当時はソ連）へ行く。キリル文字だ。ギリシャ文字をモトに一〇世紀半ばごろにつくられた由。丸に棒をタテに突き刺し、まるでトンボみたいに見える字は、つまり「F」だという。んじゃ、Fを使えばいいじゃないか。Cはつまり Sだという。んじゃ、Sを使えばいいじゃないか。ホテルの部屋で、僕は少しいらいらしていた。

八〇年代に入り、僕はエジプトの仕事に携わる。アラビア語の、あの蛇がのたくったような文字は、ハナからあきらめたが、ヒエログリフには興味を持った。

鳥や蛇や葦の穂の形を模したヒエログリフは「聖刻文字」という意味で、何とBC四〇〇〇年ごろに原型があるというからすごい。吉村作治さんはじめエジプト考古学者は、驚くことに古代遺跡に刻されたヒエログリフをすらすらと読んでしまう。本日王様に〇〇を捧げますとここに書いてあるよ、などと言うのだ。何とも羨《うらや》ましかった。が、学習には至らず。
内モンゴルでは、商店などの看板に漢字と並んで必ずモンゴル文字が記されていた。伝統を重視する姿勢がすばらしいと感じた。タイの文字も面白いと思っている。そしてハングルも。

現代中国の簡易文字は好まない。「葉」の現代表記が「叶」なんてのに至っては、正直腹立ちを覚えるほどだ。だが日本でもたとえば「花卉」を「花き」と書かなければいけなかったりするのは奇妙である。ページを広げ、さっと見渡せば大体何が書かれているかわかるのが日本語の優れた点なのに、熟語に平仮名を混ぜるとそれが不明になってしまう、と数学者のＰ・フランクルさんが言っていた。一三か国語を話す語学の天才だが、日本語の不備を外国人に指摘されるのじゃ情けない。日本の文字という文化を大切にしなければ……。

（二〇一三年四月一五日号）

隕石落下

先日――二〇一三年二月一五日、現地時間九時二〇分くらい、重さ一〇トン、直径一七メートルの隕石《いんせき》が、ロシア、チェリャビンスク州付近に落下した。広島に落とされた原爆の約三〇倍、約五〇〇キロトンのエネルギーが放出されたという。負傷者一二〇〇人。損害は約一〇億ルーブル（三一億円）。このニュースに世界中が震撼《しんかん》。

だが、隕石って年に五～一〇個は落ちているのだそうだ。今回のように大きな隕石が大気圏を通過してくるのは珍しいが、とはいえ五年に一回はあるという。なのに大騒ぎにならないのは、地球上には人間が住んでいない地域のほうが多く、砂漠や深い森、氷床などに落ちても誰も見ていないし、影響もないから報道もされない、とそういうことらしい。

だが今回、重要なことがやや隠蔽《いんぺい》された感じなのである。今回、巨大隕石が落ちた場所に何があるか知ってる？

ウラル山脈の南、チェリャビンスク市周辺は、プルトニウム生産炉、再処理施設、濃縮施設ほか核兵器関連すなわち旧ソ連の核兵器開発・製造・解体の重要施設が集中している地域なのだ。これらの核兵器秘密都市は、のちに公表された所だけでも一〇市。その半数が、ウラル市南東部に集まっている。それらの都市は暗号名で呼ばれた。ソ連国民にもわからないように。

それらの核施設の一つに、軍産企業「マヤーク」がある。核兵器用プルトニウム生産炉、再処理工場、アイソトープ工場を包含する化学コンビナートだ。そこで放射性廃棄物の貯蔵タンクが爆発したのは一九五七年。広い地域が汚染された。その汚染の実態をロシア政府が公表したのは、爆発から四〇年近く経った一九九三年一月。被曝者《ひばく》は四五万人、一〇〇〇人が放射能障害で発病していた。

今回、巨大隕石落下の地域は、前記核兵器関連施設の周辺だったのである。チェバルクリという湖にも落下した。この湖の北東八八キロメートルに、前記「マヤーク」がある。南西一一五キロメートルには核弾頭組立・解体施設を擁する「ズラトウースト36」がある。落下の数日後、隕石収集が中止になった。それは、これら核兵器関連施設の存在や放射能による環境汚染の実態がさらに明白になることを恐れたからではないかと推察されている。

以上、非核の政府を求める大阪の会常任世話人・長尾正典氏の報告。

地球上では、何が起きるか全くわからないのだ。超巨大隕石が人間の密集地域に落下するかも、いや核製造施設を直撃するかもしれない。超巨大地震が勃発するかもしれない。それらを想像できないのは、すなわち人間の知能の限界を示していることだと思う。活断層だらけの日本で原発政策を継続する——それはまさにその「限界」の証明だ。何かが起きたときに初めて真に理解する——僕ら一般人はそれも仕方がないかもしれない。だが、一国の政策は、その「何か」を予測し、対策を練っておかなければならない。先日の隕石落下は、そのための教訓なのではないか。

（二〇一三年四月二二日号）

サッチャーの死

二〇一三年四月八日、元英首相サッチャーの逝去。

つい先日、その生涯をドラマ化した映画「マーガレット・サッチャー〜鉄の女の涙」(原題 The Iron Lady)が公開されたばかりだ。フィリダ・ロイド監督、メリル・ストリープ主演の、二〇一一年制作のイギリス映画。ちなみにこの作品でストリープは二度目のアカデミー賞主演女優賞を受賞している。

サッチャーは一九二五年生まれ。オックスフォード大学での専攻は化学。同時に経済学に傾倒。二八歳で弁護士資格を取得。政治を志し、七〇年代初頭にはヒース内閣の教育相。そして、一九七九〜九〇年、激動の一一年間、首相を務めた。アメリカはレーガン、ソ連はブレジネフの時代だ。その評価は必ずしも高くないが、極めて牽引力《けんいんりょく》の強い政治家であったことはたしかだ。

「言ってほしいことがあれば男に頼みなさい。やってほしいことがあれば女に頼みなさい」とはサッチャーの言葉。他方で、双子の母でもあった。

前置きが長くなったが、僕はサッチャーの話をしようとしているのではない。女性政治家、なかんずく女性の元首の話をしたい。

世界に、現職の女性元首はどれくらいいるか。韓国のパク・クネ（朴槿恵）大統領就任は記憶に新しい。ドイツのアンゲラ・メルケル首相、オーストラリアのジュリア・ジラード首相も、多くが把握しているだろう。他に、アルゼンチンのクリスティーナ・F・キルチネル大統領、ブラジルのジルマ・ルセフ大統領、コスタリカのラウラ・チンチージャ大統領、リトアニアのダリア・グリバウスカイテ大統領、フィンランドのタルヤ・ハロネン大統領、コソボのアティフェテ・ヤヒヤガ大統領、バングラデシュのシェイク・ハシナ首相、リベリアのエレン・J・サーリーフ大統領、マラウイのジョイス・バンダ大統領……。

「元」や「前」になると著名な人がたくさん。イサベル・ペロン（アルゼンチン）、ゴルダ・メイア（イスラエル）、インディラ・ガンディー（インド）、ベーナズィール・ブット（パキスタン）、メガワティ・スカルノプトリ（インドネシア）、キム・キャンベル（カナダ）、エディット・クレッソン（フランス）、コラソン・アキノ（フィリピン）、グロリア・アロヨ（同）……。ニュースでしょっちゅう目にした名前ばかりですね。

元首ではなくても政治の中枢にいたアメリカのマデレーン・オルブライトやコンドリーザ・ライス（いずれも元国務長官）のような例もある。そういえば、次期にヒラリー・クリントンがアメリカ初の女性大統領になる可能性だって、十分にあるのだ。

人種の差別がないのと同じく、人間には性の差別もないはず。「ジェンダー・フリー」（性差別克服）なんて言葉さえ、やがて死語になるだろう。役所に必ず「男女共同参画」などと称する部署がある昨今だが、いずれその意味も消え去るだろう。そういえば本紙（連載を掲載しているうたごえ新聞）編集長も女性（三輪純永さん）だった。

（二〇一三年五月六・一三日号）

アイスマン

昨年（二〇一二年）九月イギリスで発見された遺骨について。リチャード三世のものではないかとされていたが、このほど正式にそれと判明。これには仰天。中世のバラ戦争（一四五五～八五年）に登場する人物だ。王位を奪還してイングランド王になるが、ボズワースの戦いで戦死。殺戮《さつりく》の限りを尽くしたその生涯を、シェイクスピアが戯曲にしている。その芝居に、僕もかつて音楽を書いた（一九九三年、無名塾）。

だが、先日テレビで放映された「アイスマン」には、さらに大仰天！

イタリアとオーストリアの国境近く、アルプス山中の氷河で「冷凍人間」が発見されたのは二〇年前。何と五三〇〇年前の、四六歳前後の男。身長約一六〇センチ。体重約五〇キロで筋肉質。傷つけずに解凍する術《すべ》がなかったが、このほどやっと成功。体内からサンプル一四九点を摘出した。

胃の中に、食べたばかりの食物があった。山羊や鹿、ウサギなど獣の肉、小麦、そしてハーブの類《たぐい》まで。パンがあったらしい。かなりのグルメだ。おいしく食べようとしていたことが明らかだから。

五三〇〇年前は、メソポタミア文明の黎明期《れいめいき》。エジプト、インダス、中国の古代文明はまだである。そのころヨーロッパに文明はなかったとされてきたが、それが覆《くつがえ》るかもしれない。

皮膚のあちこちに黒く短い平行線や十字の模様。背中に、くるぶしに、全部で一五か所。調べると、煤《すす》！　タトゥー（刺青《いれずみ》）である。

この一五か所が何と……鍼灸《しんきゅう》のツボと一致したのだ。椎間板に骨のずれが見つかった。腰が痛かったのだろう。タトゥーは、その治療の証明である。五三〇〇年前の医学……！

腸の何か所かから花粉も見つかった。腸のどこにあったかで、死のどのくらい前に花粉が体内に入ったか、そして植物も特定できる。この男はアルプスの高地にいた。まもなく麓《ふもと》に降りた。だがすぐに、再び高地へ登った。なぜ、そんなに頻繁な動きをしたか……。

背中から矢尻が出てきた。頭部にも傷がある。出血の跡も。脳内にも血。古代人の血の調査は初めてだそうだ。エジプトなどのミイラは、腐らないよう血や内臓を抜き取ってある。ところがアイスマンは「自然ミイラ」なのだ。

この男は逃げていた。山中で追いつかれ、背後から射られた。さらに石で殴られ、うつぶせに倒れた。左腕を曲げた不自然な姿勢で。だが、発見された時は、仰向けだった。犯人はこの男を仰向けに返し、矢を抜いて、立ち去ったのである。矢柄は名刺のようなもの。猟の際に獣を誰が射たかわかるように。

殺人が発覚してはまずかった——近代の倫理が、すでに存在していたわけだ……。

唖然《あぜん》……。

このアイスマンだけで思うのは早計だが、古代遺跡などに接するとしばしば僕は考える。人間は本当に進歩してきたのか……。テクノロジーはたしかに成長してきたが、心はただ変遷してきただけではないだろうか、と。

（二〇一三年五月二〇日号）

指の話

子どものころからピアノに親しんできたせいか、爪が常に気になって仕方がない。爪切りを常備し、しょっちゅう切っている、という話は、以前にしました。

今回は爪でなく、指の話。時折両手を開いて我が指をじっと見つめるのも、子どものころからの癖《くせ》。


人差し指って言うが、それでいいのかと考える。指で人を指すのは失礼な行為なんじゃない？　まして背後から指さしたりしちゃ、いけない。「うしろ指」は陰で悪口を言ったり、密かに非難する時に使われる言葉。

なのに、なぜ人差し指って言うんだろう？

薬指は、わかる。塗り薬を扱っている時、気づけばたしかにこの指で塗っているもの。

親指も、まさにその通り。中指も、小指もその通り。となると呼称が妙なのは人差し指だけだ。

しかし、足の指となると、話はもっと妙だ。「足の人差し指」なんて言って話が通じたりする。でも、足で人を指しますか？　足の場合は番号で呼ぶのだ。「足の一指」と。以下、二指、三指……。そういえば手の指だって番号で呼ぶほうが親しい人種もいる。ピアニストがそうだ。楽譜に指使いが記されている場合があるが、それは親指が1、以下2、3……。

ついでだが、ヴァイオリンなどは人差し指が1。親指は使わないから。さらについでだが、ハープは親指が1、小指は使わない。ともに4まで。5は、ない。

ところで、外国語はどうなのかな……。英語では、手の親指は thumb（サム）、足の親指は big toe（ビッグ・トウ）。

人差し指は、fore finger（前の指）、index finger（目次の指）、first finger（第一の指）とも。親指が first じゃないんだ……。

薬指は third finger。左薬指は時に ring finger とも呼ばれる。小指は little finger。

これは日本と同じですな。足の小指は little toe。足の中指は midle finger または second finger ですと……。

ところで、ディジタルとかアナログとか盛んに取り沙汰されている昨今だ。ある量とかデータなどを、たとえば二進法の数字列として表すことをディジタルと呼ぶ。たとえば「ディジタル信号」は、0または1のような有限個の組み合わせで表現される信号をいい、それによりすべての情報を伝送・交換するのが「ディジタル通信」。それによる放送が「ディジタル放送」。情報をすべて数で表して処理するのが「ディジタル・コンピュータ」。

だが、そもそもディジタルとは「指的」ということだ。幼いころ僕は、広げた両足の指に輪ゴムをかけ、それをはじいて音を出してよく遊んだ。チターの原型のようなものですな。あれはディジタルな遊びだったのだ。

目や鼻や耳が人間より優れている動物は少なくないが、指の器用さは人間が一番だろう。指に感謝しなくちゃいけないのである。

（二〇一三年五月二七日号）

憲法の普遍性

自民党政権復活以降、憲法を変えようという動きが目立っている。憲法が施行されて六六年。これは長いか、あるいは逆か……。

憲法の随所に「永久に」という言葉があることを忘れてはならない。「永久」に比して六六七年なんて……ほとんど瞬時ではないか。

この憲法の終わり近くに、極めて大切なことが記されている。第九章「改正」だ。ここは、ひとつの条項だけ——第九六条　この憲法の改正は、各議院の総議員の三分の二以上の賛成で、国会が、これを発議し、国民に提案してその承認を経なければならない。この承認には、特別の国民投票又は国会の定める選挙の際行われる投票において、その過半数の賛成を必要とする。

次の第一〇章には三つの条項。そのひとつめ——第九七条　この憲法が日本国民に保障する基本的人権は、人類の多年にわたる自由獲得の努力の成果であって、これらの権利は、過去幾多の試練に堪え、現在及び将来の国民に対し、侵すことのできない永久の権利として信託されたものである。

故・武満徹《たけみつとおる》さん作詞作曲の「翼」という歌を想起する。「風よ　雲よ　陽光《ひかり》よ　夢をはこぶ翼　遥かなる空に描く　『自由』という字を」

崇高さに、心が震えるではないか。そして、人類の多年の努力に言及している九七条にも、同じ気持ちを抱くのである。

第九九条　天皇又は摂政及び国務大臣、国会議員、裁判官その他の公務員は、この憲法を尊重し擁護する義務を負う。

まず、今の為政者は、この条項の違反者だ。

この憲法が優れているのは、戦争放棄に関することだけではない。憲法自体の遵守を為政者に義務づけていることも含まれる。ところが日本の為政者たちは、だいぶ前から九条を変え、軍隊を持ちたいと考えていた。が、世論は容易に傾かない。ならば九六条から変えようと考えた。現状では九条も変えにくい、という現実にぶつかったがゆえに矛先を九六条に向けたわけ。いずれ憲法を変える可能性が出てきた時のために九六条について考えたという総論ではない。何とも、姑息《こそく》。とはいえ、現下の為政者の右往左往に、僕はこの憲法の持つ真の厳しさ・正しさを感じるのである。

以下、余談。数年前に僕が書いた教育に関する文章を採録する（大月書店刊『クレスコ』二〇〇九年一月号）。――日本の子どもたちは、生気と情緒を基調とする日々の幸せを誠実に希求し、自我の発露たるいがみあいと、陰湿さによるいじめ又は腕力の行使は、友人間・家庭内の問題を解決する手段としては、永久にこれを認めない。

前項の目的を達するため、陸海空その他の自然は、これを大切に保持する。親や教師の暴力は、これを認めない――。

第九条になぞらえた文章であることはいうまでもない。このように応用が利く、ということもこの憲法の普遍性の証明だ。そう、僕は思うのである。

（二〇一三年六月三日号）

楽器を作る　その1

前々回、幼い日の輪ゴム・チターの話をした。何だって楽器にすることができるのが子どもだ。で、子どもではないが楽器を作った話。

横浜に、かつて「富士見町アトリエ」という現代美術の私塾があった。今となっては故人も含まれるが、主催の小林昭夫ほか李禹煥《リウーファン》、柏原えつとむ、関根伸夫、宇佐美圭司、小清水漸《すすむ》といった現代美術の錚々《そうそう》たる顔ぶれが指導していた。集まるのは美術を志す若者たち。「Bゼミ」と称した。Bとは何を指すのか、今となっては不明。ゲスト講師として、赤瀬川原平、針生一郎《はりうういちろう》なども呼ばれていた。

僕がゲストとして、この「Bゼミ」で講義をしたのは一九七一年だったたか。まだ二〇代だ。若輩がなにゆえに呼ばれたかというと、前記・小清水漸が高校時代からの親友だったたから。週一回で、四週くらいつづけた記憶がある。全貌については略すが、僕が集めたインドやアフリカのさまざまな楽器をそこへ持参したのは、たしか二回目の講義。ピアノやヴァイオリン、フルートやトランペットだけが楽器じゃないんだ、ということを実証したかった。

そして、次週までに各自勝手な楽器を作ってくるよう、宿題を出した。さて、翌週。さすが美術系だ。みな、手先は器用。次々に面白い楽器が現れる。

コーラの缶の蓋《ふた》を取り去り、缶の底の中央から上へ、針金が一本立ててある。針金は上に渡してある棒に留めてある。針金をはじくと、ビン、ビビンと妙な音が……。留めてあるとはいえ、長さは調節できるので、ビビンに高さの変化をつくることもできる。前週に僕が見せたインドの「ゴピジャントラ」という楽器からヒントを得たな、ということはすぐわかった。

小さな木の箱。中は、タテヨコナナメに張りめぐらされた何本ものナイロン弦（テニスのラケットに張ってある、あれ）。そこへピンポン玉を一個、投げ込む。玉は弦にはじかれつつ、やがてやや広い隙間から、箱の底へ落ちていく。ピン、ピピン、そして、トン。前週の講義に登場したマルセル・デュシャン（一八八七〜一九六八年／フランスの美術家）に影響されたな……。

やはり小箱。ズボンのベルトに引っかけてある。歩くとジャラ、ゴチャン、ドン……いろんな音がする。覗《のぞ》くと、ありゃりゃ……ガラクタがたくさん、ゴチャゴチャに積み上げてあるだけ。うん、これもデュシャンだな……。

電気掃除機のパイプの一方に薄紙が貼られている。反対側の口を手のひらで叩く。スッポン、スッポン……いい音がするじゃないか。

よし、じゃ、これらの創作楽器で、みなで即興演奏をしよう！　この経緯については拙著『音のいい残したもの』（音楽之友社、六ページ～）に明らかです。

オーケストラや音楽ホールと深く関わって仕事をしている僕だが、他方、何でも楽器になるし、音楽は野原でもできるということを忘れたら駄目、と常に考えている。

（二〇一三年六月一〇日号）

楽器を作る　その2

先日、新聞記事で知った話。読んだ方も多いと思うが、あらためて僕からも報告する。子どもたちが、ゴミで作った楽器でオーケストラ活動をしている。南米・パラグアイの首都アスンシオンのスラム街の話だ。

暴力と麻薬が横行するこの街で、子どもたちも非行に走りがちだった。これをなんとか防がなければならない。悩んだファビオ・チャベスさん（当時三〇歳）が、音楽にそれを託そうと思いつき、二〇〇六年に始めた活動である。

当時彼の耳に、同じ南米・ベネズエラの「エル・システマ」の情報は届いていただろう。すでにお話ししたが（『空を見てますか…　9』二七一ページなど）、ベネズエラの児童及び青少年のオーケストラは、世界中を驚かせている。そこから、指揮者グスターヴォ・ドゥダメルのようなすばらしい才能も生まれた。

「エル・システマ」を代表する「シモン・ボリヴァル・ユース・オーケストラ・オブ・ベネズエラ」やメンバーによる室内楽は、今やグローバルな演奏旅行でおお忙しだ。何年か前に、ドゥダメル指揮の同オーケストラを、僕も東京で聴いた。圧巻の演奏だった。

さて、アスンシオンの話。街のゴミがすべて集まる広大なゴミ捨て場に隣接するスラム街だ。ここに住む者以外は近づこうとすらしない地域である。

ゴミの山の中に、色とりどりのお菓子の缶。これでヴァイオリンのボディを作る。四本の弦を支える金具はフォークだ。ドラム缶も捨てられている。これはコントラバスに変身。硬貨やビンの蓋《ふた》類はサクソフォンの部品の一部として利用する。エックス線写真は、太鼓の皮。

チャベスさんは、楽器製造を、三八年間ゴミ拾いをしてきたニコラス・ゴメスさん（四三歳）に託した。手先が器用だから。とはいえ、楽器メーカーでの研修は受けてもらった。無数のハエが飛びまわり、異臭が漂う中に練習場がある。チャベスさんが熱心に指導する。彼は、もともと歌手なのだ。いっぽうで環境保護活動に関心を寄せ、ゴミ処理関連企業で働いた。ゴミのリサイクルで楽器、という発想は、彼自身の経験から生まれている。

一八歳のアンヘル・リベロス君の叔父は銃撃戦で亡くなった。友人の多くは麻薬や強盗で服役中だ。それでもサクソフォンを吹き、将来は音楽で身を立てたいと願う。一四歳のナタリア・ドミンゲスさんは家族七人で掘っ立て小屋に住む。でも、国で一番のヴァイオリニストになることが夢だ。

このオーケストラの活動が、インターネットなどで評判を呼んだ。昨年（二〇一二年）以降、外国でのイヴェントに招待されるようになった。今秋、日本公演の予定もあるという。

第一級の「いい楽器」に大きな価値があることはたしかだが、他方ゴミで作った楽器ですばらしい音楽をつくることもできる。僕たちは、音楽にとって何が大切かを考えつづけなければならない。その考えのための大きなヒントが、この「ゴミ・オーケストラ」に秘められているのではないか。

（二〇一三年六月一七日号）

交通取り締まり

二か月くらい前だ。僕は、関西から新幹線で帰京。品川駅からタクシーに乗った。山手通り（環状六号線）を北上する。目黒辺りにさしかかった時、しきりに鳴るサイレンが気になった。僕の乗ったタクシーが信号で停まる。と、このタクシーの前に白バイが回り込んで停まった。サイレンも消えた。あれっ、サイレンはこの白バイだったのか……。警官が降りてきて、こちらの運転席をのぞく。

「困りますね。だいぶ出ていましたよ」

スピード違反？　しかし、乗っていればわかるが、特段の猛スピードだったわけはない。何も感じなかった。後部座席の僕も驚いたが、実直そうな運転手君も「え？　そんな……」。

「お客さん、急いでますか？」

白バイ警官が僕に尋ねる。とりたててというわけでもないが、旅帰り。そりゃ、早く帰宅したいですよ。

「急いでます」。

「では、大至急で」――取り出した書類にタクシーの社名とかナンバーとかだろう、いろいろ記入すること、約五分。

「このお客さんを送り届けたら、ただちにここへ出頭してください」。

それから、運転手君、落ち込んだですねぇ……。「こんなこと、初めてです。そんなにスピード出てましたかね……」「いや、僕はごく普通だと思ってましたよ」「ですよね……変だなぁ。参ったなぁ……」「あの警官、何か面白くないことがあってムシャクシャしてたとか……」「そんなことで取り締まりされたんじゃかないませんよ。弱ったなぁ……」。

自宅前で降りる時、運転手君に僕は言った。

「健闘を祈ります」。

摘発された身ではない僕にも、釈然としない顚末《てんまつ》であった。

ところで、古屋圭司国家公安委員長の発言が話題を呼んだのはつい先日。交通の取り締まりが「取り締まりのための取り締まりになっている」云々。
話は変わるが、昨年（二〇一二年）一一月、アメリカの新聞に、日本政府の意見広告が載った。「慰安婦」問題を否定し、戦時下の公娼制度は世界中にあった、という内容。そこには安倍首相、下村文科相はじめ現閣僚、そして国家公安委員長・古屋圭司の名も記されていた。「日本維新の会」共同代表・橋下徹氏の「慰安婦」を巡る不見識な発言の底に、このような極右認識がある。あの発言は、ひとり橋下氏だけのものではなかったのだ。

したがって、この古屋委員長という人の思想に、僕は全く与《くみ》しないが、今回の交通取り締まりに関しては、わかる。取り締まりは、かなり「気分」でやられている。駐車違反や交通ルールを無視する自転車などを放っておいて、現場で直截《ちょくせつ》に処理できるスピード関連にやたら熱をあげる。摘発にだけでなく、取り締まりの方法にも、正確さと厳しさが必要だと、僕は思う。

（二〇一三年六月二四日号）

一七歳　その1

松山で、オーケストラ・コンサートを振った。かねて親しい愛媛交響楽団だ。メインは、ビゼーの「交響曲」。あのビゼーの、何と一七歳の時の曲。古典的な形式に忠実に沿った曲で、習作と呼ぶべきかもしれないが、美しく息の長い第二楽章の旋律は、後年の名作「アルルの女」や「カルメン」を彷彿《ほうふつ》とさせるし、第三楽章「スケルツォ」の、主部とトリオ（中間部）で全く様相を異にするが実は同じ主題というアイディアなど、驚異。まさに天才だ。

思い出すのは、メンデルスゾーン。シェイクスピアに基づく「真夏の夜の夢」の「序曲」を書いたのは、一七歳の時だった。聴けば、妖精たちが軽やかに跳ねまわり、神秘的な震えに満ちたアテネの森が眼前に広がる（有名な「結婚行進曲」などを含む劇音楽を書いたのは後年）。恐るべき一七歳だ。

ショパンが、モーツァルトの旋律を用いて「ドン・ジョバンニの《お手をどうぞ》による変奏曲」（通称「ラ・チ・ダレム・ラ・マノ」）ヴァリエイション）を、ピアノとオーケストラのために書いたのも一七歳。これを聴いたシューマンが、「諸君、脱帽したまえ、天才が現れた」と書いたことは、よく知られている。

二〇歳で夭逝《ようせい》したフランスの詩人にして作家・レイモン・ラディゲが「肉体の悪魔」という衝撃的な小説を書いたのも一七歳。一六～一八歳という説もあるが、ま、たいした違いはない。

別に、正確に一七歳ということにこだわっているわけではない。シューベルトが「魔王」や「野ばら」などの名作歌曲を書いたのは一八歳だが、これについても驚きは同様だ。

もう少し広げてみよう。シェイクスピアの「ロミオとジュリエット」は恋愛悲劇の代表格で、これをベースに、たとえば「ウェストサイド・ストーリー」なども生まれていることは周知のとおり。この物語の中で、ジュリエットは一三歳だ。ロミオは、たしか一歳上。普遍的恋愛劇を構築したのは、ローティーンなのだ。

一五八二（天正一〇）年の「天正遣欧少年使節」は、一三～一四歳だった。伊東マンショ、千々石《ちぢわ》ミゲル、中浦ジュリアン、原マルチノの四名。ながさき音楽祭の顧問を務めている僕は、毎年、同県内のあちこちへ行っているが、つい先日も、千々石ミゲルの墓（と思われるもの）の研究者・大石久さんにそこを案内してもらった。三年前には、イタリアで発見されて間もない伊東マンショの肖像画も、博物館で見ている。あのころの一三～一四歳が負わされた大きな任務と、それを遂行したすばらしさに、想いを馳《は》せずにはおれない。

大河ドラマ「八重の桜」が人気だが、戊辰《ぼしん》戦争の白虎隊は三四二名。戦いで死に、また飯盛山《いいもりやま》で自刃した。歴史に残る悲劇である。みな、一六～一七歳だったということに、あらためて心が痛む。

一〇代は重大なのだ。次回は、僭越《せんえつ》ながら僕自身を振り返ってみることにする。

（二〇一三年七月一日号）

一七歳　その2

もはや怪しい記憶だが、高校時代だった。ある時、教育大付属駒場高校生の文学同人誌を入手。現・筑波大付属だ。僕の家にほど近い。

驚天動地とはこのこと！　高校生とはとうてい思えない小説や論文が載っていた。うち、Fという男（イニシアルにしたのに意味はない。藤沢か藤島か藤川か……藤がついたことしか覚えていないからだ）の小説は、選ばれて雑誌『文學界』（文藝春秋社）に掲載された。だが、そのFだけでなく、どれもすごかった。のちに芸術評論の優れた論文を書く大久保《おおくぼ》喬樹《たかき》も、たしか入っていたと思う。

当時一六〜一八歳。僕は同世代なのだ。読んだその日から、彼らは、まさに恐るべき存在となった。そのころ僕は、三島由紀夫『午後の曳航《えいこう》』にはまっていて、これはジャン・コクトーの『恐るべき子どもたち（アンファン・テリブル）』をベースにした小説だが、それらにFたちが重なって見えたのである。

蛇足。このあと大学時代、僕は『午後の曳航』をオペラにしたいと思った。が、脚本化の術《すべ》がなく、やがて立ち消えてしまう。ところが一九九〇年、現代を代表する作曲家ヘンツェ（一九二六～二〇一二年、独）が、「裏切られた海」という題でこれをオペラ化し初演、という報に接し、ひどく驚いた。僕の「午後の曳航」は実現しなかったが、二〇一〇年、新国立劇場委嘱で「鹿鳴館」をオペラとして作曲。オペラによる「三島」へのアプローチが成就したのである。

そもそも小学校就学が病気で一年遅れた僕は、高校一年が一七歳だ。正確には、一年生の九月に一七歳になった。幼いころから日記をつけているので、その年＝一九六〇年のものを取り出してみた。旺文社「学生日記」という分厚い代物。ただ、一七歳になった日＝九月一五日には、特別なことは記されていないんですな。当事者は別に感慨を抱かなかったらしい。そこで最後のページ「一年を省みて」を開いてみた。以下、その抜粋。

――黄金の年と言われた一九六〇年も、今まさに閉じようとしている。安保争議、三池争議、池田内閣の混乱などが国内で、また世界では頂上会談の炸裂、コンゴ問題、ケネディの当選など活発な動きがあった。アフリカではこの一年間だけで一七か国もの独立国が生まれた。
スポーツも、ローマ・オリンピックを筆頭に、大洋ホエールズの優勝、早慶六連戦、大鵬・柏戸の対立、栃錦の引退などさまざまな話題があった。しかし、黄金というには少し目茶苦茶な、上品さのない年だった（中略。次は僕自身のことだ）。一月からの猛烈な追い込み、受験、合格、卒業、入学。今年のクライマックスは三〜四月だったようだ（後略）。

癌《がん》で余命九か月と告知された少女を描く映画「17歳のエンディングノート」（オル・パーカー監督）が話題を呼んだのはつい先ごろ。一七歳は大人への入り口なのにちがいない。古稀《こき》を迎えてしまった僕だが、一〇代なかんずく一七歳に、いつも背中を凝視されていると思っていたいのである。

（二〇一三年七月八日号）

駅ができていく

頻繁に金沢へ行く。オーケストラ・アンサンブル金沢を擁する石川県立音楽堂の仕事をしているためだ。この音楽堂は金沢駅に隣接している。で、僕の部屋（洋楽監督室）はホールの上、四階にあって、僕は滞在中ここにこもって作曲などをするのが常。時折顔を上げて窓外の景色を眺めるのも、いつもの習慣だ。実際には見えないが、駅のはるか向こうは海。手前に金沢駅。大阪と結ぶ「サンダーバード」、名古屋と結ぶ「しらさぎ」、越後湯沢につながる「はくたか」や長岡・新潟につながる「北越」など、特急が盛んに出入りする。大阪―札幌間を日に一本往復する「トワイライト・エクスプレス」の濃いグリーンの車体を見た時は、ちょっぴりロマンティックな気分になった。もちろん二～三両だけの近隣をカバーする鈍行も頻繁だ。

何だ、こもると言ったけど列車を眺めてるだけじゃないか、と言われそうだが、何しろ目の前なのだから、ま、理解してください。

さて、この三〜四年、眼下で大工事が進められている。二〇一五年三月開通予定の北陸新幹線の駅を造っているわけ。進捗《しんちょく》状況を、少し間を置いて見ることになるので、これは毎日眺めるのより、その都度の「驚き度」が高い。


まず、高架の橋脚が延びた。ついでそこに線路が敷かれた。次に、プラットフォームの基盤ができていく。工事の車が、ゆっくりと線路上を動いている。やがて、大きなクレーンが設営され、コンクリートの巨大で分厚い板が張られた。プラットフォームだ。僕の視線から遠い辺りには、大きなドーム状のおそらくは駅舎が、ほとんどでき上がっている。

金沢駅は、堂々たるガラス張りの駅舎や、観光客が必ずカメラを向ける「鼓門」をすでに備えているから、あのドームは新幹線専用部分なのだろう。つい先日は、在来線と新幹線のホームを隔てる壁を組む工事が行われていた。鉄製の巨大な梁《はり》に何本ものロープを結びつけている。かなり時間がかかる。それをクレーンが持ち上げ、遠く離れた所へ運ぶ。一日にいったい何個の梁を運べるのだろう……。

さて、僕が金沢へ通うのに、今は航空路である。小松空港は金沢に近くはないが、とはいえ越後湯沢経由での列車では時間がかかりすぎる。新幹線開通後はどうする？東京から二時間半。そりゃ、たぶん新幹線にするでしょうな。ダブルトラック（二社の乗り入れ）で、日に一一往復運航されている小松便航空路はどうなるだろう。新幹線でさらに近くなる富山便は？

名古屋、新潟や仙台など、新幹線開通のあおりで消えた東京からの航空路は少なくない。富山や金沢も同じ運命にあるのかもしれない。そのことで変わらざるを得ない地元の産業・企業が当然、ある。希望に燃えて期待するところあり、戦々恐々で手綱を引き締めているところあり。

駅の工事の進捗を目の当たりにして楽しみつつも、いろいろな思惑で、僕は複雑な思いもしているのである。

（二〇一三年七月一五日号）

古い日記

先日、高校生時代の日記について話をした。書棚の隅から引っ張り出して、久しぶり――というか、ほとんど初めて、読み返してみたのである。読んだのは、一九六〇～六三年のもの。

映画をしょっちゅう観ている……。高校のすぐそばに、洋画の名作を安い入場料で観られる「名画座」があったし、僕の住む下北沢には四軒の映画館があった。もちろん、自分が将来映画の仕事をするだろうなんて、指の先ほども思っていない。

コンサートや芝居に行った記述も多い。今に比せば、時間もたっぷりあったんだろうな……。そして、文学に関することもかなり書いている。本を読むのは好きだった。それは、ほとんど幼いころからだが……。恥ずかしながら、高校三年秋のある日の日記をご紹介しよう。

一九六二年一〇月二九日（月）「ヘルマン・ヘッセを偲《しの》ぶ夕べ」に行った。朝日講堂。挨拶のあと、ヘッセの訳書で有名な高橋健二教授の講演――生涯、母をなつかしみ、愛し、母のイメージである女性と結婚し、最後の詩まで「わが母よ」と書き綴った人ヘッセについて。（中略）「母」はすべての根元である。それはアダムとイヴの時に始まった。すべての芸術もそこから発して、永遠的なものへと結びつく。「母」は「女」であると同時に「女」を超えたもの、つまり両極の一致である。ヘッセは、ことに晩年、この両極の一致ということをよく言った。（中略）ヘッセの人間性は豊かで、偉い人や記者などには決して会わず、受賞式（ノーベル賞、ゲーテ賞など）に一切出席せず、家の門に「どうか訪問しないでください」と書いておくような気難し屋であるいっぽう、困った人や悩める学生、労働者などには常に優しく、親切であった。（中略）ヘッセの文学を、僕は愛してきた。そしてこれからも、僕はどんどん読み、心の糧《かて》にしよう。（後略）

少しあとのある日。同年一二月一九日（水）午後、一人で西洋美術館へ「ピカソ・ゲルニカ展」を観に行った。（中略）非人道的な戦争、ことにヒトラーに対する憤懣《ふんまん》を、猛烈な意志と勇気を以《もっ》て堂々たる大壁画にした。（中略）三角の舌を空に向けてあえぐ馬の表情、死んだ児を抱え恐怖におののく母、死んでいく牛の悲しい顔……僕は、やはり芸術とは自分一人の机上の理論を基とするのではなく、できあがったあと鑑賞者へ訴え、感動を呼び起こすことが大切なのだと思った。（後略）

フフフ……。青いですね。青いが、自己評価するなら、ひたむきさが秘められていると言っても許されるかもしれない。なおかつ正直なところを言えば、今の僕のものの考えかたのベースが、これらの日記にすでに顕《あらわ》れているようにも感じられる。

少なくとも、こういうことは言えるだろう。音楽に限らず、文学や演劇や美術や映画や……僕をつくってきたのはそういったもろもろだったのだ、きっと。古い日記をひもといて、今僕は自分の原点をそこに見る思いに包まれている。

（二〇一三年七月二二日号）

非西欧への関心　その1

旅が多い。毎週末は、たいていどこか地方だ。一年半くらい先まで決まっている。これに国外への旅が加わる。旅先のホテルで目覚めた一瞬、ここはどこだっけ？　と思うことがしばしばだ。

この仕事を志したころ、こんなことになるとは夢にも思わなかった。演奏家じゃないんだから、自室にこもって五線紙と向き合う毎日になればいい、と想像していたが……。

とはいえ、地理好きな子どもだった。夏休みを東京の祖父母の家で過ごし、その間に千葉の叔父の所や江の島で遊んだりすれば、この夏は東京・千葉・神奈川と三つもの都県へ行ったぞ！　と快哉《かいさい》を叫ぶ水戸の小学生だった。一人で兵庫県芦屋の伯父を訪ねたのは、たしか五年生。車窓からの眺めに、初めての大阪や神戸の街並みに、目を輝かせていた。

そして、海外旅行の嚆矢《こうし》は二四歳。大学を卒業した年に書いた「交響曲」で大きな賞を受けた。その副賞として、国際線航空券がついていた。今はもうない「パン・アメリカン航空」である。「これを機にパリへ留学しなさい」と、恩師・池内友次郎《いけのうちともじろう》先生は命じた。「向こうで師事する先生への連絡などは自分がやっておくから、行きなさい」と。

僕はこれを断ったのである。もう学生の身分はイヤです。仕事がしたいから、と僕は言った。そしてその航空券で、新婚の妻とともに四〇日余の気楽な旅に出たのだった。

パリではない。行きたかったのはインド。九月の、夜中二時過ぎにニューデリー空港に着くと、酷暑の匂いが鼻孔に沁み込んでくる。ホテルのロビーで朝になるのを待った。窓の外を見たこともないカラフルな熱帯の鳥たちが飛び交っている。異国へ来たんだ……。実感した。

インドでしばらくを過ごし、ヨーロッパはそのあと。アテネへ飛び、そのあとローマ、パリ、ロンドン、ウィーン……。各地を回った。

一〇年後、ニューデリー&アテネを繰り返した。ことにインドに、僕ははまっていたのである。ニューデリーには高校時代の友・藤本直道（故人）が読売新聞特派員としていたし、アテネにも畏友《いゆう》・池澤夏樹が住んでいた。ホテルに半分、彼らの家に半分。連れて行った娘は、エーゲ海のコス島で四歳の誕生日を迎えた。

そういえば、七〇年代中ごろ。文化庁による芸術家海外派遣制度に、音楽家では演奏家しか入っていなかったので、作曲家も含めるべきという運動を、作曲家の組織である日本現代音楽協会が起こす。その際、実際に希望者がいるべきだからお前がそれになれ、と言われた。僕は海外派遣申請書を作成。そこに「渡航希望・ナイロビ（ケニア）」と記入した。

そこへ、翌年のＮＨＫの、特別大型プロジェクトの番組の音楽担当の仕事が舞い込む。「日本の戦後」という年間一〇本のドラマ仕立てのドキュメンタリー。そのころ、僕はまことに貧しかった。これを引き受けたい。ナイロビはどうしよう……。（つづく）

（二〇一三年八月五日号）

非西欧への関心　その2

結局、初のテレビの大仕事を引き受けることにした。ナイロビは、いずれまた機会があるさ。申請書類は引っ込めることに。

だが、その次の年は、初の大河ドラマの音楽をやることになる（一九七八年「黄金の日日」）。アニメーション「未来少年コナン」（テレビ版。宮崎駿監督）の仕事も重なった。芝居や映画の仕事も次々に舞い込み、徹夜がしょっちゅうという猛烈な忙しさがつづいた。ナイロビは、遠い夢となっていった。

しかし、僕はあきらめたものの、文化庁海外派遣制度に作曲家を含めることは認められた。あの時、大きな仕事が舞い込まなかったら、僕はケニアへ行っていただろう。

現代音楽分野の作曲家が海外で勉強するとなれば、だいたいパリかベルリンというケースがほとんど。もちろん、ロンドンやモスクワ、ローマあるいはニューヨークなどということもあるにはあったが……。そんな時代にナイロビ志望。何だあいつは……という人もいたようだが、これが僕の正直な気持ちだった。

不遜《ふそん》に聞こえることを覚悟で言うが、西欧の作曲理論は制覇した、という思いもあった。とはいえ、ピアノやオーケストラ、合唱のために書く、しかも五線紙に書きつける——それは西欧的なシステムだ。しかし、システムはそうでも、そこに盛る音楽は異なるものを。僕はたぶん、試行錯誤の中にいた。八一年、モスクワでの現代音楽祭に日本代表で赴き、エチオピアの作曲家と親しくなって、ホテルの部屋で毎晩語り合ったことを思い出す。


「音楽祭のあともモスクワに残って、自分の交響曲——エチオピア初の——をこちらのオーケストラに演奏してもらい、その録音を持ち帰るんだ」と彼＝ソロモン・ルル君は得意げに言うのだった。「エチオピアの作曲家が、なぜ交響曲なんてものを書くんだ？　エチオピアにはエチオピアの、素晴らしい音楽があるじゃないか」と僕は言いかけて、それを呑み込んだ。だって、これは僕も同じだ、と思ったからである。

インドに二度行き、ナイロビへ行こうと思い、インドネシアやフィリピン、中国の少数民族も訪ね、エチオピアの作曲家に質問をしようとしたあの頃の僕……。「脱西欧」という言葉が、常に頭の中を駆け巡っていたのだ。

その後、この問題は、僕の裡《なか》で僕なりにある決着をみるが、その話は長くなるので省く。とにかく、僕は依然として五線紙に音を書きつづけている。しかし、やがて僕は数年間エジプトで、またレバノンで、仕事をした。偶然だが、かねての非西欧への関心が結実した感じだった。

もしフランスやイギリスに生まれていたら持たなかったであろう疑問や悩みを、僕は持った。モノを創る人間にとって、これはきっと、幸せなことだったにちがいない。プロデューサーを務めるこの九月の「サントリー・サマーフェスティバル」にも、このような僕の視座は反映されている。

（二〇一三年八月一二日号）

戦争を考える季節に

前にもお話ししたことだが、この季節になると、話題はどうしても戦争だ。ここで繰り返させてもらう。レバノンでの話である。

　あれは一九九九年だったか……。NHK・BS「わが心の旅」という番組の撮影で、僕はレバノンへ行った。なぜレバノンが「心の旅」なのか、ということは別な話ゆえ、ここでは省略。

首都ベイルートでの話だ。

内戦が終わって間もないころである。ある日、ムスリム（イスラム教徒）の老夫婦を訪ねた。メッカへの巡礼から帰ったばかり、と言って、イスラムの数珠《じゅず》を僕にもくれる。「ムスリムじゃないから」と固辞するが、これは誰にでもあげるんだ、とニコニコしている。その時、僕は「これを仏教ではジュズと呼ぶ」と言いかけて、あわてて口を閉ざした。

「ジューズ」（ユダヤ人）は、パレスチナにつながるレバノンのムスリム地区では禁句だ。

内戦下のベイルート市内には、信教によって居住地を分断する「グリーンライン」が敷かれていた。内戦が終了したその翌日、無事だったかと飛んできて抱き合ったのは、ラインの向こうのキリスト教徒の友人だった。

私たちは戦いなどしたくなかった。戦ったのは為政者だ、と老夫婦は言うのだった。

イデオロギーによる東西冷戦の時代のあとにやってきたのは、宗教・領土・民族運動などによる対立構造だ。冷戦時代を象徴する「ベルリンの壁」ができたのは一九六一年八月。そして、崩壊は八九年一一月だった。

当時の東ドイツ政府が、自国民の海外旅行自由化に踏み切り、しかし正式発表の前に「東ドイツ国民は、壁も含めすべての国境通過点から出国が認められる」とスポークスマンがしゃべってしまう。ために大勢の国民がベルリンの壁に押し寄せ、これを暴動と思った警備官が検問所を解放。これが「壁の崩壊」のきっかけ。翌日、東西両側からの、文字通りの破壊に発展したのである。そして翌九〇年一〇月、ついに東西ドイツ統一。イデオロギーの時代の終焉《しゅうえん》は、意外にも呆気《あっけ》ないものだった。

これで世界は真の平和を獲得する――僕たちは、そう信じた。ところが……。

国家のイデオロギーは、個人の自由な思想を、発言を、抑え込んでいたのだ。そのタガが外れた。それまで言えなかったことが言える、叫べなかったことが叫べる。

そこで、言った。叫んだ。すると、反対意見と衝突することになった。それが世界の現下の状況なのではないか。ただ、衝突はいきなりではなく、そこにも成熟までの時間が必要だった。小さな火種はあったものの、あちこちでの紛争が大きくなるには、冷戦構造崩壊からほぼ二〇年がかかったのである。

カダフィへもムバラクへも、そしてアサドへも、かつては不満のフの字も言えなかったのだ。それが、爆発！

人間は、何でも言え、かつ平和な状態をつくることはできないのか……。戦争を思い出す季節になると僕は考えてしまう。


（二〇一三年八月一九・二六日号）

映画監督とは……　その1

先般の「悪魔の飽食全国合唱団ロシア公演」については他に報告があると思うので、ここでは、その折のある「事件」について話そう。

今回のモスクワ公演ではユーリー・ノルシュテイン氏が、サンクト・ペテルブルグ公演ではアレクサンドル・ソクーロフ氏が、それぞれ現地で多大なサポートをしてくれる、と準備段階ですでに聞いていた。二人とも著名な方で、会ったことはないものの、僕にはある縁があった。

日本に川本喜八郎（一九二五〜二〇一〇年）という優れた人形・アニメーション作家がいたのをご存知の方もいると思う。二〇〇三年、僕はその川本監督の、人形を使ったアニメーション「冬の日」の音楽を担当した。松尾芭蕉を扱った作品だが、その中にラウル・セルヴェ、ブジェチスラフ・ポヤール、古川タク、久里《くり》洋二など世界的なアニメーション作家たちの短い作品も含まれる。そこに、ロシアのノルシュテインの名も並んでいた。だが、このノルシュテインの出来上がりだけが特段に遅い。川本監督も僕も、おおいに困った。しかしこれはよりよい仕上がりを願ってのことだ。待つしかない……。果たして、ノルシュテイン作品は、すばらしいものだったのである。

そのノルシュテインに、会える……。

「ロストロポーヴィチ・人生の祭典」という世界最高のチェリストとその夫人＝ソプラノのヴィシネフスカヤを撮った映画（二〇〇六年）でその名を知っていたのが、ロシアの映画監督ソクーロフ（一九五一年〜）である。たまたま通りがかった東京の映画館で観た「太陽」（二〇〇五年）は昭和天皇を扱ったもので、演じたイッセー尾形にも感心したが、この映画そのものに僕は感服した。二〇一一年の「ファウスト」はあのゲーテの名作の映画化で、輸入配給会社の依頼で僕は新聞広告に推薦のコメントを寄せた。

そのソクーロフに、会える……。

モスクワでの、一七社も集まった記者会見で、ノルシュテインは我々主催・演奏者側の席にすわり、公演への期待を込めてスピーチもしてくれた。会見終了後のレセプションでも、ニコニコといろいろ語ってくれた。

で、いっぽうソクーロフだ。サンクト・ペテルブルグ、カペラホールでのゲネプロに現れ、映像を用意してきたと言う。

ちなみに僕たちのプログラムは、まず合唱。僕の編曲による「さくらさくら」「ふるさと」などを、浅井敬壹《けいいち》氏の指揮で。ついで神戸「輪田鼓」による和太鼓。そして後半が「悪魔の飽食」の合唱。間に僕のあいさつや森村誠一氏のスピーチが入る。

映像？　どんな映像？　ソクーロフの弁――私はこの街の聴衆の好みを熟知している。その聴衆の代表として、ここへ来た。だから私に任せてほしい。まず、和太鼓は初めからステージに置いておく。会場に入る客は、見たことのない太鼓群に驚き、魅せられ、心の準備をするだろう。

この提案に、僕たちは困惑した。（つづく）

（二〇一三年九月二日号）

映画監督とは……　その2

（承前）最初のステージは合唱なのに、そこに和太鼓を置いておく？――かなり大きな太鼓もある。ステージはさほど広くない。二五〇人の合唱にとって、太鼓は邪魔。演出の片岡輝氏も言う。「はじめは静かな合唱で《静》の日本を、次に強靭《きようじん》な太鼓で《動》の日本を表現する。この大きな変化が大切。最初から太鼓が見えていたら、その後の変化を予測させてしまう。我々の演出意図が伝わらない」。

それでも、ソクーロフ氏は主張するのだった。

日本の太鼓を初めて見て魅了される聴衆の心を、私は考えている。皆さんは私の考えに反対する自由をお持ちだが、私は私のために言うのではなく、聴衆の代弁をしているのだからわかってほしい。また、メインの合唱ステージ「悪魔の飽食」に、皆さんは字幕を用意してきたようだが、それは要らない――え、何だって？　それは極めて重要なのだぞ。

本番では会場内の灯り（業界用語でキャクデン）を暗くしない。だからプログラムに掲載されているロシア語の歌詞を読むことができる。明るくても私の映像は見えるだろう。だが、字幕を読むのは無理だ。それに音楽は情緒で聴くものだ。字幕で説明するのはおかしい。

原詩作者である森村誠一氏も、これに怒った。しかしソクーロフは強硬なのである。ロシアを代表する著名な映画監督だから、我々についている通訳諸氏も、この議論の合間を見ては、ソクーロフにツーショット撮影を頼んだりしている。さらにいろいろあったが、あとは省略しよう。とにかく……。

とにかくこの経緯に、僕はこれまで仕事をしてきてよく知っている何人もの映画監督を重ねていた。今井正、黒澤明、今村昌平、篠田正浩、北野武、木村大作……優れた監督はみな、一国一城の主だ。というより、自己主張が強くなければこの仕事はできない。強烈な信念の持ち主ともいえるし、他者の意見に耳を貸さない人種ともいえる。

往年の名監督フェデリコ・フェリーニの「インテルビスタ」（一九八七年。「インタビュー」の意）という、自伝的かつメイキング的な作品の中で、フェリーニは助監督に命ずる。

「梨を食べたい。持ってこい」

「監督、今は梨の季節ではないので……」

「バカ！　梨と言ったら梨だ！」

そんなムチャな……。でも、これが映画監督というもの。ソクーロフもしかりだった。

前半の映像は浮世絵。「悪魔の飽食」では藁人形を竹ヤリでつく訓練をする戦中の日本人の映像など……。何だよ、こりゃ……。

で、実際には、キャクデンは暗くなったのである。プログラムを読むのは無理。映像はくっきり。字幕は、なし。

ソクーロフに、してやられた。いや「映画監督」に、してやられたのだ。でも、最後に僕たちを待っていたのは、最高に熱いスタンディング・オベイションなのであった。


（二〇一三年九月九日号）

主権の放棄？

日本人は今、主権を放棄しつつある。これでいいのか、と作家の星野智幸氏が問いかけている。この二〇一三年八月一六日の北海道新聞紙上（同紙単独の記事かどうかは不明）の論文だ。僕も同様のことを考えていたので、それを明確に指摘している文章に、おおいに感じ入った。

まずは、その梗概《こうがい》をご紹介しよう。

――東日本大震災の時、首都圏に住む著者の友人である外国人は病院にいたが、咄嗟《とっさ》に建物の外へ逃げた。ところが、院内の待合室にいた人たちは誰ひとり逃げず、じっと座って揺れに耐えていた。地震の際外へ出るのがいいかどうかはともかく、身の危険に対し誰も何もしないことに、件《くだん》の友人は驚いた。

別な外国人の話。夜遅く帰宅の折、最終のバスに乗り遅れたが、バス停には何人かが待っている。確かめたがバスは終了していた。なのに、ただじっと待っている。なぜ？

先日の参院選で著者が想起したのも、同様の光景。生活保護の基準が引き下げられ、消費税増税、社会保障改革は骨抜き、米軍ヘリが沖縄で墜落したがその現場に地元の自治体が入れない……。このような状況下で、しかし当事者以外は屈辱を感じさえしない。雇用の悪化、震災、原発事故などのダメージと苦境を乗り越えよう、闘おうという意思を放棄してしまったかのようだ。

もし政府が、日本は正規軍を持ち国内外で戦えるように決めました、これはすでに決定事項です、と一方的に宣言したら、はっきりと異を唱える人は次第に少数になっていくかもしれない。言論の自由、基本的人権、自己決定権など根本的な個人のありかたについて、黙ったままの人たちがマジョリティ（多数派）になっている。権限を持つ者は、マジョリティのこの沈黙を利用して、思い通りの社会につくり変えていくだろう。私たちは今、主権という強大な権力を放棄しつつある。これでいいのだろうか。——長い引用になったが、この論を是非とも多くの皆さんに知ってほしいと考えたのである。

イデオロギーの時代だった二〇世紀を通過し、かつて発言できなかったことを「言える」時代に入った、という話を、先日この欄でしました。ところがそうなったら、宗教・領土・貧困などさまざまな問題で激しい衝突が起きた。レバノン、エジプト、シリア、チェチェン……。では、日本ではどうか。

僕は、学生運動の時代に学生だった世代だ。あのころは学生に限らず、多くの人が「発言」をした。それがあまりに過激になり、むしろ非難が集中した結果、「ノンポリ」の時代に転じる。現下の、原発やオスプレイの状況がもし六〇年代だったら、日本中の学生（に限らず）が拳を振り上げていただろう。昭和の前期、軍政下でモノが言えなかった日本では、戦後、「ベルリンの壁」崩壊よりはるか前に「発言」できる時代を消化してしまった。疲れてしまったのだろうか？　黙っていてはいけない。発言しなければ。後世、主権を放棄した時代があったなどと言われないためにも。

（二〇一三年九月一六日号）

シリア　その1

魔女の一人「ある船乗りの女房がその前掛けに栗を入れ、モグモグモグモグとやっている。わしにもおくれと言ったらば、残飯ぶとりのごみ樽め、失《う》せろばばァとぬかすんだ。あいつの亭主は船長で、今アレッポに行っている」。

シェイクスピア作「マクベス」に登場する三人の魔女が叫ぶ不気味な予言のなかに、こんな台詞がある（小田島雄志訳）。僕はこの芝居に、これまでなんと七回も音楽を書いてきているので（演出も制作もその都度異なるから、そのたびに音楽を書くわけ）ほとんど全篇記憶しているのだが、このアレッポという地名に、エキゾティックで遠く不思議なイメージを抱き、惹かれてきた。

ところが、このところ、このアレッポに頻繁に接するのである。新聞紙上で、テレビのニュースで……。

激しい内戦が続くシリア。アレッポはその主要都市のひとつだ。二〇一一年三月、同国南部の町で、一五人の少年たちが学校の壁に政府批判の落書きをした。この前年に始まっていたチュニジアやエジプトでの民主化デモ＝「アラブの春」の波及であることは明らかだ。民主化運動が広がることを懸念していたシリアの治安当局は、この少年たちを逮捕。そのあと暴力をふるったという報道が流れ、怒った住民が街頭デモを開始。治安部隊がそのデモに発砲。犠牲者が出た。ここから反政府運動の波がシリア全土に拡大したのである。

それから二年半。泥沼化してしまったシリア情勢。アサド大統領の強硬な弾圧は、政府内部にも反発者を生んでいる。政府軍から離反して組織された「自由シリア軍」（ＦＳＡ）は、今や反体制勢力の中心だ。内戦の死者は一〇万人を超え、難民は一九〇万人に達した。難民を受け入れる近隣諸国は、急増するその数に対応しきれず、食料、医療、清潔水などの不足が喫緊の大きな課題になっている。

ＭＳＦ（国境なき医師団）は、すでにシリアに三二五人、周辺諸国も含めれば七五五人の活動スタッフを派遣もしくは現地雇用している。日本からも、外科医、内科医、麻酔科医、看護師、薬剤師他計一七人が派遣され、困難のなかシリアで活動している。

しかしＭＳＦは、シリアの深刻な人道危機に対し、人々に直接援助をしている国際ＮＧＯのひとつにすぎない。援助を必要としている人は約七〇〇〇万人！　そのニーズは限りなく大きい。

このような情勢下のシリアに対し、アメリカは攻撃を発表。政府軍が化学兵器を使用したという疑いに端を発したものだ。だが、理由はその裏にある。内戦がヒズボラ、アルカイダ他過激なテログループの温床になることを防ぐためだ。しかし、そのために攻撃は役立つのだろうか。むしろ逆なのではないか。のみならず、援助を必要とする人たちや多くの国際ＮＧＯが攻撃の犠牲になる可能性も、おおいにある。かつてのベトナムの二の舞になることも考えられる。今、恐ろしい予感を抱かせないでほしい。

（二〇一三年九月二三日号）

シリア　その2

（承前）シリアが化学兵器の所有を明らかにしたのは、昨年（二〇一二年）夏だった。同国外務省の報道官が、アサド政権は化学兵器を保有しており、他国から攻撃を受けた場合は使用を辞さない、ただし自国民には使用しない、と発言。アメリカがこれに反応。化学兵器は大量破壊兵器に認定されている。その使用は、越えてはならない一線＝レッドラインを越えることだとして、オバマは動き始める。

そして、この三月。国営シリア・アラブ通信（ＳＡＮＡ）が、現場の映像つきで、化学兵器使用の事実を告発した。その報道によれば、その使用は反体制派。テロリストがアレッポ（前回話した、あのアレッポだ）郊外にロケット弾を撃ち込んだというのである。この攻撃で二五人が死亡、八六人が負傷した。首都ダマスカス郊外のゴウタは神経ガスによる攻撃を受け、数百人の犠牲者が出た。これは、どちら側からの攻撃か。

国連の調査団によるシリアでのサンプル収集は終わったが、八月三〇日の発表では、分析に約二週間かかるという。アメリカはその結果を待たずに、九〇日間という限定期間を設けてはいるものの、軍事行動に踏み切ろうとした。

だが、事態は一変。ロシアの提言をアメリカが受諾。所有する化学兵器を国際管理下に提出することをシリアが受け入れ、化学兵器禁止条約に加盟。アメリカの攻撃は回避された。一応の朗報ではある。

とはいえ、アメリカの強硬な「上から目線」に、あらためて愕然《がくぜん》としたこともたしかだった。いったい、攻撃でシリアを変えることができるだろうか。アメリカが、究極ではアサド退陣を目標にしていることも明らかだが、仮にそうなったとしたら、その後の復興に関して当然持つべき責任をアメリカは自認しているのか。費用は莫大《ばくだい》だ。さらに、アサドへの反体制派が単色ではないことも考慮に入れなければならない。反体制派のなかには、ポスト・アサドの支配権をねらっているイスラム原理主義組織や反米組織、アルカイダ系「ヌスラ戦線」も含まれる。それらどうしの対立が新たな内戦を生む可能性は、高い。そうでなくても、パレスチナとイスラエルのように、解決困難な泥沼は、この地域を覆っている。

かつて僕は、何年間もエジプトで仕事をした。レバノンでも、した。レバノンとシリアの国境付近も体験している。正直言って、シリアの警備兵は、ちょっと怖かった。

しかし、異なる考えの人間が平和的に共存できる可能性を提示し、模索を促し、戦いの鎮静化に寄与できる国があるとしたら――今回は親シリアであるロシアが大きな役割を果たしたが、本来それは日本が担うべきものだと思う。私たちの平和憲法を単に日本だけのものではなく、地球規模の理念にしていく努力をしなければならないのではないか。アメリカの尻馬に乗るのではなく、それをいさめ、平和工作ミッションをシリアへ派遣する――それができる国こそ日本なのではないか。

（二〇一三年一〇月七日号）

夢を売る

これは、かつて僕が音楽を担当した演劇で実際にあった話である。その芝居の若い主演女優が開演前の劇場ロビーで、観劇に来た友人と談笑していた。メイキャップ済み。舞台衣装姿で。もちろんロビーにはお客さんがあふれている。シェイクスピア作品だった。この女優、演出家にこっぴどく叱られたそうだ。

そりゃそうだろう。オフィーリア（「ハムレット」の）やジュリエット（「ロミオとジュリエット」の）は、オフィーリアやジュリエットでなければならない。〇山〇子（この名はデタラメ）さんという自分は、消していなければ。

だが、この若い女優にそんな気負いはなかっただろう。どうということもなく、ふつうに友達としゃべっていただけなのだ。テレビ時代になってからだ。オフィーリアやジュリエットが、実は〇山〇子であることは公然と示されて当たり前。ＮＨＫ大河ドラマの主演女優が、そのドラマの舞台になっている福島県会津地方のテレビレポーターを務める。美しい山あいの小道を歩き、土地の人々と食卓を囲み、談笑し、特産品を紹介する。そして、日曜の夜だけ明治初期の女性＝八重になる。

もちろんこの背景には、現下の特別な事情もあるだろう。東日本大震災の甚大な被災からの復興のために、東北の人たちを励ましたい、勇気づけたい。とはいえ、一〇〇年以上前の女性が現実に目の前にいるレポーターと同一人物であるということには、本当は奇妙な感じがつきまとうのではないだろうか。

テレビは、さまざまな事象について価値観を一変させた。僕が自分の家でテレビを見ることができるようになったのは、中学の半ばころだったと思う。それまでは、テレビのある親の知人宅で見せてもらったり、立ちっぱなしで「街頭テレビ」を楽しんだり、だった。

僕は映画大好き少年で、映画雑誌もよく読んでいたが、ある時の某有名女優の取材記事が忘れられない。雑誌記者はこの大女優の自宅を訪ねたが、取材に応じてくれない。とはいえ、家に入ることは入れたので、リビングだか応接間だか知らないが、階下の部屋でひたすら待った。トイレは階下にしかないと聞いている。いくら大女優だってトイレくらい行くだろう……。ところが夜まで待ってもついに大女優は姿を現さなかった。記者は、こう書いていた――大女優はめったにトイレにもいかないものである。

これを読んだ小学生の僕は仰天。大スターとは、僕らと違う別種の生き物なのだと思ってしまう。映画のスクリーンをしばしば「銀幕」と呼んだあのころ、著名な俳優や歌手は、まさに夢の存在。夢を売る人たちだった。

拙作合唱曲集「三つの不思議な仕事」（詩：池澤夏樹／一九七八年／カワイ刊）に「夢売り」という曲がある。「夢、いりませんか……お祭りの夢などいかが、それともあったかい暖炉の夢……」――この世に夢を売る人がいてほしいと願うのは、僕だけだろうか……。

（二〇一三年一〇月一四日号）

できるようになりたかった

駅のホームにいたら傍らの人がクシャミをした。ハックショーン！　何とも豪快で、派手なクシャミ。この人の笑いかたまで想像できちゃう。「ウワッハッハッハ」と、センプレ・フォルティッシモ（常に最強で）だろう。太っ腹、磊落《らいらく》、親分肌にちがいない。クシャミひとつで、性格まで推理できてしまう。

ところで僕だが、こういうクシャミができないのだ。クシュン――できれば男っぽく、できればフォルテでやりたいのに、何ともしょぼく「クシュン」。若いころは豪快クシャミにあこがれたものだ。もうあきらめて久しいが……。

そういえば「指パッチン」も同類。あれは一九九一年。みなと座公演・岡部耕大作・演出「お侠《きやん》」という芝居の音楽を担当した。主演は夏木マリさんで、他にポール牧（一九四一～二〇〇五年）さんも出演していた。「指パッチン」で有名な人だ。芝居のなかでもやっていたっけ。

もちろん稽古場には、しょっちゅう「パッチン」が響いていた。稽古場の隅で、僕もやってみる。鳴らない。子どものころから、ジャズを聴きながらパッチンしてみたかった。練習もした。だが、鳴らない。口惜しいなぁ……。


次は口笛だ。若いころ僕がアシスタントをしていた故・武満徹《たけみつとおる》さんは、うまかった。武満さんの家でスコア書きの手伝いをしていると、隣の部屋で作曲しているはずなのに、時折口笛が聞こえてくる。いいなぁ……。

そういえば某合唱団の女声に名手がいる。僕が聴いたのは、モーツァルト「魔笛」のなかの「夜の女王のアリア」。コロラトゥーラ・ソプラノの難曲だ。これを口笛で見事にやっちゃう。感心を通り越して、呆気《あっけ》にとられた。彼女は「国際口笛コンクール」の本選にまで進んでいる。実に、名人芸である。

で、僕だが、下手だ。これまた、子どものころから、うまくなりたかった。もちろん練習した。練習のあげく、自分が口笛を「吹いている」のではなく「吸っている」のだと判明した時は、がっかりしたなぁ……。

まだ、ある。ウィンクだ。子どものころ、全くできなかった。両目とも、できなかった。それが――中学時代だったか――突然「右目だけを瞑《つぶ》る」ができるようになった。初めはそのたびに唇の右端が無残に右方へ崩れ、ものすごい形相になったが、次第にそんなこともなくできるようになった。

ところが、逆はいまだにできない。すなわち、左目だけを瞑るってのができない。もはや、練習もしません。そんなことできなくたっていいじゃないかという声も聞こえるが、たとえば合唱練習の指揮をしていて、「ここはもう少しカタメに歌って」「あ、片目で、じゃないよ。そんな、ウィンクしたってダメです」なんてジョークを飛ばしたりしているのに、自分じゃできない。ちと、情けない。

以上、「できるようになりたかった」こと、多々あるという話でした。

（二〇一三年一〇月二一日号）

子どもを信用する

学区域外の、地方から入学した中学で、まずはネコをかぶったようにおとなしかった僕は、二年生になるとそのネコを捨て去り、いたずらの限りを尽くした。その列挙だけで面白い読み物になるが、それは措《お》いて……。

放課後、まずは野球。クラスでは二番バッターで、ショート。部活でやりたいくらい、野球好きだった。だが、途中で抜ける。「タッチフットボール」へ移るのである。これにも夢中だった。このゲーム、今もあるのかな……。要するにラグビーと同じだが、タックルは危険なので、禁止。その代わり、背中をドンと突く。走った、走った……。汗びっしょりで、これも途中で抜ける。吹奏楽部。これが本来の部活なのだ。校門の向かいの駄菓子屋でリップスティック型の砂糖菓子を買ってから駆けつける。一本五円！　で、吹奏楽部で僕はクラリネットだったが、そのリードにこの砂糖菓子を塗りつけるのである。吹いている間ずっと、甘い！

暗くなってからの帰路は、吹奏楽仲間と大声を張りあげる。「オデン、デンデンデン、オデンデンデン……」――スーザ作曲のマーチ「士官候補生」だ。すると、チリン！　鈴を鳴らして屋台のオデン屋が現れる。竹輪一〇円、スジ五円だったな……。それを頬張《ほおば》って、歩く。で、帰宅して、ふつうに家の夕食を食う。そりゃ、これだけ暴れれば腹も減るはずなのだった。

みな、仲が良かった。喧嘩もしたが、結局はいい仲間。先生も同じ。生徒の家で夕食をし、飲んで帰る先生もいた。我が家にもよく先生が来たものだ。だが、別に問題にもならなかった。

高校は新宿御苑に隣接しており、その境目の壁にはいつも穴が開いていた。昼休み、僕らはその穴から御苑に侵入して弁当を食べた。ある日の朝礼で生活指導の教官が訓辞を垂れた――昨日、また、御苑に入った者がいる（今さら、何言ってるんだよ）。昨日は首相の茶会か何かで、一般立ち入り禁止だった。ゆえに、すぐつかまってつまみ出された。これからは、よく調べてから入れ！

学校の近くに前衛芸術のメッカといっていい喫茶店があった。喫茶店の出入りは禁止だったが、美術志望の友と二人で、校長にかけあった。「僕たちはあの店に行く必要があるんです」。すると、二人だけ、許可が下りた。いとも簡単に。

当時、有数の受験校である。周囲のほとんどの友が東大志望だった。その高校で、文部大臣就任要請を蹴ったという噂の、名物校長の式典の挨拶は決まっていた――勉強なんてしなくていい。勉強はいつでもできる。それより、今しかできないことをやれ！

昔はよかった、という通念でくくるつもりはない。大人が子どもを信用する時代だったのだ。今、子どもは信用されず、たくさんの枷《かせ》でがんじがらめだ。子どもを広々とした野原へ放り出そう、という教育専門家がいてもいいのではないだろうか。

（二〇一三年一〇月二八日号）

ごんぎつね

今年（二〇一三年）は、新実南吉生誕一〇〇年である。一九一三年に愛知県半田で生まれた南吉が死んだのは一九四三年。何と、二九歳八か月の夭折《ようせつ》だった。「でんでんむしのかなしみ」「おぢいさんのランプ」などの童話で知られるが、最も人口に膾炙《かいしゃ》しているのは「ごんぎつね」だろう。

親のいない子狐のごんは、いたずらばかりしている。村の兵十《ひょうじゅう》が病気の母親のためにと獲った鰻《うなぎ》も、ごんが川へ逃がしてしまう。と、村で兵十の母親の葬式。死ぬ前に鰻を食べられなかった兵十の母親を思い、ごんは後悔する。その償いのために、鰯《いわし》を盗んで兵十の家に放り込むが、今度は鰯泥棒と間違えられた兵十が殴られてしまい、ごんはまたまた反省。ならば自分で、と山で栗や松茸《まつたけ》を採ってきて兵十の家へ運ぶ。それらが毎朝届いているいることを不思議がる兵十は、これはきっと神様の仕業《しわざ》、と思い込む。ある日、家に入りこむごんを見つけた兵十は、とっさに火縄銃でごんを撃ってしまう。倒れるごん。そのそばにどっさりの栗……。「おまえだったのか」と絶句する兵十。うなずきつつ死んでいくごん。銃口からは青い煙が……。

二〇〇一年、岡山市民合唱団「鷲羽《わしゆう》」の委嘱で、僕は「ごんぎつね」を合唱オペラとして作曲した（音楽之友社刊）。脚本は、数多くの仕事で僕とコンビを組んでいる村田さち子さん。村田さんは、原作にはない、天国にいるごんの母親を登場させ、「おっかぁだけが知ってるよ。ごんのやさしさ、ごんの心……」と歌わせる。ごんに助けられた鰻たちの五重唱もユニーク。葬式の場面では彼岸花の、また般若心経の合唱。母を失った兵十とごんがそれぞれ孤独をかみしめる二重唱、村へやってきた鰯売りの歌などもある。

頻繁に演奏されている合唱オペラだ。畏友《いゆう》・栗山文昭が何度も取り上げているし、僕自身も山梨で指揮したことがある。そして初演二年後、愛知県半田市で市民参加の舞台が実現した。冒頭で話したように、南吉のふるさとである。その二〇〇三年は、南吉生誕九〇年だった。そして、生誕一〇〇年の今年、前回と同じく愛知の合唱の中心者・高須道夫《つねお》氏の指揮、松本重孝氏の演出で、先日、満席の二回公演。この合唱オペラを半田の財産にしようという声もあがっている。
森の生きものたちが歌う――同じ光を浴びながら、なぜ解りあえないのか。それぞれの心を、なぜ支えあえないのか。なぜ、隔てなく、抱きあえないのか……。母を思う兵十も、兵十を思うごんも、限りなく優しい。なのに、悲劇は起きた。愛する術《すべ》を知らなかったごん、愛される術を知らなかったごん……。

これらの言葉を、今私たちを取り囲む状況に重ねた時、みなさん、どう思いますか。何十年もあとの世界が、南吉の目には見えていたのだろうか……。自作を語るのは苦手だが、しかし「ごんぎつね」が現下の私たちに突きつけてくるテーマは、とても大切なものだと、あらためて感じるのである。

（二〇一三年一一月四日・一一日号）

師との別れ　その1

一〇月四日、作曲家・三善晃氏が亡くなった。僕の師である。先生はいつまでたっても先生だ。別れは、つらい。

今僕は、恩師との出会いを思い出している。

幼いころから遊びとして作曲に親しんでいた僕が、とつぜん専門的に勉強するようになったのは高校二年になる春休み。僕の不在中に、祖母か祖父だったか、デタラメ作曲の山を持って専門家を訪ねてしまった。妙なことをやっている孫が気になったのだろう。こんなデタラメでなく、きちんと勉強を――ただちに、日本作曲界の大御所・池内友次郎《いけのうちともじろう》先生につくことになってしまう。毎週、和声学やフーガなどの作曲理論を、池内先生の弟子である島岡譲先生に習い、時々池内先生じきじきのレッスンも。勉強は進み、僕は東京藝大に入学。ひきつづき池内先生と、そして新たに矢代秋雄先生の薫陶を受けることになる。

高校の延長気分で、僕はかなりやんちゃだった。二年次終了の試験に、演奏時間一時間以上の長大な（冗長な、というべきだが）弦楽四重奏曲を、一度も先生に見せることなく提出し、池内先生の大目玉をくらった。

「君のことはもう、知らん！　破門だ。三善の所へでも行きなさい」。実はこれは池内先生の流儀なのだが、学生を自分の弟子のもとへ、こうして移していくのだった。作曲の学生にとって、三善晃といえば超ビッグネーム。思えば三善先生三二歳。僕は二二歳であった。

三善先生の教え方は具体的なものではなかった。僕が書いた譜面を黙って、長い時間をかけて読み、ひとことふたこと感想を言うだけ。ところがその感想が常に極めて厳しく、まさに本質を突くもの。緊張度の高いあの時間は、今も僕の裡《なか》で生き続けている。最高の師に巡りあって、僕は幸せだった。

学生食堂でコーヒーと雑談。楽しかった。すでに現代音楽の名作となっていて僕もしょっちゅうスコアを眺めている曲の初演をパリで聴いた時の話などに、僕は夢中になった。三善先生は日本の音楽大学で学ばず、東大仏文科在学中にフランスへ留学し、のち東大に復学したがその時はもう作曲家として認められていた、という経歴の持ち主だ。話題は音楽だけでなく、プルーストやカミュなど文学や哲学にも及んだ。いっぽうで相撲好き。ある時大学から帰ろうとしたら、車を運転する先生に声をかけられた。「途中まで乗ってく?」

僕は助手席にすわり、おしゃべりがつづいた。車内のラジオが相撲の実況を放送している。横綱栃ノ海（第四九代）が負けた。「弱い横綱ですねぇ」と僕。と……、それから先生はひとことも口をきかないのだ。どこだったか、先生は僕をおろし、行ってしまった。少しあとに判明。先生は栃の海のファンだったのである。

メチエ（技術）とイデー（理念）の相克について教えられた、と僕は信じている。それこそは創作の本質にほかならないのである。

（二〇一三年一一月一八日号）

師との別れ　その2

東京藝大の山小屋が、北アルプスは鹿島槍にほど近い所にあった。作曲科同級の川井學が、部活の一つ＝山岳部員。のちに同大音楽学部長を務める男である。この川井君がナビゲーターになってくれるので、毎年夏には親しい仲間が集い、北アルプスを目指した。

ある時、それに三善先生を誘ったのである。道具を揃えたいという先生に、川井君と僕が随行し、登山具専門店へ行った。絶壁をよじ登るなんてことはないのに、かなり本格的な道具を揃えた。そしていよいよ、出発。

事前にJR指定券を求めておくような時代ではない。当日、新宿駅地下道で乗車を待つ。夏とはいえ毛布が要る。暗く、寒々。「君たち、並んでいてね。僕はちょっと外で食べてくる」と先生は夜の街へ出ていかれた。発車直前に戻ってこられた時、先生はかなり酔っていた。ワインをしこたま飲んできたみたい。暑いとおっしゃる。乗っている間ずっと列車の窓を開けっ放し。酔った頬《ほお》に、風が心地よかっただろう。大糸線の「簗場《やなば》」という小さな駅で降り、そこから山小屋まで登る。小屋に着いた時、先生はすでに風邪をひいており、大いに不機嫌。メンバーの中のヴァイオリン科の女性が手作りのマスクを差し上げた（この女性が、のちに僕の妻となるわけ）。貧しい材料で我々はカレーを作る。グルメで名高い先生――「こんなもの、食えない。帰る！」単身下山していってしまった。のちに先生のエッセイを読んだ。あの時、そのまま新潟県糸魚川へ行かれたのだと判明。神経質そうな登山姿に、宿がいぶかしく感じたようだ。「宿帳の職業欄に、大学講師と記した」とあった。

大学の帰り、上野のホールでの「三善晃合唱の夕べ」なるコンサートにお供したことがある。満席。先生も僕も、一番ウシロに立つしかない。作曲者が座れない……すごいな……。まもなく係が飛んできて三善先生を案内したと記憶している。

そういえば、詩を読むのが好きな僕は、当時も今も東京・青山の詩集専門古書店で漁るのだが、ある時そうして入手し、作曲しようと考えている女流詩人の詩集を、先生に見せた。「いいね。ちょっと貸してくれる?」と先生。

たぶん前述のコンサートの時だ。新作があった。そのテキストは、何と僕がお貸しした詩集ではないか。当日のプログラムに「友人から借りた詩集から」と。やられた！――心の中で僕は叫んだね。でも、尊敬する師と同じ詩が好きなんだ。むしょうに嬉しかった……。

僕が三善先生から学んだのは、音楽という形ではなく、その内奥に必ず存在しなくてはならない本質的なものだった。芸術へ、また人生への厳しい眼差しとともに、人間的な魅力にあふれた方だった。先生のかけがえのない時間の一部に、僕も居合わせることができた……。この稀有《けう》な人に出会えたことの幸せを想い、他方この寂しさにどう耐えればいいのか……。僕は今、苦しんでいる。

（二〇一三年一一月二五日号）

食品表示偽装

嘘が横行している。

大手ホテル・旅館のレストランや有名デパートの直営食品売場で、メニューに記されたものと実際が違っていた。たとえば「車エビ」とあるが実は「ブラックタイガー」だったとか、上等なビーフステーキに牛脂を注入していた、とか……。

こういったことに関して消費者は、信用するしか手がないではないか。「賞味期限」に「〇月〇日」とあれば、ソウナノカと思う。それが真実かどうか確かめる術《すべ》がありますか。期限を過ぎ、腐ってしまったものを食べて「あ、あれは正しかったんだ」と納得することはできるが、その時はもう、遅い！

しかし、車エビのテリーヌを食べて、「あ、違う。ブラックタイガーだ」とわかる人はまずいないだろう。とはいえ、ブラックタイガーだと有害だとか、まずいというわけではない。ブラックタイガーでも十分においしい（のだろう）。ならば「ブラックタイガーのテリーヌ」と表示すればいいじゃないか。

そこで、食品への一般的な信仰という問題になる。ブランドということにも関わる。

いつだったか、福井の海岸で「越前ガニはここまで」という看板を見かけた。その境界線の外で獲れたカニは「越前ガニ」と呼んではいけないのである。

「関サバ」「関アジ」にしても同様。同じ豊後水道《ぶんごすいどう》で漁をして、大分側にあがるものだけがこのブランドになる。反対側の佐田岬や八幡浜にあがったものをそう呼ぶことはできない。

長崎県の島、壱岐《いき》へ行った時に、おいしい牛肉を御馳走になった。壱岐牛だ。だがその大半は遠く運ばれ「松阪牛」として世の中に出ていくのだという。

越前ガニも関サバ、関アジも松阪牛も、顔つきや性格で区別されているわけではないのだ。こういうことに左右され、食品を選んでいる我々は、もしかしたら実に奇妙なのかもしれない。

奇妙だが、できあいのおせち料理を買うにあたり、これはやはり「伊勢海老」であってほしい。「ロブスター」では、周りのキントンや黒豆と合わないというのも、心理。
つまり、今回のホテルやデパートの「嘘」には、消費者のほうにも責任というか、原因があるともいえるのである。名前とりわけブランドを重視してしまう。肝心の味覚は二の次。何なのかという表示のほうが大事、とどこかで思ってしまう。

そこを通せば嘘がたちどころにわかる「商品嘘発見器」が発明されればすべては解決するが、これは永久に不可能だろう。しかし、我々に本来備わっているはずの「味覚」、そのストレートで純粋な感覚を再発見する努力はできるのではないか。どんな名前だろうが、おいしいものはおいしい、ブランド名に振り回されないぞ、という気概を持つことに挑戦してみたくなってきたのである。

（二〇一三年一二月二日号）

舘野泉さん

舘野泉さんのために新作を書いた。

舘野さんの名前はもちろん、二〇代終わりのころにフィンランドに移り住んだことも、知っていた。ずいぶん前だが、舘野さんとお会いしたら、手紙は「ヘルシンキ市 Mr. I. TATENO」だけで届きますよとおっしゃる。すごいなと思ったっけ……。

二〇〇二年、舘野さんは脳溢血《いっけつ》で倒れる。右半身不随。ピアニストとしての活動は断たれたと誰もが思った。が、不屈の精神で舘野さんは蘇《よみがえ》る。「左手のピアニスト」としての復帰は〇四年。以来、多くの作曲家に「左手のための」作品を委嘱し、演奏してきた。各地で左手作品を探し、父親に提供してきたご子息のヴァイオリニスト、ヤンネ君の力も大きい。

かつて、パウル・ヴィトゲンシュタイン（一八八七～一九六一年）というピアニストがいた。高名な哲学者ルートヴィヒ（一八八九～一九五一年）の兄である。パウルは第一次大戦で右手を失う。その後、左手で活動するパウルは、高名な作曲家たちに次々に依頼。ラヴェルの協奏曲が最も知られているが、プロコフィエフやブリテンなども名品を書いた。

一八世紀の作曲家カール・フィリップ・エマニュエル・バッハ（あの大バッハの息子の一人だ）も片手のためのピアノ曲を書いたとされるが、あまり知られていない。ブラームスは、右手を痛めた名ピアニスト、クララ・シューマンのために左手の曲を書いたし、スクリャービンも右手を痛め、これは自分が弾くための左手作品を書いている。


僕が、二〇一二～一三年「舘野泉フェスティバル」のラストで初演する新作を書いてほしい、と言われたのは三年ほど前。だが僕には、交響曲「八」と「九」を書くという難関が待ちかまえていた。それを過ぎなければ書けないとお答えしたが、どうしてもそのフェスティバルで、とのこと。僕は「第九番」の仕上げと並行して「左手のための協奏曲」に着手。八月に脱稿した。

あれは学生時代だったか……。日本の音楽家名鑑といった類の本の舘野さんの項に強い印象を受けた記憶が蘇った。――趣味……凧を聞くこと。よし、タイトルに「凧」を含ませよう。左手という意味も加えたいが、難しい……。
そんなある日、僕は地図を眺めていて、ハッとする。地図で「西」は左。ならば「西風」！

新作のタイトルは「《西風に寄せて》ピアノ協奏曲第三番——左手のために」となった。この一一月三日、舘野さん自身が名誉館長の南相馬市「ゆめはっと」で初演。つづいて大阪、長久手、東京。ヤンネ君がコンサートマスターを務めるフィンランドの若いオーケストラ「ラ・テンペスタ管弦楽団」、これまた若い野津如弘《のつゆきひろ》君の指揮で演奏された。
喜寿を迎えた舘野さんは、多くの人に勇気と優しさと「あきらめない心」を届けつづけている。もちろん僕も、届けられた一人。舘野さんの演奏に接し、今僕は、左手のためのピアノ独奏曲を書きたくなっている。

（二〇一三年一二月九日号）

「フィデリオ」の警鐘

パーヴォの振るベートーヴェンのオペラ「フィデリオ」コンサート形式版を、僕は客席で聴いていた。所は、僕が仕事をしている横浜みなとみらいホール。今、世界で最も熱い注視を浴びる指揮者パーヴォ・ヤルヴィは、率いるオーケストラこそ、フランクフルトやパリ、シンシナティなど、そのたびに違うが、このホールを日本でのフランチャイズと位置づけ、毎年、名演を聴かせてくれている。

今回はドイツ・カンマーフィルハーモニー管弦楽団。そして「フィデリオ」公演は数年前から話し合ってきたもの。ちなみにパーヴォは一九六二年エストニア出身。父親も世界的な指揮者ネーメ・ヤルヴィ、弟クリスチャンも高名な指揮者、妹マーリカは優れたフルーティストだ。

畏友《いゆう》パーヴォの話はここまでにして、その「フィデリオ」である。ベートーヴェンただ一つのオペラだ。舞台はスペインの国事犯刑務所。政治犯としてその地下牢に囚われているフロレスタン。そこの典獄ドン・ピツァロは、自分の政敵でもあるフロレスタンを殺そうと目論んでいる。そこへ、牢番の助手として働いているフィデリオが現れる。実はフロレスタンの妻レオノーレが夫を救い出すために男装した姿だ。危機一髪の時、大臣が到着。ドン・ピツァロの悪事が明らかになって夫婦は救われ、レオノーレの勇気と美しい夫婦愛を讃える合唱で、幕が下りる。

博愛、自由、平等の精神を謳《うた》いあげたベートーヴェン後期（一八一四年作曲）の傑作で、あの「第九交響曲」のポリシーに連なるし、フランス革命後のヨーロッパの空気もうかがい知ることができる。ベートーヴェンは劇音楽「エグモント」（原作：ゲーテ）でも同様の題材を扱っている。また、人気の高いオペラ「アンドレア・シェニエ」（一八九六年、ジョルダーノ作曲）や「トスカ」（一八九九年、プッチーニ作曲）も「フィデリオ」と共通する題材。いつの時代にも、思想や政治上で犯罪者にされ、苦しむ人がいた。僕も関わりを持っている国際人権救援機構「アムネスティ・インターナショナル」の創始者ピーター・ベネンソン（一九二一～二〇〇五年）が言う、いわゆる「良心の囚人」である。

「フィデリオ」を聴きながら、僕は想っていた。フロレスタンは、現代の日本にも生まれる可能性がある——安倍内閣が、国会の強行採決を経て「特定秘密保護法」を成立させようとしている。自衛隊の情報などが秘密指定され、国民が監視できなくなる。罰則は一般市民にも適用される。あらゆる自由が統制されていた戦前の軍政下体制を想起するのは当然。ニューヨークのハドソン研究所における二〇一三年九月の講演で、「私を右翼の軍国主義者と呼びたければ、どうぞ」と言った安倍晋三首相が、今、右へ、右へとカーヴを切っている。世界平和を牽引《けんいん》する役割を持つ私たちの憲法さえ変えようとしている。二〇〇年の時を越えて、ベートーヴェンのオペラが鳴らす警鐘をきちんと聞こう。僕たちの耳で！

（二〇一三年一二月一六日号）

来しかたを顧みて　その1

この連載もついに九〇一回！　そこでやや総括的なことに思いが及んだ。来しかたを顧みて、いわば「告白」をしてみるか……。そういうことなら前回の「九〇〇回」が節目では？　と言われそうだが、二一世紀の開始は二〇〇〇年ではなく二〇〇一年。あの伝でいけば、節目は九〇一。今回なんである。

別に波乱万丈というわけでもない。ごく普通の人生を送ってきた。疎開先の水戸にいた幼時は病弱、ハタチまで生きるのは無理と医者に言われ、将来が見えない少年期だった。

ところで、アントン・チェーホフ（一八六〇〜一九〇四年、ロシア）という作家を僕は溺《でき》愛《あい》しているが、その「かもめ」という戯曲にこんな一節がある。湖のほとりの別荘地の地主ソーリンの台詞――「私は〝なりたかった男〟さ。ずっと昔、若いころ、作家になりたかった。が、なれなかった。弁舌さわやかになりたかった。が、私の話しぶりときたら、ひどいもんさ。結婚もしたかった。が、できなかった。ずっと都会で暮らしたかった。が、どうだ。こうやって田舎で一生を終えようとしている」。

こんな思い、多少とも、誰にもあるでしょうな。特別なことではないかも……。しかし今、僕は僕のなかのソーリン的部分について、これから吐露しちまおうかと考えている。

実は、こんなことを暴露するのはこの連載を含め、あらゆるところで初めてだ。が、何しろ九〇一回だ。ま、いいか。

一年遅れて就学。でも僕はおとなしい子どもだった。小学三年生のころ、完全に丈夫になる。走り回れる。動き回れる。きっと、すごく嬉しかったろう。そこで、反動がやってきた。

「いい子」でいたくない。暴れたい。暴れた。野山を走り、相撲を、野球を、ドッジボールをした。そういうことの先頭に立った。授業中には、こっそり、大好きな架空地図描き。作曲の真似ごとも授業中、そして家で夜遅く。好き放題だ。しかし学業成績は良い。クラスの中心と目されていた。

中学一年から東京だ。「外様《とざま》」ゆえ一年間はおとなしかった。「借りてきたネコ」状態。

だが二年次から、猛烈ないたずらっ子に転じた。親が学校に呼びつけられたり……。

しかし、作曲遊びは相変わらず。幼時からずっと絵を描くこと、本を読むこと、そして演劇も大好きだった。いっぽうで、小学校では黒人差別問題について、また中学では皇太子成婚パレードに石を投げた男について作文を書き、級友たちに、あいつはジャーナリストになるだろうと思われていた。

中学では、全九科目の模擬試験成績が毎月廊下に張り出されたが、いつも僕はトップ。勉強なんて好きじゃなかった。暴れ、遊び呆《ほう》けていたのに、そういう結果なのだ。三年の時、熊本から転校してきたY君が、いきなりその座を奪った。だが、仲良くなった。同じ高校へ進んだ。今も時々会う大切な友である。（つづく）

（二〇一三年一二月二三日号）

来しかたを顧みて　その2

成績がいいことを、当時の僕はむしろ恥じていた。「秀才」と思われることが嫌だった。だから、反抗した。担任教師の悪口を詞にし、校歌のフシで歌を添えて黒板に書いたら、教師は怒髪天を衝き、母が学校に呼びつけられた。「お宅のお子さんはどんな高校にも入れませんな」と言われたという。その夜、僕への母のひと言——からかわれて怒るなんて大した先生じゃないから、気にしなくていいよ。

僕はますます増長し、いたずらの限りを尽くし、放課後は野球とタッチフットボール（疑似ラグビーだ）に熱中。そのあと吹奏楽部でクラリネットをくわえるという日々。好き放題をやったウラには、病弱で就学が一年遅れたころの医者の弁があったと思う……ハタチまでは無理ですな……ならば、やりたいことは全部やっておこう……。

成績だけではない。不思議なことがある。学区内の四つの小学校で一人だけの「外様《とざま》」

だったのに、一年生の四月にいきなり学級委員長に選ばれた。すぐ暴力をふるうので皆が怖がっている生徒と並んで座るよう命じられた。彼はなぜか、僕の言うことだけは聞くのだった。

この種のことは長じてからも続いている。さまざまな組織などで、しばしばまとめ役をやらされるのだ。そのワケに思い当たったのはわりに最近。小学一年時に、級友たちより一歳上だった。あの年齢で一歳差は大きい。自然に、クラスのまとめ役になった。その性癖がずっと続いてしまったのではないか……。

高校二年になる春休み、僕のデタラメ作曲を見た専門家F氏に、ちゃんと勉強しろと言われ、東京藝大作曲科を受験することになる。完全に、遅い。むろん浪人覚悟。好きな道ゆえ、もちろんそれなりに励み、入試を受けた。

たしか五十数人受けて、合格は一八人だった。入学式のあとだったか、作曲の新入生全員の前で池内《いけのうち》友次郎先生がこうおっしゃった――一番は池辺君です。

そんな馬鹿な……。入るとも思っていなかったのに……。在学中の試験は、作品提出である。三年前期の一度を除き、僕は常に「秀」だった。その一度についてもワケがある。声楽科学生に頼まれ、大学祭（芸術祭と称する）で上演する三幕のオペラを僕は書いていた。そのため「管弦楽作品」であるその期の提出を、大学側は特別に他学生より一か月アトにしてくれたのである。特別扱いを「秀」にはできない――「優」だ。と、担任の師（先日逝去された三善晃先生）に明かされたのは後日。

日本音楽コンクールに応募したら第一位。音楽之友社室内楽曲懸賞に応募したら、第一位。どうして……なぜ？　そんなはずはないのに……順風満帆《まんぱん》なんて指の先ほども望んでいないのに……。そう思って唇を噛む僕は、いつのまにかハタチを過ぎて、生きていた。

秀才も順風も嫌だ。野にいたい。体制的でいたくない。なのに、おかしいな、変だな……。そんなことばかり考えていた。（つづく）

（二〇一四年一月六日・一三日号）

来しかたを顧みて　その3

あれは中学二年の時だったと思う。T君と僕は何だったか喧嘩《けんか》になって、彼が僕の頰《ほお》を叩いた。その掌が頰から少し外れ、僕の左耳を直撃。そのとたん、猛烈な嵐かと思い、僕はうずくまったと記憶する。鼓膜が破れたのだ。ゴウゴウゴウ……痛さは感じなかったと思うが、何しろものすごい音！　で、どうしたかというと、僕はそれから耳鼻科病院へ通い、鼓膜の復元に努めた。ただ、それだけだ。T君は僕の家からほど近い米屋の息子で、我が家はそこから米を買っていたが、僕の親にも向こうの親にも何ら変化は起きなかった。それまでどおりだった。

よく、喧嘩をしたなぁ……。記憶に残る「あと処理」もあった。やはり中学の時だ。おそらく喧嘩をした翌日だったのだろう。相手のSは、あやまってきた。裏庭に面した校舎沿いだった。悪かった、あやまる。僕を殴ってくれ、とSが言う。カッコよすぎるって？

僕らがあのころたいてい読んでいたアミーチス『クオレ――愛の学校』のせいだ。イタリアの小学校だか中学校の生活を描いた児童文学。Sの弁は、まるでクオレだった。じゃ、殴ってやろう。僕は思い切りSを殴った。そしてそのあと、Sと僕は大親友だった。Sが十数年前に死んでしまうまで。いや、Sは今も、これからも、僕の裡《なか》で生きている。

Mと知り合ったのも中学時代だ。何度もいっしょに旅行をしたが、あれは大学生のころ。山奥の駅で喧嘩になり、殴り合いをしながら僕たちはプラットフォームから線路へ落ちた。ま、頻繁に列車が来るというわけではないし、無人駅だったと思う。周囲に誰もいない。いっしょにいた残り二人（うち一人は前記のSだ）が仲裁に入り、Mと僕はフォームへ這《は》い上がり……。あとは忘れた。

このMもずっと大親友だ。そういえばMとは、教会の日曜学校に通う仲間でもあった。もっともMは、密かに想う一学年上の女生徒が通っているから自分も、というだけで、敬《けい》虔《けん》な気持ちとは遠かったが、僕はそうでもなかった。その経緯は、幼稚園へさかのぼる。母の希望だったのだろうが、僕が通った幼稚園はキリスト教系。「聖公会」に属していた。聖公会はイギリス国教会に属する会派で、ＹＷＣＡ出身でプロテスタントの母の信仰とは違ったはずだが、戦後間もない水戸の地に、キリスト教系幼稚園はほかになかったのだろう。しかし実は、病弱な僕はろくに通っていない。が、とにかく僕は、幼時から聖書や賛美歌には親しんでいた。

今の僕に「篤《あつ》い信仰心」という言葉は似合わないが、しかし生きてきてこのかた誰かを嫌いになったことがないこと、何かをやるにあたり誠実にやるか何もしないかのどちらかしかないこと、そして野にいたいこと——すべて幼児期にそのルーツ、そしてそのころ「ハタチまでは無理」と医者に言われたことが、若い僕に好き放題をやらせた、と今あらためて思うのである。

（二〇一四年一月二〇日号）

男声合唱

この正月も、例年通り札幌にいた。交響曲二つとピアノ協奏曲、それに室内楽曲の作曲も加わり、とんでもなく多忙だった昨年（二〇一三年）を通過しおおせて、いくらか安堵の新春だ。

とはいえ、仕事は依然として山積。督促がきているのは、旧作混声&女声合唱組曲の男声版をつくる仕事である。

二〇〇八年に、山形県飯豊町《いいでまち》の委嘱で書いた、村田さち子さんの詩による五章から成る組曲「飯豊山」。この町で毎年七月に催しているのが「めざみの里カンタート」。もともとこの町と縁があった村田さんと、その呼びかけに応じた畏友《いゆう》・栗山文昭さん（合唱指揮）が核。さらに僕も加わってのセミナー。全国からの大勢がさまざまな講習に接し、合唱にどっぷり浸る二日間。

始まった時、このカンタートは混声と女性だけだった。それゆえに前記の拙作もその二種なのだが、三年前かな……男声合唱団ができたのである。名称は「プロージット」。組曲「飯豊山」最終章に出てくる一語だ。ドイツ語で「乾杯」の意。メンバーは二〇人くらい。町の職員が主で、何と教育長や町長もいる。

「飯豊山」に男声版がないじゃないか……。

それなら、女声の譜面をそのまま使っていいです、と答えたら、女声は三部だが我々は「男声四部」だ、つくってほしい！　とのこと。当初全く考えていなかった版をあとからつくるのは、意外にやっかいだ。

やや細かい話になるが、混声合唱の、バスからソプラノまでの総音域がかなり広いことはわかるでしょ？　三オクターヴ以上になる。それが女声のみになると、二オクターヴと少し、だ。とはいえ音域が高いから、響きはつくりやすい。男声のみも同じく二オクターヴ強になるが、低い音域で十分な響きを構成するのはやさしくない。

だが、男声による響きは豊穣！　男声合唱の醍醐味《だいごみ》には、聴いていても歌ってもハマる。そのモトには、最も男性的な声であるバリトンの魅力があるだろう。

バリトンが主役になるオペラはそう多くない。モーツァルト「フィガロの結婚」やヴェルディ「ナブッコ」「リゴレット」など、あるにはあるが、圧倒的にテノールのほうが多い。ところがヴェルディ「椿姫」に登場する父親役ジェルモンが歌う「プロヴァンスの海と陸」のように、脇役でもバリトンにはすばらしい歌がいくつも用意されている。そういえばシューベルト「冬の旅」はじめリートの名作も、バリトンで歌われるのが主流だ。

考えてみれば、穏やかにふつうにしゃべる人間の声はバリトンだと思う。平常の生活でテノールの音域でしゃべるということは考えにくいでしょ？　なので、僕のオペラのテノール役はどうしても低めになりがちで、歌い手に苦情を言われることもある、というわけ。一〇〇曲以上ある拙作合唱作品は混声と女声が主で男声は少ないが、前記男声版作成の仕事をしていたら、ハマってしまった。僕は今、オリジナルの男声合唱曲を書きたくなっている。

（二〇一四年一月二七日号）

マンデラ氏の逝去

新しい年の幕開けがすぐそこ、という昨年（二〇一三年）一二月五日、南アフリカ元大統領ネルソン・マンデラ氏が亡くなった。九五歳。天寿を全うしたといっていいのだが、その死を惜しむ声は世界中から集まり、葬儀には世界各国の首脳などが参列した。この連載を始めて間もない第二七回に、僕はマンデラ大統領就任式の感動を書いている（『空を見てますか… 1』八七ページ）。「自由が君臨するように。栄光ある成就を前に、陽が落ちることのないように。アフリカに祝福あれ！」――マンデラの就任演説の一節だ。今も脳《のう》裡《り》にはっきりと残っている。

マンデラは、一九一八年にテンブ人の首長の子として生まれた。大学時代の四〇年、学生ストライキ主導により退学処分を受ける。そののち南アフリカ大学夜間などで学びつつ、アフリカ民族会議（ＡＮＣ）に入党。反アパルトヘイト運動に取り組む。六四年、国家反逆罪で終身刑。獄中生活は二七年に及んだ。八九年、当時の大統領デクラークと会談。翌九〇年に釈放。九一年、ANC議長となり、デクラークとともにアパルトヘイト撤廃に尽力。九三年、ノーベル平和賞を受ける。そして九四年、南アフリカ初の全人種参加選挙で、大統領に選ばれた。九九年、大統領を辞し政界から引退。南アで二〇一〇年に開催されたサッカー・ワールドカップ開会式に出席するはずだったが、前日にひ孫が交通事故で亡くなったためとりやめ、閉会式のみの出席となった。前立腺癌《がん》が発症した〇一年からの闘病生活の末、ついに逝去ということになってしまったのである。

紀元前二〇〇〇年ごろアフリカ中西部に発祥した人々を「バントゥー系アフリカ人」と呼ぶ。四〇〇以上の民族の総称である。うち、南へ向かったのが「南部ングニ諸民族」。コーサ人、サン人、コイコイ人、そしてテンブ人など。

一六〇〇年ごろムバシェ川流域に定着したテンブ人は、植民地政策に対し比較的忠実で、領土の損失や植民地勢力との軋轢《あつれき》もほとんどなかったといわれる。だが、マンデラはそれを継承しなかった。非人道的な「差別」に、敢然と立ち向かい、そして勝利したのだった。

「生まれながらにして肌の色や出身や宗教を理由に他人を憎む人は誰もいない。憎しみはあとから学ぶものであり、もし憎しみを学ぶことができるなら、愛することも教えられるはずだ。愛はその反対の感情よりも、人間の心にとって自然になじむものだから」

「教育とは、世界を変えるために用いることができる最も強力な武器である」

これらは、マンデラの言葉である。

子どものころ『アンクル・トムの小屋』を読んで黒人差別に激しい憤りを感じていた僕（このことはすでにお話しした）は、当然ながらマンデラという人を深く尊敬していた。それゆえに、その大統領就任の時は思わず涙した。ネルソン・マンデラは真の革命家だと思う。歴史上のいくつもの大きな革命に劣らぬ「心の革命」を成し遂げたのだから。その栄光は、永久に歴史に刻まれるだろう。

（二〇一四年二月三日号）

「カネ」の敗退

この一月一九日の沖縄県名護市長選で、現職の稲嶺進氏が一万九八三九票を獲得。末松文信氏の一万五六八四票に大差をつけて、再選を果たした。数十万、数百万の総票数ではない。この選挙権者数で約四〇〇〇の差は、極めて大きいといっていいだろう。

稲嶺氏は、宜野湾市の米軍普天間飛行場を辺野古海岸へ移転する計画に反対の立場を表明している。絶対に移転させないと言明している。辺野古は、名護が地元だ。移転には地元の賛同が必要。しかし依然として国は移転計画を推進するとしており、仲井真沖縄県知事は、先日ついにそれを承認してしまった。県と市で「ねじれ」が生じたわけである。

政府は、何としても稲嶺氏当選を防ぎたかった。そこで採ったのが人心懐柔作戦。末松氏応援演説で、名護振興に五〇〇億円を用意、と言ったのは石破幹事長だ。

人の心は金で買えると信じていることが、不思議だ。そういう人が結局懲らしめられるという童話、伝承の類はたくさんあるのに……。グリム童話「幸福なハンス」を知ってる？　何年も一生懸命働いたハンスは、給料として金の塊をもらい、家路につく。途中で一頭の馬を引く男に出会い、その馬と金を交換してしまう。すると牝牛《めうし》を引く男に会う。ハンスは馬を牝牛に交換。次に子豚と、次にがちょうと、そして最後に小さな砥石と交換して、母の待つ家へ帰る。

バカな男だという説もあろう。しかしハンスは何人もの人を豊かにし、自らの慾《よく》は断ち切って、なつかしい我が家へ帰る幸福を手に入れたのだ。

ついでだが、日本の民話「わらしべ長者」は逆ですね。貧乏な若者が、一本のわらを三個のミカンに換え、それを上等な布三反に、さらにそれを馬一頭に、そしてその馬を田畑へ交換して豊かになるサクセス・ストーリーだ。これも幸福ではあるだろう。だが、ハンスの幸福は「心」に作用するのだ。カネに、物欲に左右される人生を送るな、という大切なメッセージが秘められている。

名護市民は、カネに左右されなかった。この懐柔作戦を否定した。いや、破壊した。名護市民に大きな拍手を送りたい。

沖縄の歴史は、被抑圧のそれだ。琉球王国時代から現代に至るまで。普天間→辺野古にしがみつくアメリカ。それに飼い馴らされる日本政府。札束をちらつかせつつ抑圧をなお続けようとしたが、そうはいかなかった。

いっぽう、「普天間」を抱える宜野湾の苦しみも、一日も早い解決が必要だ。移転ではなく、撤退への道を探す議論が、なぜ起こらないのだろう。国際間の安定のための方策が「軍事的なにらみあい」である時代を、もうそろそろ終焉《しゅうえん》させなければいけない。それは旧世紀の方法論だ。賢いはずの人類なら、これからの世界を見据えて、国際間の新しい安全システムを構築できるはず。その提案者こそ、日本だ。僕は、強く、そう考える。

（二〇一四年二月一〇日号）

ちょっと変わった人

つい先日地下鉄に乗っていたら、僕と同じ車両のやや離れた所で、やたら叫んでいる声が聞こえる。声は男。怒っている調子。だが、何を怒っているのかわからない。誰に向かって叫んでいるかわからない。近くの人たちがこの男を避けて遠巻きになったので、僕にもこの男が見えた。ふつうの格好だ。何なんだろう……。そのうち終着駅に着き、皆もこの男も降りて、そのあとは、不明。

そのすぐあとにも似たようなことが……。やはり電車の中の座席にいるんだが、向かいの人に大声で何か言っている。知り合いじゃないみたい。向かい側の人は気色悪くて、隣の車両へ移動してしまった。何なんだろう……。

木の芽どきというか春先に、こういう人が現れるという説がある。まだかなり寒いんだが、春を感じる人もいるのかな……。

近年は、突然「切れる」人がいるので、見知らぬ人を咎《とが》めたり注意したりということをしない風潮になっている。だいぶ前だが、混んだ電車内で、立っている僕の目の前に座っている男が、大きく足を組んでいるではないか。押されて僕の身体はその男のほうへ傾くが、足組みをやめようとしない。僕のズボンが彼の靴先に触れる。「足を組まないでくれますか」と僕は言った。すると「なにぃ！」と彼は怒鳴ったのである。もちろん、組んだまま。僕の周囲の誰も、知らん顔。ここで僕が言い返したらどういうことになるか。仕方ない、黙りましたね、僕は……。

これもだいぶ前。地下鉄の座席でタバコを吹かしている青年がいた。立っている僕から少し離れた所。当たり前だが、車内は禁煙です。やや変わった風体であることもあって、誰も注意しない。秋葉原の無差別殺人事件があったころだと思う。こういう場合誰だって、この男が切れたら大変だと考えるのは当然だ。

最近なのだろうか、こういった現象が目につくのは……。いや、「ちょっと変わった人」というのは昔もいました。僕が子どものころ――というのは戦争の後遺症がまだ残っている時代だが――僕の住む水戸市に、いつも赤いドテラをはおって走り回っている女の人がいた。何か大声で叫びながら。みな彼女を「おシゲちゃん」と呼んでいた。避けていたっけ？　いや、とんでもない。走っている彼女に声をかけ、残り物の菓子などをあげたりしていた。おシゲちゃんは無邪気で、町の人に愛されている感じだった。

東京に越した中学時代、これは東京の下北沢という地域だが、何もせずにただ町をいつもうろついている男がいた。目が合うとジロッと睨《にら》まれたりしたが、別に何も起きなかったし、呼び名は忘れたが、皆が彼に声をかけていたな……。

豊かになり、便利になった。生活のさまざまな部分が大きく変化し、向上した。なのに、貧しかった時代の人々の心の通い合いは今よりずっと温かかったのではないか。人類はこのまま孤独な方向を目指すのか。怖いな……。

（二〇一四年二月一七日号）

人として

ほとんど前回のつづきである。豊かになった代償として僕たちは「心」を失いつつあるのではないか、という話だ。

学校で、先生は叱らない。まして殴るなど、とんでもない。そんなことをしたら、おお騒ぎだ。マスコミに叩かれるに決まっている。

医者は、どう治療したらいいかを患者に明言しない。相談にも容易に応じない。もし外れたら大変。結果的に病気が悪化したりしたら、訴えられるかもしれない。

警官はめったなことを言えない。不審者だという判断で注意したり何かを指示したりしたら、人権問題で攻撃されかねない。道を歩いているだけで注意されたなどと問題になったら、どうする?

目に余る行為を目にしたからといって、よその子に注意などしたら、これも大変。「あなた、ウチの子に何か言う権利なんて、あるの?」と言われてしまう。子どもに「変な人がいるから気をつけなきゃだめよ」なんて、ささやいている。

だから、「見ざる、聞かざる、言わざる」。

余計なことはしないのが一番だ。何かあっても「さわらぬ神にたたりなし」。

ま、こんなことを、前回の段階から考えていた。そうしたら、たまたま作家・今野敏《こんのびん》氏の文章に遭遇(『銀座百点』二〇一四年二月号)。

《昔の教師は毅然《きぜん》としていた。だから生徒も尊敬したし、親も信頼した。一般人の権利意識が強くなり、警察官もなにかとやりにくいに違いない。人権は大切だが、声高に人権だけを主張する風潮が当たり前になってしまっている。訴訟社会であるアメリカの影響ではないか。多民族国家であるアメリカでは、自分の権利を主張しないと他人にすべてを奪われてしまう。だからアメリカでは子どものころから議論の仕方を教える。そうでなければ生き残れない。恥も外聞もなく、他人を打ちのめす社会だ。》

とどのつまり現代は、自分に、また自分の仕事に、誇りを持つということから縁が遠くなっているのではないか。誇りがないから、自分の世界の内側にしか住まない。そこから一歩でも外へ出たりはしない。つまり、余計なことはしない。ということは、他人とのコミュニケイションの機会が減るということだ。コミュニケイションがなければ、それはすなわち孤独。豊かに、便利になってはいるが、世の中、これでいいのだろうか。

歴史は反転の連鎖だと思う。ある傾向は、やがて反転して逆方向へ向かう。「是」だったことがらが、ある時「非」に転じる。それならば、現代の風潮はいつか批判にさらされ、先生も医者も警官も「注意する人」も、何もかも普通に生きる時代が再びやってくるかもしれない。豊かさの代償として失ったものが、戻ってくるかもしれない。

ヒトがヒトとして自然に生きる世界を渇望し、夢見る——今は、そんな時代なのか……。

（二〇一四年二月二四日号）

二一世紀の警告

ＢＳプレミアムで「アーカイブ」と称して、反響の大きかった昔の番組を再放送している。「アーカイブ」は古文書館のこと。ＬＰ時代、ドイツの古楽専門のレーベル「アルヒーフ」に親しんだが、あれも同じだ。

この番組は、実に貴重。見ると、たいていの場合、今のテレビ番組がいかにダメになったかをあらためて認識するのだが……。

先日（二〇一四年一月三一日）、「21世紀は警告する」というシリーズの最終回を観た。放送されたのは一九八五年。戦争と科学に象徴される世紀をまもなく閉じようという時に、「これまで体験しなかった型の世紀末」という視座でつくられた番組。哲学者の田中美知太郎氏や作家の司馬遼太郎氏ほか識者のコメントも挿入される。ベルリンの壁が存在した時代だ。戦争のプロセス、核兵器の出現と拡大などが古いフィルムをインサートしつつ描かれる。自分が発明したダイナマイトが兵器として用いられることを嘆いたノーベルについても、詳細に語られた。

さらに、食用部分を増やすため胴長に改良される豚の話。この試みが始まったのは何と一九〇〇年だという。それは次第にＤＮＡ操作という、いわば「神への挑戦」へ推移していく。著しく胴を大きくされた豚は、もはや自力で立ち上がることも困難になる。

人間のエゴ、増長と傲慢《ごうまん》……。このままで、次の時代＝二一世紀を迎えられるのか、と番組は問いかける。若い人への「二一世紀にあなたは生き残れるか」という問いにＹｅｓと答えた割合が、アメリカ＝八一パーセント、インド＝五一パーセント、ナイジェリア四九パーセント、日本＝七七パーセント。「核戦争は起きるか」に対しＹｅｓ――アメリカ＝一六パーセント、インド＝五五パーセント、ナイジェリア＝五二パーセント、日本＝一四パーセント。

先進国という言葉を僕は嫌いだが、この際あえて使えば、先進国のほうが楽天的であるらしい。それにしても、八五年の段階でこの問い――その慧眼《けいがん》に、たじろぐ思いだ。

この番組の制作過程を、あのころ僕は、知っていた。駆け出しの僕が音楽担当として参加した一九六八年の特別プロジェクト番組「明治百年」と同じ吉田直哉さんが、この「21世紀は警告する」でもチーフ・ディレクターだったからだ。というより、これはまさに吉田さんの思想、発想、企画。吉田さんは、ほかにも「未来への遺産」など放送史に残る名番組をいくつもつくった非凡な人物であった。そして吉田さんと協働していたのは、僕と中学時代以来の大親友、NHK報道部で敏腕をふるった諏訪秀樹。そして音楽は、若いころ僕がアシスタントを務め、その後も親しかった武満徹《たけみつとおる》さん。これらの人たちから、制作についてしばしば話を聞いていたのである。

吉田さんも諏訪君も、そして武満さんも、すでに逝ってしまった。しかし、警告した二一世紀がどんな世の中か、どこかでじっと見つめているに違いない。

（二〇一四年三月三日号）

作曲の領域　その1

先般の、作曲におけるゴーストライター発覚の事件に絡んで、作曲とは厳密にはどのような作業を指すのかを話してみたい。

僕は、若いころ武満徹さんのアシスタントをしていた。どんな仕事だったかを話そう。

武満さんがスケッチを書く。絵画でもないのにスケッチとは？　という人もいるだろう。武満さんは、まず二～三段の五線紙で作曲する。この音符はオーボエ、この音群は弦、などと記してある。それを、何十段もの五線紙の「スコア」へと変換させるのが僕の役目。

ある時、この旋律はバンジョー、とあった。バンジョーはポツンポツンと音が「切れる」楽器だ。音と音の間が空いてしまう。音が延びるクラリネットか何かを重ねて埋めたらどうでしょう？　と僕は武満さんに進言した。「いや、バンジョーだけで」という答え。スタジオでの音楽録音にも立ち会った。その時、氷解。バンジョーのポツンポツンが、何とも言えないペーソス、味を醸《かも》し出していた。そうか、納得……僕は心底、感じ入っていた。

後年、これは数えるほどしか経験がないが、助手に手伝いをしてもらったことが、僕にもある。帝劇、明治座などいわゆる商業演劇の場合、音楽の打ち合わせから録音まで日数がない。しかも音楽は量が多く、数人の室内楽ではなくてオーケストラだから大変。やりかたは武満方式と同じ。ただ、できあがったスコアを、もう一度僕へ戻してもらった。さまざまな打楽器、ハープなど、僕らが「おかず」などと呼ぶパート、すなわちオーケストラの彩りあるいは一種のスパイスのような部分を僕が記入するためである。一晩で二〇〇ページ以上のオーケストラ・スコアを仕上げたことがあり、これは僕の記録だが、前記のような方法でないと、これは不可能。それでも右手首が、網の上の餅のようにふくらむ「ガングリオン」ができて、痛かった。

また、僕は合唱とオーケストラによるカンタータやオペラもかなりの数を書いてきたが、これらの場合、まず書くのはピアノ伴奏で練習できる「ヴォーカル・スコア」だ。そのあと、オーケストラ・スコアを書く際に、すでに書いた合唱・歌パートをそこへ写し書きしなければならない。これが、実に面倒。というより、写し作業をやっていると、オーケストラ・スコアを書く気力が失せちゃいそう……。そこで、この写し作業を助手にやってもらう。小節線も引いてもらう。僕には、各楽器の音をスコアに記入する仕事だけが残される、というわけ。

ま、以上のような場合、手伝った者がこれは自分の作品だと言う余地は、全くない。手伝いは、作曲の領域の外に限られている。

しかし、その辺が明確でないケースもある。かつて——というのは、すべての芸術に前衛の嵐が吹き荒れた一九六〇~七〇年代ころだが、「イヴェント・ミュージック」あるいは「チャンス・オペレイション」と呼ばれる音楽が登場した。次回に、話そう。（つづく）

（二〇一四年三月一〇日号）

作曲の領域　その2

「チャンス・オペレイション」は「偶然性の音楽」とも呼ばれた。「不確定性音楽」という言いかたもあった。この分野の多くは「図形楽譜」で書かれている。モートン・フェルドマン（米、一九二六〜八七年）、ローマン・ハウベンシュトック＝ラマティ（ポーランド、一九一九〜九四年）、シルヴァーノ・ブソッティ（伊、一九三一年〜）などの名が挙げられる。日本でも一柳慧《いちやなぎとし》「サッポロ」（一九六二年）、「ライフ・ミュージック」（一九六六年）などの作品が、図形楽譜で発表された。楽譜というよりほとんど絵画だが、とにかくそれを見て演奏するのである。

そのころ僕は、『美術手帖』誌付録の武満徹「コロナ」（一九六二年）を入手。これは僕の宝物だ。透明な紙に細い線で描かれた円。その周縁に炎状の図形が赤く描かれている。別な紙は、そこが青だ。また別な紙は黄色。これらの紙、たとえば赤と青を重ねれば、紫。

美しい。奏者は、こうしてこの透明紙を自由に組み合わせ、そのイメージで弾く。「コロナI」はピアノのための、「同II」は弦楽のための作品。美術雑誌付録という点に、注目！

コンサートなどでこれらの作品が演奏された場合、この図形や透明紙に著作権があるのかどうか、ついに確かめることなく、今日に至ってしまったが……。

さらに、次のような音楽も現れた。二〇世紀後半の現代音楽をグローバルに牽引《けんいん》したK・シュトックハウゼン（独、一九二八～二〇〇七年）は、ある時期、「直観音楽」なるものを提唱した。短い詩というか、文章が記してあるだけ――「おまえの心臓の鼓動で音を一つ弾け。そしてそれを宇宙のリズムに変えよ」「太陽に向かって帆をあげよ」という別な曲（？）もあったな……。演奏者はこれを読んで、自由に、つまり即興で弾くわけ。

これって、作曲者は、誰？

作曲とは、どこまでがその領域？

共作というケースもある。一八五三年の「F.A.E.ソナタ」という曲（ヴァイオリンとピアノ）がある。これは第一楽章がアルベルト・ディートリヒ（一八二九～一九〇八年）、第二と第四楽章がシューマン（一八一〇～五六年）、第三楽章がブラームス（一八三三～九七年）の合作だ。

第二次大戦の終戦から半世紀を経た一九九五年に、世界の主な作曲家一四人によってつくられたのは「和解のレクイエム」。日本からも湯浅譲二さんが参加した。

共作は、僕も経験している。篠田正浩監督「桜の森の満開の下」（一九七五年）の映画音楽は、武満徹さんと半分ずつ書いた。バレエ「蕩々《とうとう》たる一衣帯水」（一九八六年）は中国の作曲家・葉小鋼《イエシャオガン》と各シーンのモチーフなどを相談した末の共作。八四年のミュージカル「果てしない物語」は林光さんと半分ずつ。九七年「日本のうたごえ」のための合唱曲「花三題」は外山雄三、林光さんと一曲ずつ分担した組曲。

というように、作曲といってもさまざまな場合があるわけ。「領域」という線引きは、意外に簡単ではないのである。（つづく）

（二〇一四年三月一七日号）

あの日から三年……

東日本大震災から三年……。依然として復興が進んでいない。大地震プラス大津波だけでも大変な災害なのに、そこに原発事故が加わったから、未曽有かつ困難な状況になってしまった。住めなくなって故郷を追われた多くの人たちは、今も苦しみつづけている。あちこちで責任のなすりつけあいが起こり、国がやることは建前ばかりでいっこうにはかどらない。ドイツを見習え、という論が叫ばれているが、そう簡単にはいかないのである。

ドイツは、福島の事故直後に同国内の一七基の原発のうち八基を停止し、さらに二〇二二年までの完全停止を決めた。現在動いているのは九基だという。再生可能エネルギーへの転換もすでに活発で、ドイツへ行くと発電用風車やソーラーパネルが林立しているという話だ。しかし、周知のように原発の廃炉には気の遠くなるような歳月がかかるし、再生可能エネルギーの生産は天候に左右されるうえ、生産の調整が難しい。つまりある時は生産が不足し、ある時はそれが過剰になったりするらしい。そこで、近隣諸国と送電線でつなぎ、電力の輸出入を図る。

日本でもそうすればいいのだが、あいにくこの国は周囲が完全に海で、近隣の国との間に送電線を張ることはきわめて困難だ。ドイツと同じにはいかない事情がある。


とはいえ、世界で唯一の実戦核被爆国である日本は、「原子力」に関して世界一神経を払う国であるはず。ちょっと話がずれるが、ある時、次のような話を聞いた。

――広島県と長崎県には原発がない。この両県は当然原子力についてうるさいから。

うるさいのはわかる。が、実に妙な話ではないか。それなら隣県は、また他の地域はうるさくないのか。そして何かあった場合、放射能は県の境界線を知っているのか。

これはすでにお話ししたことだが、僕は小学校卒業まで水戸市で育ち、四年か五年生のころ、近くの東海村に「原子力研究所」ができた。その喧伝《けんでん》のため催された大々的な「原子力展」を、学校から団体で見に行かされた。幼い僕は知る由もなかったが、我が家が東京へ越したあと、住んでいた家は「原研社宅」になった。

実は、あの「3・11」の時、東海村第二原発は、福島第一原発と紙一重の危機的状況に陥っていた。その報告を受けたのが三月二三日、詳細について知ったのが一〇月だった、と述懐するのは、村上達也東海村村長である（『東海村・村長の「脱原発」論』集英社新書）。

恐ろしいなんて問題ではない。東海村原発は、原発立地自治体としては日本で最も人口密度が高い地域にあるのだ。

ＧＮＰ拡大だけを図る経済発展重視の政策を続ければ日本全体が不幸になる、これからは再生可能エネルギーでまかなえる「社会の縮小」を考えていかなければ、と村上村長は言う。「生き残るのはコンクリートではなく、文化」とも。大転換ができるかどうか、日本は今、大きな岐路に立っているのである。

（二〇一四年三月二四日号）

作曲の領域　その3

僕はすでに書いた合唱・歌パートの写しと小節線引きのみを助手にやってもらうことがあるという話をしたが、作曲家によっては、オペラなどの場合、オーケストレイションを別人に依頼するというケースもないことはない。全面的に任せるのではなく、おおよそのイメージと楽器選択に関してある程度の指示はするのだと思うが……。しかしそういう場合、オーケストレイションは誰と明かされるのが普通である。

しかし、オーケストレイションは楽しいのだ、僕の場合いわばデッサンに色をつけていく作業。このおいしい仕事を他人にやらせるわけにはいかない。自分でやりたい！　ということだけではなく、オーケストレイションは曲の仕上げでもあるから、これをやらないのは「画竜点睛《がりようてんせい》を欠く」ことだ、という気がしてならないのである。

とはいえ、初めのヴォーカル・スコアを書いている段階でオーケストレイションはほとんどできあがっている。書かれてはいないが、頭の中でできている。従って、オーケストラ・スコアを書くことは、頭の中から現実の譜面への「写譜」といってもいい。

それは「創作」ではなく「労働」だ、もはや。だから家族と会話をしながらでもできる。テレビで野球を見ながらすることもある。ただ、音楽が鳴っているとできない。野球の応援席でラッパなどが響いていたら、駄目。テレビの音声をゼロにして見る。

いっぽう、ポップスの世界では、作曲者はギターを弾きつつメロディを口ずさんだり、ただ歌ったものを録音したり、ということが少なくない。ある時、そういう世界の人が自分でピアノ伴奏譜まで書いて歌を発表したことがあった。その時その譜面に「作・編曲」として名前が記してあったのが、何だかとても面白かった。僕らの世界では、伴奏譜まで含めて「作曲」と称する。つまり編曲もへったくれもないということになるが、あちらではそうではないのだ、と認識したわけ。

とにかく、作曲はたとえメロディのみだとしても、それにイントロや間奏、コーダまでつけて最終的なスコアにする「アレンジャー（編曲家）」がいる。ポップスの場合、最も目立つ部分に露出するのは「歌手」の名であり、作曲家ましてアレンジャーについての言及はほとんどないが、とはいえ「アレンジ：○○」と明記されることも少なくない。翻《ひるがえ》れば、メロディだけでも作曲、ということも間違いなく保証される。

バッハは、フリードリヒ大王作のメロディをもらって「音楽の捧げもの」という不朽の名作を書いた。モーツァルトもシューベルトもその他古典作曲家たちも、他人の主題による「変奏曲」をたくさん遺している。民謡をベースにした「作曲」も少なくないし、僕も何曲か書いている。

作曲とはどこまで、あるいはどこからなのか――領域の峻別《しゅんべつ》は意外にやさしくない。従って、時には問題が起きるというわけだ。

（二〇一四年四月七日号）

語彙

国語辞典に載っている言葉の数って、どのくらいだと思う?
手元に、面白データがある。

- 大辞典（平凡社）＝二六巻・約七〇万語
- 日本国語大辞典（小学館）＝一四巻、約五〇万語
- 広辞苑（岩波書店）＝机上版は二巻・約二二万語

以上は大型のもの。では、一般的な小型辞典の場合だと……。

- 新明解国語辞典（三省堂）＝約七万七〇〇〇語
- 講談社国語辞典＝約七万六〇〇〇語

英語の辞典をチェックすると……。

- ニューウェブスター辞典（アメリカ）＝約五五万語

・スタンダード英語辞典（アメリカ）＝約四五万語
・オクスフォード英語辞典（イギリス）＝約四一万五〇〇〇語
文学者の語彙《ごい》はどのくらいか。
・ミルトン（イギリス）＝約一万五〇〇〇語
・プーシキン（ロシア）＝約二万語
・シェイクスピア（イギリス）＝約二万四〇〇〇語
・ビクトル・ユーゴー（フランス）＝約三万八〇〇〇語
では、日本の古典。これは正確なデータだ。
・万葉集＝七三五六語
・枕草子＝五四八四語
・源氏物語＝一万四六八八語
・徒然草＝四八四二語
現代人が使う語彙は、日本語の場合およそ三万語くらいだという。とはいえ、文章の九〇パーセントは約一万語でまかなえる由。ロシアの学者が自国の文学作品を調べたところでは、約五〇〇〇語で九三・五パーセントがまかなえているそうだ。辞典にある数と実際に使われる数との、大きな差！

言葉って、おもしろいものですね……。ところで、語彙＝ヴォキャブラリーといっても、これは言葉に限られるわけではない。音楽においてもしかり、である。

歌うにしろ弾くにしろ吹くにしろ叩くにしろ、音は無限の属性を備えている。しかも、音の立ち上がり、持続、そして消えかた……瞬間瞬間に属性は変化する。具体的にいえば、スタッカートか強いマルカートかレガートかテヌートか。音の硬度はどうか。重さは、太さは、明るさは、鋭さは、どうか……。

それらを検討し、整理し、音として昇華させて初めて「表現」の登山口に立つことができる。そこからだ、「表現」の道に入るのは。

こうして、表現の語彙を駆使することで、豊かな、説得力のある音楽ができあがるのである。語彙が少なくてもある程度まではまかなえるだろうが、それが豊かであれば、それだけ豊かな結果につながる。すなわちこれは、言葉の世界と同じではないか。参考にすべきは文学者のそれだ。辞典の、ではなく。

（二〇一四年四月一四日号）

島に惹かれる

小豆島《しょうどしま》へ行った。第三回高松国際ピアノコンクール審査の合間の休日を利用して。

小豆島は、二度めだ。ＮＨＫテレビ「Ｎ響アワー」に出演していたころ、恒例の夏のロケで訪れたことがある。何度も映画化された壺井栄原作「二十四の瞳」の舞台である「岬の分教場」があることでも知られる。この名作の連続テレビドラマ（日本テレビ）の音楽を担当したこともあるし、名勝・寒霞渓《かんかけい》や名産のソーメン、オリーブなど、僕としてはさまざまな興味のある島なのである。

だが、そもそも「島」が好きなのだ。

——そして私は

見て来たものを　島々を　波を　岬を　日光月光を

だれもきいてゐないと知りながら　語りつづけた……

大好きな、立原道造「のちのおもひに」という詩の一節。この詩を音読して、「島々を」にさしかかると、僕の心は、震える。

佐渡島《さどがしま》へも、何度か行った。太鼓集団「鼓童」の仕事で二度、オーケストラ・アンサンブル金沢の仕事で一度。淡路島は一度だけ。神戸市役所センター合唱団と行った。伊豆大島へは家族で一度。また、この何年か「ながさき音楽祭」の仕事をしているので、対馬《つしま》、壱岐《いき》、五島、平戸島などへ行く機会もつづいている。海外では、七〇年代終わりごろ、アテネに住んでいた池澤夏樹（作家）と互いの家族も一緒にエーゲ海の島々を回ったことがあった。とはいえ、島に詳しいなどといえる体験じゃないことは承知している。石垣も西表《いりおもて》も、屋久島も種子島も、利尻も礼文島も、行きたいと思いつつ果たしていないのだから。

一九七九年、僕は故アキコカンダさん（ダンサー）の委嘱で「多毛留《たける》」という、モダンダンスのための約七五分の音楽を書いた。米倉斉加年《まさかね》さん（俳優・演出家）の絵本によるものである。朝鮮（百済《くだら》）と、おそらくは今の福岡辺りに関わる話だ。当時（今もだが）僕はかなり多忙だったので、缶詰作業を試みた。半分は東京のホテルだったが、前半は、物語の舞台・玄界灘に近い志賀島《しかのしま》の宿にこもったのである。志賀島は、一七八四（天明四）年に「金印」が発掘されたことで知られる所。純金製で、「漢委奴国王《かんのわのなのこくおう》」と陰刻されていた。時代は後漢。奴は、古代の儺県《なのあがた》。福岡県の旧那珂郡（現在は福岡市の一部や春日市など）に比定されている。

それはさておき、島で仕事することで僕はある種の、決して悲観的な意味ではなく閉塞感を味わった。島には、テリトリー（領域）を感じさせる魅力がある。一個の人間にとって、広すぎるのはもはやテリトリーではない。「島」の意義はそこだ。そして創作には、自己の領域を認識することが深く関わるのである。

こうして僕は、島に魅了され続けてきた。小豆島へ行った日はあいにく小雨。霧深く、周囲の何も見えない寒霞渓だったが、限定された周回は、やはり素敵だった。

（二〇一四年四月二一日号）

セッちゃん

この三月二七日、朝倉摂さんが亡くなった。九一歳だから大往生といっていいが、とにかく元気で気が若かったから、想像もしていない逝去だった。舞台美術家として数多くの仕事をした。印象に残るのは、まず一九七三年西武劇場の井上ひさし作「藪原検校《やぶはらけんぎょう》」（演出・木村光一）。ロープが縦横に張られた舞台が忘れられない。八〇年帝劇の秋元松代作「元禄港歌」（演出・蜷川幸雄）。舞台の上部から、芝居の進行と関係なく時折椿の花が落ちる。ボタリ、と。鮮やかな舞台美術だった。

その他、野田秀樹の芝居や市川猿之助（現・猿翁）のスーパー歌舞伎などの美術も、脳《のう》裡《り》に刻まれている。もちろん、文学座などの仕事で僕も一緒の機会がたくさんあった。それだけではない。朝倉さんは映画の美術も手がけたから、篠田正浩監督の仕事などでも、しばしばご一緒した。

一九九二年、朝倉さんは芝居の演出をする。パルコ制作「星女郎」（作・泉鏡花／脚本・渡辺えり子）だ。「音楽やって」と電話をもらった。芝居の音楽を担当すれば、当然稽古も観る。俳優たちに演技の指示をする朝倉さんは、舞台美術家という域をはるかに越え、堂々たる演出家だった。

犬も猫も好き。お宅へうかがうと、ヘンリーという名の大きな犬が出迎えた。シェイクスピアからとって名付けたのよ、と嬉しそうだった。やがてヘンリーが死んでしまった時は、さすがの朝倉さんも悲しそうだったが、猫の絵は描きつづけた。僕の家にも、一枚。

誰も「朝倉さん」と呼ばなかった。僕も含め、みなが「セッちゃん」と呼んだ。二〇世紀ドイツの大演劇作家ブレヒトに「セチュアンの善人」という作品があるが、それにひっかけて「セッちゃんの善人なんだよな、あの人は……」という芝居人もいたっけ。本当に、みなから愛されていたのである。

高名な彫刻家・朝倉文夫さん（一八八三～一九六四年）の長女として生まれたセッちゃんの修行のはじまりは日本画だ。伊東深水《いとうしんすい》に師事。やがてニューヨークで舞台美術を学ぶ。朝日賞、紀伊國屋演劇賞、読売演劇大賞など多くの受賞。文化功労者にも選ばれた。妹・

響子さんもよく知られた彫刻家、夫君・富沢幸男さんは映画監督。僕は八九年横浜博覧会・住友館の映画「Himiko」でご一緒した。

富沢さんとセッちゃんの一人娘は富沢亜古さん。活躍を続ける文学座の女優。その夫君は長唄三味線の第一人者・稀音家《きねや》（本名・伊藤）祐介さん。このお二人の一人娘・あゆ子さんは東京藝大邦楽科を卒業して間もない「打ちもの」（邦楽打楽器）の奏者だが、幼いころからヴァイオリンも習っている。その師は僕の妻。拙宅に通ってくるあゆちゃんに、時には祖母・セッちゃんが付き添ってきたりもした。

というわけで、家族ぐるみのつき合い。のみならず、はるか歳上とはいえ長い間の仕事仲間。セッちゃんはいつも、周りに元気を与えていた。その逝去は、本当に悲しい。

（二〇一四年四月二八日号）

西田堯さん

前回お話しした朝倉摂さんのご逝去から約一週間、今度は西田堯《たかし》さんの訃報《ふほう》が届いた。鬼籍に入られたのは四月四日。八八歳だった。西田さんは日本を代表するモダンダンス界の雄。舞踏家として、数々の名舞台を展開したかただ。他方で、ダンスが必要な芝居の振付もたくさん担当した。その接点で、僕と一緒の仕事も連なる。東京演劇アンサンブルや文学座、俳優座などで僕が作曲し、西田さんが振り付けたというものは、何十本とあるだろう。

僕の仕事が遅れ、振付の方が先にできてしまったということもあった。これこれのテンポで二拍子とか三拍子とかなどと、西田さんが言ってくる。三小節目の三拍めにアクセントを、などと細かな注文も来た。作曲はそれだけ厄介になる。でもこれが仕事。注文通りに作曲しかけると、アクセントを二小節めの四拍めに変更、と急に言ってきたりして、そういう時はこちらも、畜生！　となったな……。

「白鳥の湖」「眠れる森の美女」「くるみ割り人形」というバレエの三大傑作を作曲したチャイコフスキーは、マリウス・プティパという振付家と協働した。プティパはフランス人だが、ペテルブルグの帝室マリンスキー劇場のバレエ・マスターとして名を成した人である。プティパの注文は細部にわたり、非常に厳しかったらしい。

どんな調性で、何拍子で、何小節で、ということから、時には、ここは弦のトレモロで、ここは全管弦楽の半音階で、などと……。

うるせぇ！　とチャイコフスキーが作曲しながら心中怒っている図が、僕には思い描ける。だが、こんな枠の中で、チャイコフスキーは珠玉の名作を完成させたのだ。少し前にこの欄に書いた「島に惹かれる」という話を思い出してください。

テリトリー（領域）ということが、島に惹かれるワケだ。しかしそれは、創作という仕事も同じだ……という話。

何もかも自由、締切りもなし、という状況で、はたして僕は作曲できるだろうか……。

委嘱でも注文でもなく、自己の深奥《しんおう》から自発的に生まれてこそ真の創作だ、とわかっていても、実際には、これは極めてむずかしい。

しかし、西田さんやプティパを引き合いに出すまでもなく、スタッフという仕事がテリトリーという概念と不可分であることは自明だと、僕は考える。五〇〇本近い演劇の仕事をしてきた僕は、「身体半分は演劇人間です」とよく言うのだが、そうするとたとえば芝居の稽古を観ていて、役者の演技にまで口を出してしまうことがある。だがそんな時は、「越権行為ですが」とひとこと加えることを忘れない。音楽担当のテリトリーを外れることを、明確に意識するのである。

何はともあれ、協働の仕事で一度でもスタッフとして名を連ねれば、それはもう完全に仕事仲間。朝倉摂さん、西田堯さん……つづけざまに僕は、大切な仲間を失ってしまった。淋しさも極まれり、という感じである。

（二〇一四年五月五・一二日号）

ウクライナ

今、ウクライナが大変だ。しかし、大変なことが歴史上つづいてきた国でもある。近年でも、ティモシェンコ首相が失脚してヤヌコヴィチ体制になり、それも崩壊してトゥルチノフ大統領による親欧米路線国家になり……と、めまぐるしい。

今度の事態は、クリミア半島のロシア系住民を保護するという名目でロシア軍が侵攻したことに始まった。先般クリミア共和国が独立を宣言し、ロシアが受諾。これを欧米各国が非難し、米ロが対立する現状になった。

クリミア半島にすむロシア人は約一四五万人でウクライナ人は約五八万人。ならばロシア帰属でいいんじゃない、というのは早計だ。某学者の論を紹介しよう。ロサンゼルスの「リトル・トーキョー」、ニューヨークの「チャイナ・タウン」、横浜の「中華街」ほか外国の地域に特定の国民が集中して住んでいる例は珍しくない。だからといってそこをその特定の国に帰属させてしまったら、世界は大混乱に陥る。

これ、よくわかると思いませんか？　クリミアがこの論に該当するかどうか政治的なことは僕の理解を越えるが、しかし戦わなくてもいいのではないか。方策を探るためのテーブルは用意できるはずだ。

九〇年代初頭、ユーゴスラヴィアから分離独立して間もないクロアチアを訪ねた時、かの地は依然内戦の危機にあった。首都ザグレブのオーケストラの指揮者だった友・大野和士君が拙作を演奏したが、「ここの人たちは賢い。悲惨な内戦を避ける能力がある」と彼は言った。だが、内戦は起きてしまった。僕は今、大野説をウクライナに重ねてしまう。


ウクライナも賢いはずだ。かのトロツキーは、この地で生まれた。フルシチョフも出身者。さらにウクライナゆかりの人をあげれば、棒高跳びのブブカ、作家ゴーゴリ、プーシキン、画家カンディンスキー、映画監督ボンダルチュク、タルコフスキー、バレエのニジンスキー。作曲家ボルトニャンスキー、指揮者マルケヴィチ、ピアニストのパハマン、リヒテル、ギレリス、チェルカッスキー、ブーニンへつながるピアノ界の名家系ネイガウス一族、ヴァイオリニストのエルマン、ミルシテイン、D・オイストラフ……。シュールレアリスムの旗手として名高い画家・写真家マン・レイはアメリカへ移住したウクライナ人の子。かつての名横綱・大鵬にもウクライナの血が流れていた。

近しい人を挙げれば、僕の若き友ナターシャ・グジー。チェルノブイリ原発爆発事故のあと日本に移り住み、美しい声を聴かせてくれている。あの声を聴けば、ウクライナがとてもいい所だとわかる。……と、はっと気がついた。この稿を書いているきょうは四月二六日。チェルノブイリ事故は一九八六年のきょうだ……。

つらい歴史を背負いながら偉人がたくさん輩出したすばらしい国から、火種を払拭《ふっしょく》しなければいけない。

（二〇一四年五月一九日号）

憲法と集団的自衛権

今年（二〇一四年）の憲法記念日は、金沢で仕事をしていた。その合間に考えたのは、当然、憲法のこと。現下の情勢で最も問題になっているのは「集団的自衛権」である。

おかしな用語だ、と以前から感じていた。集団的というより、同盟国どうしが結束するのだから「共同自衛権」とでもいった方が意味が明確になるのではないだろうか。right of collective self-difense——英語では、そう言う。collective は、たしかに「集団の」という意味だから間違いではない。だが、日本語としては曖昧《あいまい》だ。「共同の」「集団構成員に共通の」という訳も正しいわけだし、「連携の」とか「同盟国どうしの」などと言えば、いっそうわかりやすい。とはいえ、この小文では一応現行に従うことにする。

「集団的自衛権」が明文化されたのは一九四五年発効の国連憲章第五一条。「この憲章のいかなる規定も、国連加盟国に対して武力攻撃が発生した場合には、安全保障理事会が国際の平和及び安全の維持に必要な措置をとるまでの間、個別的または集団的自衛の固有の権利を害するものではない」というものである。

何ともわかりにくい文章だが、要するに一国にしろ複数国の共同にしろ、自衛の権利はあります、ということだ。


日本政府では、比較的近年だが、一九九九年五月の第一四五回国会・参議院日米防衛協力のための指針に関する特別委員会における、当時の大森政輔内閣法制局長官の発言――「国家に対する急迫不正の侵害があった場合に、その国家が実力をもってこれを防衛する権利」を、自衛権についての公式見解としてきた。

すなわち「個別的自衛権」のみを認めてきたわけである。集団的自衛権――「他の国家が武力攻撃を受けた場合、これと密接な関係にある国家が被攻撃国を援助し、共同してその防衛にあたる」ことは認められていない。

「集団的自衛権」を、どう解釈するか。大別して三種の解釈があるみたい。詳説する余裕はないが、
①個別的自衛権共同行使説

②個別的自衛権合理的拡大説
③他国防衛説

と、されている。日本政府の態度は、前記のうちの②である。すなわち「自国と密接な関係にある他国に対する攻撃を、自国に対する攻撃とみなし、自国の実体的権利が侵されたとして、他国を守るために防衛行動をとる権利」ということ。なるほど、「拡大解釈」だ。

憲法学者の多くは、他に方法がない場合の自国のみの「専守防衛」しか認められないことは「第九条」がある以上明らか、としている。「密接な関係にある国」の多くは、戦争をする可能性を秘めているではないか。つまり、集団的自衛権行使が容認された場合、日本も攻撃を受けるかもしれない、戦争せざるをえなくなるかもしれない、ということだ。

それを根本から消去するのが「第九条」。そのすばらしさを維持してこそ、日本なのだ。

（二〇一四年五月二六日号）

絹はすごい！

群馬県の富岡製糸場が世界文化遺産に登録される見通しだ。一八七二（明治五）年に、フランスの技術を取り入れ、世界最大規模を誇る製糸工場として政府が設立した。一八九三年に三井家に払い下げられ、民営化。さらに片倉製糸紡績（現・片倉工業）の経営となり、一九八七年操業停止となるまで、絹糸を生産しつづけ、開国以降の日本経済を支えたのである。戦災を受けていないので、古い建物や設備が残っている。いつか、僕も是非行ってみたい。

ところで、「世界遺産」は、一九七二年にユネスコ総会で決定したものだが、そのきっかけはエジプト。同政府が「アスワン・ハイ・ダム」建設を決めた。古代にラムセス二世が築いた「アブ・シンベル神殿」が水没してしまう。国際的な救済キャンペーンが広がり、「世界遺産」というコンセプトが生まれた。八〇年代にエジプトの仕事をしていた僕は、この神殿を何度か訪れている。何しろ紀元前一三〇〇年（今から約三三〇〇年前）の建築だ。壮大さと悠久の時の流れ……。神殿を見上げ、気が遠くなる思いだった。僕の仕事場には、今もこの神殿の大きな写真が貼ってあり、この稿も、右手にそれを眺めながら書いている。

世界遺産は、昨年（二〇二三年）末の段階で「文化遺産」が七五九、「自然遺産」が一九三、その双方を併せ持つ「複合遺産」が二九。公式な分類のほかに「負の遺産」という言いかたもある。広島の「原爆ドーム」や「アウシュビッツ＝ビルケナウ強制収容所」がそれだ。

ところで「富岡製糸場」。古来、人は絹から恩恵を受け続けてきた。「シルクロード」はその証左のひとつ。東京の杉並区にも「蚕糸の森公園」がある。一九一一年に政府がつくった蚕糸試験場が八〇年に筑波へ移転。跡地が公園になった。僕はこれまで一〇作のオペラを書いたが、その三つめ、明治期の「秩父事件」を題材とする「秩父晩鐘」（一九八八年）で、合唱が歌う（台本：小田健也）――ここは蕎麦か麦しか育たない。

蚕のために欠かせない桑は、荒れた土地でも育つ。火山灰地である秩父〜群馬辺りで養蚕が盛んだったことには、そんな背景もある。長野県の岡谷・諏訪辺りも同様。一九六八年に山本茂実が発表したノンフィクション「あゝ野麦峠」は、その地域の製糸工場で働く、多くは一〇代の農家の娘たちの哀史だ。

しかし、絹はすごい。あの小さな虫がどれだけ人類に貢献してきたか。蚕は、ミツバチと双璧の、まさに畏敬《いけい》すべき虫ではないか。

人絹すなわち人造絹糸＝レーヨンというものもある。一八八四年、フランスのシャルドンネが完成させた。すごいことだが、しかし天然の蚕がつくる「絹」にはかなわない。万葉集「我が持てる三相《みつあい》に搓《よ》れる糸もちて付けてましもの今ぞ悔しき」（私が持っている三重によりあわせた糸で縫いつけておけばよかったのを、そうしなかったことが今となっては悔しい）の「糸」は、つまり絹。富岡製糸場を想う時、人類と絹についても、考えてみたくない？

（二〇一四年六月二日号）

世界遺産

前回の繰り返しになるが、「世界遺産」の発端は「アブ・シンベル神殿」だった。思えば僕がそこを何度か訪れたのは八〇年代半ば。世界遺産の制定から一〇年余経っていたが、あの頃の僕は、そのことをまったく知らなかった。

世界遺産について知ったのは、姫路市の仕事に就いてからだ。「市制施行一〇〇年記念」で「交響詩ひめじ」という曲を書いたのは八九年。以来、同市ではこの曲の四つの楽章のどこかを（ピアノ伴奏だが）課題曲として歌う合唱コンクールを、そしてその入賞団体と地元アマチュア・オーケストラによる「交響詩ひめじ」演奏会を、毎年開催してきている。

さて、そのようにして僕が姫路市と関わりを持ったころ、姫路城はすでに国宝だった（指定は一九五一年）。国宝があることはもちろん誇り高いが、反面、大変でもある、と市の担当者が言っていた。城の敷地内に公衆トイレを一つ設置するにも、膨大な書類が必要。

市の判断で堀に噴水をつくったら、国から大目玉をくらった、などと。

まもなく、姫路城は世界遺産に登録される。九三年一二月だ。同じ文化遺産として法隆寺、自然遺産として屋久島、白神山地とともに。これらが、日本に現在一七箇所（当時）ある世界遺産の登録第一号だ。富岡製糸場が一八番めになる。

国宝ですら前記の状況なのだから、世界遺産になるとその管理の大変さは想像にあまりある。富士山がなかなか登録されなかった背景には、ゴミが多い、汚れているといった指摘があったから、と聞いている。しかし、登録が成ったということは、清掃努力が実を結んだのだろう（富士山は二〇一三年六月、世界文化遺産に。自然遺産ではなく）。美しさゆえにつかんだ栄光！　これを保たなければならない。

これはまことに結構なことではないか。キレイを保つ。大切に扱われる。一目も二目も置かれる。訪れる観光客も、ちょっと襟を正す……。

僕の仕事部屋は、汚い。本や楽譜、ＣＤ、自分が書いた五線紙原稿の山……。学生時代の僕は違った。楽譜はすべてアルファベット順に並べてあったし、レコードもファイル・カードで分類していた。今も、その願望はある。強烈に、ある。だが、とうてい、時間がない。放ったらかしだ。しかし、この部屋が公開されるとか、人が訪ねてくるとかいうことになれば、仕方ない。整理するだろう。

きちんと保つためには「何か」が必要なのだ。登録された世界遺産は六年ごとに保全状態の再審査を受けなければならない。場合によっては、削除されることもある。オマーンのアラビアオリックス（野生の牛の一種）保護区が、同国政府が保護どころか開発計画を進めたため、外された。ドイツのドレスデン・エルベ渓谷は、景観を損なうという勧告にもかかわらず橋を建設したため、外された。

僕の部屋は保全状態のチェックもないから改善の見通しはないが、世界遺産は、どんどん増えればいいではないか。遺産だらけになれば、世界中が美しくなるのだ！

（二〇一四年六月九日号）

ワイン

僕は、ワインを常飲している。「赤」である。日本酒も、好きだ。焼酎やウォッカなど「蒸留酒」はあまり飲まない。「醸造酒」であるワインや日本酒の方が好き。理由？　僕は蒸留（上流）ではないから。上流より下流（花柳）界が好きだから――というのは言葉遊び。花柳界なんて、全く知りません。

若いころは「白」ばかり飲んでいた。僕の家の辺りには、山梨から軽トラックの葡萄売りが来る。呼び止めて「ワイン、ある？」と訪ねると、周りをキョロキョロしてから頷《うなず》き、引っ張り出してくれる。酒類販売の許可を持っていないから用心するのであるらしい。一升瓶だ。安くて、うまい！　これ、最近は来ないなぁ……。

イギリスの現代作家ハロルド・ピンターの「背信」という芝居に音楽を書いたのは一九八〇年。劇団俳優座。演出：島田安行。ロンドンのパブで、男二人が夜を徹して議論をしている。飲みながら。ウェイターにオーダーをする――コルボ・ビアンコ！　しばらくして、また「コルボ・ビアンコ、もう一本！」

ビアンコが「白」の意であることはわかるが、コルボって何だろう……。都内を探しまくってようやく見つけた。シチリア産の大衆ワイン。これが、おいしい。はまった。もちろん「ビアンコ」。だが、どういうわけか僕は、若いころから白ワインだけなのだが、飲むと眠くなるのだ。前記の山梨一升瓶を友と飲み、ピアノを弾いて遊んでいたら、突然大グリッサンド（鍵盤を弾くというより、滑らせること）とともにピアノの下へ落ち、そのまま眠ってしまったということもあった。大グリッサンドの経緯は自覚していない。あとで聞いたのである。

この眠気ゆえではなく、「赤にしなさい」と医者に言われた。ポリフェノールか何か知らないが、赤のほうが身体にいいということらしかった。「コルボ・ロッソ」（赤）に宗旨替えだ。そのころ、アメリカの文化財団との関わりでしばらくニューヨークに住むことになった。マンハッタンのアパートの六階で独り暮らし。アパートの隣にリカーショップがあり、そこにいつでもコルボが置いてあるのを発見。安いが「ロッソ」もおいしい。

以来、自宅でもこれ。ダースで取り寄せている。夕食に一本。「一本は多すぎる！」と妻。ワインは空けたら飲まなきゃいかん。残りをとっておいても酢になっちまう。ある日帰宅したら「コルボ・ロッソ」のハーフボトルが並んでいた。コルボに「ハーフ」があったなんて……。「一本って言うなら、ハーフだって一本よ」――突然、自宅でのワインは半分になってしまった。今も、これがつづいている。

ワインはお洒落《しゃれ》な酒という人もいるが、そんなふうに思ったことはない。何しろ、世界最古の酒です。ま、葡萄を放っておいたら勝手に発酵したのかもしれないが……。赤ワインは百薬の長――僕のモットーである。

（二〇一四年六月一六日号）

ビール

前回書き忘れたワインの話から始めるが、また酒に関する話だ。

あれは、中学二年の正月だった。悪ガキ仲間数人が集まり、ワインを飲もうということになった。集まった友人の家は大きな乾物屋で、その二階の部屋。当時は何も知らなかったが、飲んだのはポートワイン。甘い酒だ。

ちなみに、この「ポート」はポルトガルの港町ポルト。そこの名産なのだが、なぜか僕の子どものころ、日本でワインといえばコレだった。初めて体内にアルコールが入ったわけ。コップ一杯も飲まなかったが、全員気分が悪くなり、二階の窓から下へ吐いたことを覚えている。


この苦い体験ゆえか、以後ハタチになるまで、アルコールには全く縁がなかった。で、ビールを初めて飲んだ時のことは、記憶している。夏だったから、七月か八月。僕の誕生日は九月ゆえ、その直前。つまりハタチになる一～二か月前、というのが正しい。早くも前言を翻《ひるがえ》してしまった。渋谷のデパート屋上のビヤガーデンだった。ビールを飲めば頻尿になることも知らなかった。やたらトイレへ通い、もしかしたら病気かと真剣に心配したものだ。たぶんカラダがびっくりしたのだろう。その後は、そんなこともなくなったが……。

ワイン同様、ビールの歴史も古い。古代バビロンやエジプトへさかのぼることができる。日本に伝わったのは享保九（一七二四）年、長崎のオランダ商館長が参府した折だった由。その後ペリー来航の時（嘉永六〔一八五三〕年）、蘭学者・川本幸民が通訳としてビールの饗応を受け、のちに自宅で蘭書を参照しつつ醸造したといわれている。

営業の始まりは明治初期。横浜居留外国人が同地天沼の湧水を使って「天沼ビヤザケ」を製造。山羊の絵が描かれたレッテルを貼って販売した。山羊はやがて麒麟《きりん》に変化。もう、わかりますね？

日本人の創始は、明治五（一八七二）年、大阪の渋谷庄三郎によるシブタニ・ビール。たちまち、製造所が毎年のように生まれる。明治二〇年代にかけて三十余が乱立したという。明治九年、ドイツから帰朝した中川清兵衛による開拓使ビールもその一つ。これはのちのサッポロ・ビール。明治一七年、木村助次郎がつくったのはエビス・ビール。その他、現在へつながる名前がチラホラしている。

僕自身に話を戻そう。ワインや日本酒を飲んでいても、かたわらにビールを必ず置くのが僕流。ワインも日本酒も、飲んでいるうちに、何というか……舌の上に酒だまりのような膜状のものがまつわりついてくるような感じがするのだ。これを流したい。しかし水を飲むと「次」がまずいのである。そこで、ビールを流し込む。すると「次」もおいしい。すなわち「チェイサー」だ。

夏が来た。ビールがおいしいぞ！

（二〇一四年六月二三日号）

ノルマンディの式典に思う

映画「史上最大の作戦」を知ってる？　一九六二年、アメリカの映画。監督：ケン・アナキン、ベルンハルト・ヴィッキ、アンドリュー・マートン。出演俳優：ジョン・ウェイン、ロバート・ミッチャム、ヘンリー・フォンダ、リチャード・バートン、クルト・ユルゲンス……。錚々《そうそう》たる顔ぶれだ。モーリス・ジャールの音楽もよく知られている。僕がこれを観たのは高校時代。その時の感動は、今も鮮烈である。

この映画がＢＳで放映された。あれはたしか、この六月六日。僕は金沢のホテルの部屋で釘づけになったが、仕事で出かけなければならない。涙を飲んで、途中までで我慢した。

第二次世界大戦中の一九四四年六月六日、ナチス・ドイツに対する連合軍の一五万六〇〇〇人が、フランス・ノルマンディから上陸して戦ったのが「ノルマンディ上陸作戦」。やがて連合軍は、一三三万二〇〇〇人にふくれあがった。対するドイツ軍は、二一か月で三八万人に。最終的に、連合軍では一二万人、ドイツでは一一万三〇〇〇人余の戦死傷者数となった。

連合軍の構成は、アメリカ、イギリス、カナダ、ポーランド、オーストラリア、ニュージーランド、オランダ、ノルウェー、ギリシャ、それに自由フランス軍、自由ベルギー軍、自由チェコスロバキア軍。


連合軍は、まずパラシュート部隊が降下。ついで海から猛烈な砲撃を浴びせて上陸した。これが、ドイツを敗戦へ追い込む大きな要因となったことは言うを俟《ま》たない。

この戦いから七〇年が経過した。この六月六日、ノルマンディのコルベルシュメールに、一九か国の首脳、一八〇〇人の退役軍人を含む二〇万人の招待客が集結して、盛大な記念式典が催された。アメリカ・オバマ大統領、イギリス・エリザベス女王、フランス・オランド大統領、選ばれたばかりのウクライナ・ポロシェンコ大統領、そしてロシア・プーチン大統領……。

注目すべきは、ドイツのメルケル首相が参加したこと。なぜなら、この式典は戦勝国のそれであり、ドイツは敗戦国なのだから。参加しただけでなく、メルケル首相は、対立中のロシア・プーチンとウクライナ・ポロシェンコ、二人の大統領のいわば橋わたしをする大きな役を演じた。国際平和のための重要な鍵となったのである。

これがどれほど重い意味を持つか……。敗戦国の首脳が戦勝国の式典に参列し、しかも重要な立場となる――それは、ドイツが戦争責任問題を克服し、それが国際的に認知されたがゆえなのだ。

考えてもみたまえ。もし、日本の近隣諸国が共同で同様の式典を開いたとして、今の日本首脳はそこに参加するだろうか。百歩譲って、参加したい意向を表明したところで、それが国際的に許されるだろうか。過去に向きあわない現下の日本政府は、このままでは国際的な信用さえ失うだろう。ただしアメリカにだけ、敗戦国の負い目を見せる。この軽《けい》佻《ちょう》浮薄《ふはく》ぶりの情けなさ。何とかしなければ……。

（二〇一四年七月七日号）

ハンマーを持つ人

先日、アメリカのジャーナリストにして映画監督ジャン・ユンカーマン氏の発言に、新聞紙上で接した。一九五二年ミルウォーキー生まれだが、生後まもなく、一年間くらいらしいが神奈川県葉山に住み、のちに慶應義塾志木高校で学んだという人である。その後スタンフォード大学、ウィスコンシン大学に学んだ。ベトナム戦争時代に学生生活を送り、反戦や徴兵制反対運動に身を投じた。長じて、まず八八年に映画「劫火《ごうか》」を撮る。九〇年には「老人と海」、九二年「夢窓　庭との語らい」でエミー賞を受ける。そして「映画日本国憲法」を撮ったのは二〇〇五年。

そのユンカーマン氏の発言――集団的自衛権は、すなわち交戦権である。平和憲法を持つ日本は世界の尊敬を集める立場だったのに、それを捨ててアメリカに従うとは……。安倍首相は日本を、戦争ができる「普通」の国にしようとしている。朝鮮半島、ベトナム、アフガニスタン、イラク……どこも戦争の後遺症に苦しんでいる。武力では何も解決できないことは、歴史が証明している。

そして、アメリカの格言を紹介している――ハンマーを持つ人にはすべてが釘に見える。

この稿を書いている今は、政府の閣議決定（七月一日予定）が間近に迫っている状況だ。集団的自衛権の行使を可能にする憲法解釈変更。自民党内にもこれに反対するハト派がいたはずなのに、ここに至ってこのハトは全く啼《な》かない。さらに呆《あき》れるのは公明党だ。「平和の党」を標榜《ひょうぼう》していたのに、その理念を捨てて、連立政権の椅子に固執したわけ。公明党は安倍政権のブレーキ役だと見做《みな》していたが、何ともだらしない、見苦しい変節だ。「必要最小限」「歯止めがある」「容認は限定的」などということばは、すべて苦し紛れ。弁解にしか聞こえない。いったい、現行憲法をどう読めば、そんな解釈が可能になるのか……。中学や高校の国語の文章解釈試験で答えたら、バツがつきます。

毅然《きぜん》・明解な憲法条文に比して、前記の弁解は曖昧《あいまい》。不正確。「必要最小限」か「やや小」なのか、誰が決める？　為政者が「歯止め」と言えばそうなるのか？　「限定」の範囲を越えるか越えないかを判断するのは、誰？　厳格に設けられている堰《せき》を、いっぺん切ったらどういうことになるか。流れ出す水流を、都合よく再び堰《せ》き止めるなんてこと、できる？　今、日本の政府は、厳格な堰を切ろうとしているのだ。

僕は、憲法前文の中の、「われらは、平和を維持し、専制と隷従、圧迫と偏狭を地上から永遠に除去しようと努めてゐる国際社会において、名誉ある地位を占めたいと思ふ」という一節に、いつも感動する。「名誉ある地位」という言いかたのすばらしさ！

その名誉を捨てようというのだ。ユンカーマン監督の言うとおりである。ハンマーを持つ人になってしまう日本……情けない限り。

（二〇一四年七月一四日号）

モルゴーア・クァルテット

ヴァイオリン二人、ヴィオラとチェロによる「弦楽四重奏」という演奏形態は、作曲家にとって極めて重く、大切なものだ。この形、バロック時代には、まだ、ない。バッハもヘンデルも、ヴィヴァルディも書いていない。史上最初の大家は、ハイドン。つづいてモーツァルト、ベートーヴェン。

そのあと、シューベルト、シューマン、ブラームス、ドヴォルザークほか多くの作曲家がこのジャンルに名曲を残した。ヴェルディやプッチーニなどオペラに集中しているような人も、書いている。近代でもこぞって書かれたが、特筆すべきはショスタコーヴィチ。一五曲の名作を書いた。古典から現代に至るまで、このジャンルを書くことは、作曲家に課せられた使命みたいなものなのだ。

僕？　僕も、三曲書いています。学生時代のメチャ長い習作もあるが、これは数に入れていない。

当然、世界中に「弦楽四重奏団」がたくさんある。最も緊密なアンサンブルを要求される、厳しく難しい世界だが、弦の演奏者にとって、極めて魅力的な形態なのだ。だから僕はよくジョークを飛ばす——シジュウソウダン（始終相談）するから密度が高まる、と。

現在、日本にも「クヮトロ・ピアチェーリ」「クァルテット・エクセルシオ」「古典四重奏団」「ヴェーラ弦楽四重奏団」ほか、優れた団がいくつもある。だが、今回ここで話をしたいのは「モルゴーア・クァルテット」だ。

第一ヴァイオリンは東京フィルハーモニー交響楽団コンサートマスター・荒井英治、第二ヴァイオリン＝東京シティ・フィルハーモニック管弦楽団コンサートマスター・戸澤哲夫、ヴィオラ＝NHK交響楽団フォアシュピーラー（次席）・小野富士《ひさし》、チェロ＝NHK交響楽団首席・藤森亮一。四人とも僕にとって親しい音楽仲間だ。一九九二年に結成。前記ショスタコーヴィチの一五曲をすべて演奏するというのが、結成意図であった。もちろんその計画はとっくに消化。現在は、毎回意欲に満ちた定期コンサートを続けている。故・林光さんが書いていたプログラム解説執筆の、現在の担当者は僕である。

「モルゴーア（エスペラント語で〝明日の〟）」が少し前から始めたのは「プログレッシヴ（進化した）ロック」。一九六〇～七〇年代のイギリスが発信元だ。ピンク・フロイド、キング・クリムゾン、エマーソン・レイク＆パーマーなどがよく知られている。そのナンバーをプログレで育ったという荒井英治君が見事に編曲。ＣＤも売れていて、今、大評判だ。

ロックは、反体制の音楽。体制に立ち向かった半世紀前の若者の精神を今に写し取るモルゴーアの試みには、大きな意味がある。

来るかもしれない集団的自衛権行使というその時、最も危険に直面するのは若者であるはず。今と未来を見つめる若者に、是非モルゴーアのプログレを聴いてほしい、と僕は痛切に思っている。

（二〇一四年七月二一日号）

ヘイトスピーチ

この七月八日、大阪高等裁判所の判決――京都の朝鮮学校の前で威嚇《いかく》的、差別的な活動をおこなった活動団体に対し、一二〇〇万円余の支払いと、学校周辺での街宣活動を禁止する。人種差別という不条理な行動によって、園児・児童が被った精神的被害は多大である。

最近では、サッカー・浦和レッズの一部のサポーターが、スタジアムに「ジャパニーズ・オンリー」という横断幕を掲げて問題になり、チームが謝罪した。他に最近いくつも、差別的言動による事件が起きている。

「ヘイト・スピーチ」と呼ばれる問題だ。「憎悪表現」また「憎悪を煽《あお》る表現」と訳される。卑劣の極みとしかいいようがない。

公式の定義を記しておこう――ある個人や集団を、人種（民族）、国籍、性といった先天的な属性、あるいは民族的文化などの準先天的属性、あるいは宗教などのように人格との結び付きが密接な特別の属性で分類し、それを有することを理由に、差別・排除の意図をもって、貶《おとし》めたり、暴力や誹謗《ひぼう》中傷、差別的行為を煽動《せんどう》したりするような言動を指す。

この定義を読むと、「などの」「ように」「……たり」といった表現が多いことに気づく。つまりこれは、特定や限定がむずかしいということだ。それは、憲法との関係ゆえである。

第一九条　思想及び良心の自由は、これを侵してはならない。

第二一条　集会、結社及び言論、出版その他一切の表現の自由は、これを保障する。

アメリカの合衆国憲法にも同様の項がある――「政府は、その思想自体が攻撃的あるいは不快であるからという理由で思想を禁止するべきではない」。同国最高裁が、憎悪表現規制は違憲という判決を下したのは一九九二年だ。

二〇一三年一〇月、アメリカのABCテレビが放送した中国米国債保有問題について、一人の子どもが「中国人を皆殺しにしよう」と発言。司会のジミー・キンメルが笑いながら、「面白い考えだ」と応じた。これが轟々《ごうごう》たる非難を浴び、ABC局が謝罪する事件があった。

フランスでは、二〇〇七年、当時の大統領サルコジが、「アフリカの悲劇は、人類の歴史上いまだ大きな業績を残していないことだ」と言って、これまた非難が集中した。

国連が「人種差別撤廃条約」を総会で批准したのは一九六五年一二月二一日。日本は九五年一二月一五日に加盟。その際、「日本国憲法第二一条に抵触しない限度においてこれらの規定に基づく義務を履行する」と宣言した。

憲法を字義通りに読めば、ヘイトスピーチも表現の自由の行使ということになってしまう。たしかにむずかしい。だが、日本の憲法がすばらしいのは、その字義の奥にある、人間として雄々しくあるべき精神なのではないか。であれば、京都朝鮮学校や浦和レッズの問題が「表現の自由」にあたらないことは自明である。集団的自衛権問題も、憲法の精神をおろそかにして表面だけを読む行為だ。解釈より、「真に示していること」を憲法から読みとることこそが肝要なのだ。

（二〇一四年七月二八日号）

台風

先日の台風八号は、沖縄から東北まで、ことに雨による甚大な被害をもたらした。個人的な話になるが、土石流が発生した長野県南木曽町《なぎそまち》は、その近辺である多治見、土岐、中津川、木曽福島、少し離れるが駒ヶ根など、いずれもこれまで仕事で関わりを持った所。また、最上川の支流が氾濫《はんらん》した山形県南陽市や長井市のすぐ先は、つい数日前、九年めとなる「めざみの里カンタート」のため行っていた飯豊町《いいでまち》だ。それらの土地の美しい風景に、報道された被害の写真を重ね、心が痛んだ。

それにしても、台風の被害がない年はない。日本を襲った過去最大の台風は、一九三四年九月二一日の「室戸台風」。中心気圧が九一一ヘクトパスカルだったというから、ものすごい。大阪で校舎が倒壊して死者が出たという。四五年九月一七日の「枕崎台風」も九一六ヘクトパスカル。最大瞬間風速が七五・五メートル／秒。被爆からわずか四〇日の広島に、大きな被害をもたらした。

五九年九月二六日の「伊勢湾台風」は、僕もよく覚えている。気圧の低さで海面が吸い上げられ、記録的な高さの高潮となった。死者三〇〇〇人以上という、稀有《けう》な台風である。


アメリカでも、しばしばハリケーンが猛威を振るっている。二〇〇五年のハリケーン「カトリーナ」は、記憶に新しい。近年では日本でも発生しているが、アメリカの竜巻は脅威だ。人も車も家も、一切巻き上げられてしまうのだから。竜巻というと僕は、アメリカ映画「オズの魔法使い」(一九三九年)を思い出す。監督ビクター・フレミング、主演ジュディ・ガーランド。のちのスター、ライザ・ミネリの母である彼女が歌った「虹の彼方に」(オーバー・ザ・レインボウ)が素敵。ハロルド・アーレン作曲。大ヒットした。

前記カトリーナのように、アメリカではハリケーンに女性名をつける。GHQ統治時代は、日本の台風もそうだった。「キティ台風」「ジェーン台風」などを、今でも覚えている。なぜ女性名なのか、明確な理由はないみたいだが、自然災害を敵視し忌み嫌うだけでなく、むしろそれを親しく感じて対処しようと考えたのかもしれない。しかし現在は男女差別問題上、男性名もつくのだそうだ。あまり聞かないけどね。

台風は英語でタイフーン。日本語と英語でなぜこんなに発音が近いのか、寡聞にして知らない。何しろタイフーンはアジアの嵐。トロピカル・ストーム（熱帯の嵐）と呼ばれることもある。インド、オーストラリアの嵐はトロピカル・サイクロンだ。ヨーロッパには熱帯性低気圧というものがない。該当する言葉もない。

日本の台風に関していえば、一九八四、二〇〇〇、〇八年のように、上陸がなかった年もある。逆に〇四年は観測史上最多の一〇個が上陸。一九九〇年の二八号は、最も遅い一一月の上陸。伊豆大島が大被害を被った昨一三年の二六号は忘れられない。

今年も、これからだ。台風を常に意識しなくてはならない季節の到来である。

（二〇一四年八月四日号）

湿度

日本は雨が多く、湿度が高いということになっている。空気が乾燥しているエジプトやギリシャ、ローマなどでは、紀元前五〇〇～一〇〇〇年あるいはもっと昔の古代遺跡が、かなりの部分をそのままに残っている。

日本でも青森の三内丸山《さんないまるやま》遺跡などは縄文中期、佐賀の吉野ケ里《よしのがり》遺跡は弥生だから相応の古さだが、それらは建物ではなく遺構であり、今僕たちが見ることができるのは復元物だ。

奈良県飛鳥の高松塚古墳は七世紀末～八世紀初頭。なのに、色彩の劣化が問題になっている。湿度が高いせい、といわれる。

そこで愛読書である手元の『理科年表』（丸善刊）を広げてみた。世界各地の年平均降水量をチェックしてみる――単位はミリ。

ロンドン六四〇、ローマ七〇七、バーレーン八九、カイロ三五、プレトリア六六六、ニユーヨーク一一四五、サンパウロ一六一九、シドニー四八一、コロンボ二三二二、そして東京一五二九。

ううむ……。ヨーロッパや中近東に比して、なるほど高い降水量だ。が、南米やスリランカよりは低い。ついでに、年平均湿度も調べてみよう——単位はパーセント。

ロンドン八四、パリ七九、アブダビ六三、カルカッタ七一、上海七九、ニューヨーク六四、サンパウロ七八、パース六三、そして東京六六。これはまた……何と、ヨーロッパの大都市は東京より湿度が高いじゃないか……！

ずいぶん前だが、僕はインドネシアにいて、朝、読みかけの本をデスクの上に置いたままホテルの部屋を出た。夕方戻ったら、その本のページが丸まって、ぐにゃぐにゃになっていた。東京にいてそんな経験はない。もしかしたら東京の、ひいては日本の湿度は、世に言うほどでもないのかな……。しかし、友人の弦楽器奏者たちは、日本の夏の高温多湿は弦楽器には天敵だ、と異口同音に言う。楽器が鳴らない。ところが、冬季は逆に乾燥が怖い。ヴァイオリンやチェロは、地中海的気候で生まれたものなのだ。

年平均ではなく、高温がドッキングした夏の湿度を考えなくてはいけない。七月の平均湿度（パーセント）――ベルリン六五、ローマ七二、テヘラン二四、ニューデリー七〇、ジャカルタ七五、ニューヨーク六五、サンパウロ七七、パース七七、東京七三。やはり、東京は高い。そして七月は、暑い！　ヌビア（エジプト南部）出身の民族楽器奏者で友人の故ハムザ・エルディンが、よく言っていた……日本にいると湿度にやられてしまう、と。

ところで、湿度ってどこまで高くなるのだろう。湿度九〇パーセントといったら、きっとすごいベトベト度にちがいない。では、湿度一〇〇パーセントとはどんな状態？　ほとんど水中で生活するような感じになるのだろうか。いやいや、水中に湿度という概念はないのです。湿度とは空気中の水蒸気の割合。一〇〇パーセントが飽和状態ということになる。そして、それ以上は、ない。

こんな話をしていたら、何だかこのデスクまでベトベトしてきたような気がしてきた……。

（二〇一四年八月一一日号）

八月の雲

毎年八月になると、どうしても戦争について考えてしまう。僕が音楽を担当している「夏の会」の女優たちによる朗読劇「夏の雲は忘れない　ヒロシマ・ナガサキ　1945年」は、今年（二〇一四年）もあちこちで上演されている。やはり僕が音楽担当の黒澤明監督の映画、長崎を舞台にした「八月の狂詩曲《ラプソディ》」も思い出される。そう、たしかに、夏の雲を見上げればそこに「戦争の記憶」という文字が浮かんで見える。

一九四四年にユダヤ系ポーランド人の法律家、ラファエル・レムキンは、ギリシャ語の「種族」と「殺戮《さつりく》」という言葉を合わせた造語「ジェノサイド」を考えた。ひとつの人種・民族・国家・宗教などの構成員に対する抹消行為を指す。これを実践するかのように、当時のナチス・ドイツが「ホロコースト」（大量虐殺）を開始した。ユダヤ人が移送された収容所としては「オシフィエンチム（アウシュビッツ）」や「ビルケナウ」があまりにも有名だが、ほかにもたくさんあった。ワルシャワの北東約九〇キロにあった「トレブリンカ絶滅収容所」もそれらのひとつである。

一九四二年七月から四三年一〇月までの一四か月間にここに収容され、殺されたユダヤ人の数は七三万人以上。その間の四三年八月、ユダヤ人たちの反乱が勃発《ぼっぱつ》し、約六〇〇人が脱走した。大半が再び捕らえられてしまい、戦後まで生き残ったのはわずかに約一〇〇人だったという。しかしこの反乱をきっかけに同所は閉鎖・解体される。その際、殺した遺体を焼いたので、近隣一帯は異臭に包まれた。オシフィエンチムと違ってここには焼却炉がなかったので、大量の遺体はすべて埋められていたのである。ナチスは、最終的にここを普通の農地にして惨事を隠蔽《いんぺい》した。その作業にあたったのもユダヤ人で、作業終了の一一月一七日、全員が銃殺された。ちなみに、このトレブリンカの犠牲者には、児童文学者として名高いヤヌシュ・コルチャックも含まれていた。

ホロコーストはギリシャ語で、原義は、獣を丸焼きにして神前に供える犠牲を指すのだという。大戦間のホロコーストによるユダヤ人犠牲者は、ドイツ＝一六万人、オーストリア＝六万五〇〇〇人、チェコスロバキア＝二一万七〇〇〇人、ポーランド＝三〇〇万人、オランダ＝一〇万六〇〇〇人、ソビエト＝一〇〇万人、リトアニア＝一三万五〇〇〇人、フランス＝八万三〇〇〇人、マケドニア＝七万一〇〇〇人、ギリシャ＝六万五〇〇〇人、ユーゴスラヴィア＝六万人……。

いったい、人間が同じ人間を短期間にこんなに殺すことができるのだろうか。信じられない数である。狂気としか言いようがない。

そう、狂気……。ナチス隊員は、毒ガスによる虐殺を、酒に酔って実施したという。そうでなければ、できなかった。みずからを狂気に近い状態にして、ようやく実施が可能だったのだ。人間であれば当然だ。

夏の雲を見上げて、僕は、この国にもかつて狂気がはびこったことを想う。狂気は兆しから摘み取らなければならない。これも、当然。

（二〇一四年八月一八・二五日号）

夏のセミ

夏の暑さを象徴するのは、何といってもセミ。映画などでセミの大合唱が聞こえれば、それだけで僕たちは、ものすごい暑さを感じ取る。しかしこれは日本だけらしい。その映画を外国に出すとなると、セミ合唱部分を消して他の効果音に変える。ただの雑音としか受け取ってもらえないから。

セミで、いつも僕が連想するのは広島。夏の平和公園の地面は、セミがはい出してきた穴だらけなのだ。穴と、周囲にたくさん散らばるセミの抜け殻を見つめていると、セミの大合唱が、さらに八月六日朝の「エノラ・ゲイ」の爆音が、脳裡《のうり》に重なってくる。

セミは地中で七年間も過ごす。外界へ出て、大声で鳴きつづけ、そして一週間で死んでしまう。這《は》い出して一分で高熱を浴び、死んでしまったあの日のセミの命は、人間でいえば数か月だったか、などと考えてしまう。

先日、横浜の「こどもの国」で、一九七九年にアルゼンチンから贈られたポニー（小型の馬）「ガルーチョ」が四一歳で死んだ。ポニーの寿命はふつう二〇〜三〇歳だそうで、この場合を人間に置き換えると、約一六〇歳になるという。長寿のガルーチョにして、その一年が僕たちの四年にあたることになるわけだ。

「すごく長い時間」を表すインドのたとえ話があって、それは「この世界のどこかに象を一〇〇万頭重ねたほどの高い山があり、その山の頂上に一〇〇〇年に一度大きな鳥が飛来し、頂上の砂をひと掃きして、どこかへ去ってしまう。このことによりこの山が磨滅してなくなる時間」というもの。気が遠くなります。インドでは、デートで長い時間待たされた女の子が、この長いたとえの末に「そのくらい、待ってたのよ！」と言って怒るのだろうか。

だから、僕はインドでの体験を思い出す。ニューデリーの文化協会だったか何だったかをある日僕は訪ね、入り口の石段を昇っていた。と、石段の脇に、インド特有の白く長い裾の服を着た老人が、杖《つえ》を片手にじっとすわって瞑想《めいそう》している。瞑想に見えただけかもしれないが、インドでは出会う人がみな哲学者みたいなのだ。その時、僕はその建物の中で、相手とたぶん二時間くらい話をしただろう。で、退出する。件《くだん》の石段を降りかけたら、さっきと同じ所に、件の老人がさっきと同じ形ですわっているではないか……。

！！！……

ショック。かつ、不可解。これをどう理解すればいい？

時間をどう感じるかは、人によって異なるのか。僕の二時間は、あの老人にとって五分だったのだ……。しばらくして得たこの非科学的結論で、ようやく僕は納得したのだった。

一九四五年八月六日の朝、広島で地中から這い出したセミの、死までの時間を、僕は想う。人間でいえば数か月かと前述したが、この想いは、あの日広島で、また三日後に長崎で死んだ子どもたちへつながる。その、生きるはずだった寿命の何十分の一の時間を、想う。

（二〇一四年九月一日号）

パグウォッシュ会議

夏になると、テレビで戦争関係番組が何本も放映される。今年（二〇一四年）も、国際的な「パグウォッシュ会議」や日本の「思想の科学」について特集された。興味深く観たかたも多いと思う。

その「パグウォッシュ会議」について少し話そう。僕は、学生時代からその名を知っていたが、あくまで上っ面だった。いろいろわかってきたのは最近である。「パグウォッシュ会議」は、正式には「科学と世界の諸問題に関するパグウォッシュ会議」という。すべての核兵器および戦争の廃絶を訴える科学者による国際会議だ。一九五五年の「ラッセル＝アインシュタイン宣言」での呼びかけを受けて創設された。言うまでもないと思うが、バートランド・ラッセル（一八七二～一九七〇年）はイギリスの哲学者・数学者、アルベルト・アインシュタイン（一八七九～一九五五年）はドイツ生まれ、のちアメリカの物理学者だ。

一九五七年七月七日、カナダのパグウォッシュにある鉄道王サイラス・スティーブン・イートンの別荘に、二二人の世界的科学者が集まり、第一回の会議が開かれた。二二人のなかには、日本の湯川秀樹、朝永振一郎《ともながしんいちろう》、小川岩雄が含まれている。

第一回会議では、すべての核兵器を絶対悪と見做《みな》した。だが翌年やはりカナダでの「第二回」以降、核兵器廃絶派と、核兵器との共生を目指す派との対立が表面化する。そしては、「核抑止論」勢力が次第に強まっていく。六四年インドのウダイプルでの「第一二回」では、ついに、最小限の核抑止が全面軍縮に至る最も有効な道、ということになってしまった。

それより前だが、六一年、ソ連の水爆実験再開に抗議する湯川秀樹らの声明が、会議主要メンバーによって握りつぶされた。これを機に、六二年、組織されたのが「科学者京都会議」だ。

「反核・日本の音楽家たち」を思い出す。この運動の開始は、八〇年代初頭だったと思う。芥川也寸志《あくたがわやすし》、木下そんき、いずみたくなど七人の音楽家が呼びかけ人。僕が、当時最年少の呼びかけ人だった。反核の旗を掲げて活動をつづけ、同時に賛同者を増やしていったが、ある時点で議論が起きる。「核」は兵器に限るのか、あるいは原発なども含むのかという問題だった。後者の場合、賛同できないという音楽家が出てきた。大手電力会社がオーケストラのスポンサーなので……というわけだ。むずかしいものだ、と思った。

何と、パグウォッシュ会議でさえ「対立」があったのだ……。とはいえ、同会議のシンポジウムは七五年京都、八九年東京で開かれており、本会議も九五年、〇五年と広島で開催された。そして来年(二〇一五年)一一月には、長崎開催が予定されている。原発、北東アジア非核兵器構想、東アジアの安全保障などについて、四〇か国約四〇〇人の科学者が話し合い、最終日に「長崎宣言」を発表する。原発問題が含まれていることに、僕は大いなる期待を抱く。対立を越えた地点に「恒久平和」が待っているはずだ。

(二〇一四年九月八日号)

対馬丸記念館

合唱構成「二つの海」公演で指揮をするため、那覇に滞在した。先の大戦間の悲劇ふたつ——沖縄からの学童疎開船「対馬丸《つしままる》」が米魚雷により沈んだ事件と、海の特攻隊である人間魚雷「回天」を扱う作品で、新実徳英、木下牧子と僕の曲、合わせて九曲とナレーションで構成されたもの。公演の詳細についてもお話ししたいが、ここではそうではなく、那覇で接した現地の新聞・琉球新報の記事についてお伝えしたい。

八月二五日。前記公演の翌日の新聞だ。僕たちの公演についても書かれているが、その隣に「対馬丸記念館」のことが載っている。

那覇市内の同記念館へは、僕も何度か行っている。一九四四年八月二二日の悲劇を忘れないための、毎年その日の慰霊祭に参列したのは五年前。合唱団が拙作「海のトランペット」(詞:車木蓉子)の中の「蛍になっても生きておくれ」を歌い、慰霊の「小桜の塔」前で、祈りを込めた「放蝶の儀」にも参加した。

同記念館の前館長で、現在「対馬丸記念会」理事長の高良《たから》政勝さんは、僕もよく存じ上げている。その高良さんへのインタビュー記事。


――記念館は開館一〇周年を迎えた。設立は国の慰謝事業の一環。しかし沖縄県議会で、県からの財政支援はおこなわないと決められてしまった。入館料だけで管理運営はできない。いろいろな方の寄付があり、やってこられた。だが寄付がいつまでもつづくとは考えられず、二〇一二年度から五年間限定で県に補助してもらっているが、これは事業に対してのみで、人件費や光熱費には使えない。現在、正職員は館長（宮城清志氏）のみで、二人の学芸員は臨時職員だ。未来に大きな可能性を持つ子どもたちが無益な戦争で命を落とした。ひとたび戦争が起きれば一番犠牲になるのは子ども。そのことを世界に向けて発信したい。学童疎開は国が命令し、県が推し進めた。国や県の責任は大きい。だから記念館は県立として運営すべきだ。――

以上の事実を、寡聞にして僕は知らなかった。戦争資料館はあちこちにあるが、子どもの戦争資料館は、この「対馬丸記念館」ただ一つだろう、とも高良さんは言う。だがその隣は、小中学校のこの記念館利用が低調であることを伝える記事だ。

――記念館は、対馬丸犠牲学童と同世代の子どもたちにこそ来てほしいのに、二〇一三年度の那覇市内の小中学校の利用は、全五三校中、小学校八校、中学校二校、計五四九人にとどまった。対馬丸の生存者は、幼い時の壮絶な体験に加え、箝口令《かんこうれい》の影響で深い傷を心に負ってきた。自分の体験を語っていい、受けとめてもらえる場所として記念館の存在意義は大きい。――

今度の公演で歌った人たちの中には、あの時対馬丸に乗るはずだったのに発熱して乗船できず、犠牲を免れたという女性もいた。平和学習は、戦争体験者の語りを聞くことができるあいだに、その基礎をつくるべき。未来に向けて、対馬丸記念館は大切な場所なのだ。

（二〇一四年九月一五日号）

肝心精神

沖縄の話をつづけます。

沖縄には「肝心精神」という言葉がある。チィムグクルと読む。思いやり、優しさ、助け合いの心のことだ。古来、沖縄で培われてきた精神で、「肝」の字をあてることが、ある重さ、そして深さを感じさせる。心から悲しむことを「肝悲」（チィムガナ）ということも同様だ。

そのチィムグクルの権化のような人が、沖縄にいる。池間哲郎さんだ。一九五四年、沖縄本島・本部《もとぶ》の生まれ。中学からは基地の町コザ（現・沖縄市）で育った。長じて会社員になるが、二九歳の時に映像制作会社を立ちあげる。その取材のプロセスで、台湾山岳民族の貧困と人身売買に接し、一念発起。一九九〇年からアジア各国に貧しい子どもたちを訪ね、支援活動を展開する。ＮＧＯ「アジアチャイルドサポート」を九九年に設立。〇二年にNPO認可。

マンホールチルドレンがたくさんいるモンゴルに、その保護施設「沖縄の家」を、カンボジアに「沖縄学校」（正式にはセンソック小学校）などを建設してきた池間さんだ。とはいえ、その背景にあるのが沖縄のたくさんの人たちの善意であることは、いうまでもない。

池間さんの講述録（養心の会刊）が、手元にある。二〇〇三年七月に愛知県の中学校でおこなったものでやや古いが、そこで池間さんが報告している内容は、一一年後の今も大きく変わってはいないと思われる。

以下はその講述録からの引用で、池間さんのお許しもなしに勝手に書くのは申し訳ないが、多くの人に知ってほしい現実だと考えるので、お許し願いたい。


――その日の食べものもない人たちが、世界に約六億人いる。貧困ゆえに死ぬ人は、毎日四万人以上。一か月で約一二〇万人、一年間に約一五〇〇万人である。そして、その九〇パーセント以上が子どもなのだ。しかし、世界の人間が生きていくための食糧は十分にあるはず。ところがその七〇パーセント以上を、世界の人口の二〇パーセント＝約一三億人である「豊かな国」の人々が食べてしまう。残り八〇パーセント＝約五〇億人が、貧しさにあえいでいる。――

モンゴルに、マンホールで暮らす子どもたちが大勢いる。酷寒の地だが、湯が通るマンホールの中は暖かいからだ。しかし汚水で臭く、そして暗い。ゴミが散乱している。池間さんが入っていくと、ネズミとゴキブリがサーっと散っていった。そんな中で、子どもたちが寝ている。耳や唇が腫れあがっている子は、ネズミにかじられたのだ。ネズミは耳と唇からかじるのだという。池間さんの話は、さらにタイやカンボジアの子どもたちについて、つづく。


「でも一番言いたいことは」と池間さんは最後に言う。「ボランティアは誰かのため、人のためではない。自分自身が一生懸命生きること。真剣に生きる人じゃないと、人の痛みや苦しみは分からない」。

チィムグクルだ、まさに。この普遍的な沖縄の心を、世界に広めるべきだと、僕は思う。

（二〇一四年九月二二日号）

「仁術」を問う

医は仁術《じんじゅつ》なり、といわれる。「仁」はもともと孔子が提唱した道徳観念で、自己抑制と他者への思いやりだ。「仁」は「礼」にもとづくものとされる。「礼」は、社会の秩序を保つための生活規範の総称である。

今年（二〇一四年）三〜六月、東京の国立科学博物館で「医は仁術」という特別展が催された。僕は興味を抱きつつも多忙で観ることができなかった。今も、悔やまれる。

古来、日本では、経験にもとづく医療や呪術に類するものはあったが、体系的な「医学」と呼べるものは、大陸から朝鮮半島を経てもたらされるまでなかったという。伝来は五世紀ごろらしい。漢方というか、換言すれば「東洋医学」だ。薬も、遣唐使時代にどんどん入ってきた。しかし、東洋医学が一般に普及したのはずっとのち、安土桃山のころ。

やがて江戸中期に、杉田玄白（一七三三〜一八一七年）という人物が現れた。玄白は、一七七〇年ごろオランダの医書「ターヘル・アナトミア」を入手。前野良沢《りようたく》（一七二三〜一八〇三年）、中川淳庵《じゆんあん》（一七三九〜八六年）、桂川甫周《ほしゆう》（一七五一〜一八〇九年）らとともに、大変な努力を重ねて翻訳を完了。一七七四年に「解体新書」として出版する。玄白はその苦労の顛末《てんまつ》を回想録「蘭学事始《らんがくことはじめ》」で明らかにする。よく知られた話だと思う。

余談。作曲家の故・武満徹《たけみつとおる》さんに「骨月」という小説がある。若いころに書き、私費出版したもので、正しくは「骨月　あるいは　a honey moon」というタイトル（骨＝ホネ、月＝ムーン、面白い！）。この中に「解体新書」の話が出てくる。「同書が室町の須原屋から出版されたのは安永2年の1月だが、奇異なことにはこの仕事にもっとも心血をそそいだはずの良沢の名が無い」と始まるその一節は実に面白いが、話していると長くなるので、残念ながら紹介はここまで。

僕は二〇代後半〜三〇代前半のころ武満さんのアシスタントをしていたが、そのころ著者に直接もらったもの。奥付に「１９７３年12月・私家版・限定２００分の内60番」と記してある。武満さんのサイン入り。僕の大切な宝物だ。

つまり、医学に関心を持つのは医者だけではない。この武満さんも、前記特別展の話も、それを証明しているということ。

なのに今、医が本当に仁術なのか、疑問を抱くことがある。発熱した子どもを抱き、著名な小児病院へ走った母親の話――診察した医師が開口一番、「ここは大病院で、全国から重病の子が来る。こんな程度で来るんじゃない！」と言った。次は大人のケース――口内炎が痛い。もしかして腫瘍《しゆよう》か癌《がん》だったら大変。診てもらうと「こんなことでいちいち病院へ来るな」と言われた。「どんな程度かわからないから来たんです」と言うと、医者はただ黙っているだけだった。

医者のサイドでは、「仁術というのは古い。医療は滅私奉公に非ず」という意見もある由。それもわかる。が、藁《わら》をも摑《つか》みたいのが患者。仁術の要素を、医に残しておくべきでは？

（二〇一四年一〇月六日号）

カナリア諸島の九条碑

「カナリア諸島」は、アフリカ大陸北西端のモロッコの沖合。スペインの自治州だ。七つの島から成り、人口は約二〇七万六〇〇〇人。その一つテネリフェ島には、スペインの最高峰テイデ山（三七一八メートル）がそびえている。中心はグラン・カナリア島である。

カナリアという名前は、ラテン語で「犬の島」のことで、これはかつてアザラシがたくさん棲息していて、アザラシをラテン語で「海の犬」といったから。あるいは古代ローマの学者、大プリニウスがこの島を訪れた際、多くの野犬がうろついていたから、という説もある。ちなみにプリニウス（二三?～七九年）は軍人にして行政官、歴史家かつ博物学者という人。かのヴェスヴィオ火山の噴火調査中に噴煙に巻き込まれて死亡した。その養子（六一?～一一三年）も優れた政治家、弁論家かつ著作家で、小プリニウスと呼ばれる。

余談ながら、鳥のカナリアは、ここを原産とするところから名づけられた由。

さて、グラン・カナリア島にはNATO軍の基地がある。ラス・パルマス地域に属するテルデ市は、非核地帯を宣言し、平和について考えている町だ。一九九六年、その市内の公園に広場が完成した。「ヒロシマ・ナガサキ広場」という。そこにあるのが「日本国憲法第九条の碑」。スペイン語に訳された条文が彫られている。イラク戦争協力に反対した市民が、自分たちを支えたのは日本の九条と叫び、その背景にある広島・長崎の被爆体験に自分たちの平和の信念を捧げたものである。

戦後すぐに、レバノンで「ヒロシマ」という歌が流行したという話を、かつてお話しした（『空を見てますか… 3』一九二ページ、「平和の円環」）。歌詞には「ナガサキ」も出てくる。ザンニという歌手が歌った。九九年にレバノンの仕事をした僕は、どんな歌だったかを現地で調べようとしたが、今となっては音源もなく、関係者もおらず、残念ながらわからなかった。しかし、広島・長崎の被爆が世界中に衝撃を走らせたことは確かで、さらにそのあと平和国家として歩む日本へ寄せる視線も、時には僕たちの想像を越えるほどのものになっている。日本の九条は世界の理想、という人は世界に少なくない。

カナリア諸島の話を僕が知ったのは、僕もこの夏から参加した「世界平和アピール七人委員会」のメンバー、武者小路公秀《きんひで》さん（国際政治学者）の報告からである。一九二九年生まれで決して若くない武者小路さんだが、この夏「ピースボート」で各地を回り、カナリア諸島の前記の広場そして碑も、実際に体験してきた。僕より一四歳も上なのにこの行動力！

「九条」を持つ日本の、平和への眼差しは、かつて毅然《きぜん》としていた。アメリカの映画監督ユンカーマンが言うように（第九二五回にお話しした――本書三四六ページ参照）、日本は「ハンマーを持つ人」になろうとしている。「国際社会において、名誉ある地位を占めたい」（憲法前文）の精神は、いったいどうなったのか！

（二〇一四年一〇月一三日号）

新幹線五〇年

二〇一四年一〇月一日は、東海道新幹線が開業して五〇年という日であった。一九六四年――僕は大学二年。鉄道好きとしては、その日のことは忘れられない。走る新幹線を、上空からヘリコプターが撮影する映像。テレビのナマ放送だった。興奮して見ていたと思う。

東京―大阪間が約四時間。当時としては信じられないほどの速さ。やがて山陽新幹線もできた。東海道新幹線と直通になり、岡山まで。さらに博多まで延びたのが一九七五年。東北新幹線が、上越、秋田、山形、長野、そしてついに九州新幹線も。八戸へ、青森へ、南は鹿児島へ……。来年（二〇一五年）三月には金沢まで延びる。

金沢で仕事をしている僕は、小松へ飛ぶのが常道だが、当然来年からは北陸新幹線にするだろう。仕事場所である石川県立音楽堂が金沢駅直結なのだから。

今、東京―大阪間は、「のぞみ」「ひかり」「こだま」を合わせ、時間帯によっては十数本の列車が走っている。フランスの大都市、たとえばパリ―リヨン間を走るTGVでも、こんな頻度とは程遠い。だが東海道新幹線も、初期はそんな本数ではなかった。いつも混んでいた。東京―大阪間をずっと立っていた記憶もある。

しかし、移動するにあたり、皆ができるだけ早い方法を採るようになったのは、新幹線開業以降ではないだろうか。その前は、急行や特急に乗るのは特別な場合のみだった。

水戸に住んでいた子どものころ、夏休みや冬休みは東京の祖父母の家で過ごしたものだが、その際の水戸から上野までは鈍行が当たり前だった。約三時間。蒸気機関車だから顔が煤《すす》だらけになった。水戸―赤塚―内原―友部……、僕はこの間のすべての駅名を諳《そら》んじており、鈍行の旅の楽しさをその都度満喫した。

新幹線の便利さを誰もが味わうようになったが、いっぽう停車駅で窓から弁当や菓子を買う楽しみは消え去った。さわやかな季節には窓からの風が心地よかったが、今や在来線も含め、窓は開かない、が列車の通念になった。黒澤明監督「天国と地獄」(一九六三年)で、七センチの厚みの鞄に金を入れて特急の窓から落とせと要求する犯人は、その窓が最大七センチしか開かないことをあらかじめ調べてあるのだが、そういうストーリーも、もはや成立しない。

二〇〇〇年三月、速すぎる新幹線から食堂車が消えた。ゆっくり食事をする時間はない、というわけだ。だが、食堂車は楽しかった。劇団文学座の旅の帰り、岡山―東京間を一度も本来の座席にすわることなく、畏友《いゆう》・江守徹と食堂車で飲みつづけたのは、若気の至りの思い出。食堂車営業開始の七四年より前の、ビュフェ車両もなつかしい。

新幹線は、開業以来一人の乗客も事故死させていない。これは世界に誇るべき偉業だ。その陰には、運行管理、保線ほか関係者のたゆまぬ努力がある。その努力に敬意を表しつつ、来年(二〇一五年)三月、「五一歳」の新幹線で金沢へ行くことを楽しみにしている僕である。

(二〇一四年一〇月二〇日号)

治山治水　その1

東日本大震災のあとも、大きな災害があとを絶たない。今年（二〇一四年）も、広島の土砂災害、御嶽山《おんたけさん》噴火、台風……と日本列島は自然の猛威にいじめられつづけている。

災害は二種に大別できると思う。一つは、誰を恨むこともできない自然そのものの威力。もう一つは、そこに人間の存在が関わるもの。そこには、責任という問題が明確に存在してくる。大震災や津波は前者であり、原発事故は後者だ。火山の噴火は前者だが、危険を承知で人家を建てた土砂災害は後者である。

自然に人間の手をどこまで関わらせるかは、常に難しい問題だ。河岸をコンクリートで固めれば災害は減る。しかし里山の風景は一変してしまう。

古代エジプトは、ナイル川の氾濫《はんらん》で土が肥沃《ひよく》になり、文明が栄えた。仕事で何度も訪れた地域である。カイロもギザもルクソールも、主要都市は、今もナイル川沿いに並ぶ。

中国・雲南省の少数民族を訪ねたことがある。のどかな緑の中に、日干し煉瓦《れんが》の家が点在していた。滅多に雨は降らないが、濡れれば溶けてしまう。困るでしょう、と問うと、壊れたらまた建てればいい、と返ってきた。

江戸時代、濃尾平野を近接して流れる三つの大河(=木曽川、揖斐川《いび》、長良川)はしばしば氾濫し、住民を困らせていた。ついでだが、揖斐川は当時は伊尾川と書いたらしい。

幕府は、その治水を、遠い薩摩藩に命じた。外様《とざま》である島津氏をいじめたのだ。武士たちの派遣、その食料、宿泊、工事費用……果たして薩摩藩は疲弊のどん底に陥る。人柱も大勢出た。工事の総奉行だった家老・平田靱負《ゆきえ》は責任を取り、切腹して果てる。

「宝暦治水」として知られるこの話を、杉本苑子が「孤愁の岸」という小説にしており、一九八三年に東宝がそれを舞台化(脚色・杉山義法、演出:森谷司郎・津村健二)。音楽を僕が書いた。名舞台で、その後、再演を繰り返した。故・森繁久彌《もりしげひさや》さんと親しくなったのは、この芝居の縁である。

蛇足。前記平田靱負役は故・竹脇無我君だった。ある時の楽屋話。「靱負は何故死ぬんだっけ?」と僕。「そりゃ、責任を取っての切腹だよ」と彼。「違うよ。家老の死は過労死」――以後そのシーンになると彼は僕のジョークが一瞬脳裡をかすめて吹き出しそうになり、えらい迷惑した由。ずっとのちに怖い顔で、言われたっけ……。現地には、今も靱負の碑が建っている。ある時、僕もその前で手を合わせた。

秋田県の八郎潟《はちろうがた》は、僕の子どものころは、琵琶湖に次ぐ日本で二番めに大きな湖だった。しかし、一九六七年から一〇年をかけて干拓。大潟村という地域になった。わずかに残る湖水部分は八郎潟調整池あるいは残存湖と呼ばれ、現在の面積は日本で一八番め。僕の育った県にある霞ヶ浦が、日本第二の広さに昇格した。地理好きの僕としては、大きな湖が消えることを残念がった思い出がある。（つづく）

（二〇一四年一〇月二七日号）

治山治水　その2

（承前）八郎潟の場合も、メリットとデメリットを天秤《てんびん》にかけて熟考した末に埋め立てたのだろうし、そう思っていたい。このケースの巨大な例がアラル海だ。中央アジアのカザフスタンとウズベキスタンにまたがる地域の塩湖。すぐ西に、世界一の広さのカスピ海。ちなみに次はスペリオル湖（北米）、ヴィクトリア湖（ケニア、ウガンダ、タンザニア）。アラル海は、かつて世界第四位の広さを誇っていた。

「いた」と過去形を使ったのは、今は違うからである。旧ソ連が、一九四〇年に「自然改造計画」を開始。アラル海に注ぐシルダリア川、アムダリア川の水を綿花、水稲の栽培の拡大に使った。灌漑《かんがい》は徐々に進められ、アラル海に注ぐ年間水量は減少。アラル海の塩分濃度が上昇し、七〇年代から魚が獲れなくなり始める。二〇〇〇年には、全く獲れなくなった。今やアラル海はかつての五分の一の面積になり、干上がって砂漠化した地域もある。時には砂塵が舞い上がって人間の居住区域が脅かされたりしている。聞こえてくるのはメリットではなくデメリットの話ばかりだ。

そして現下の身近な問題は、長崎県諫早湾の干拓。そもそもは約六〇年前に、当時は不足していた米の増産のために持ち上がった話である。海のせきとめは一九九二年に始まった。やがて情勢が変わり、不足どころか逆に米余りが問題になってきた。にもかかわらず、一度決めてしまった事業は継続される。その結果、漁獲量は激減。せきとめで生まれた調整池には有害なアオコが発生。では、堤防を開門するかという話になったが、干拓地では農業がすでにおこなわれている。開門すれば農地に塩害が及ぶ恐れがある。漁業にも農業にも利点がない状況を、ヒトがつくりだしてしまったわけだ。自然のままだったら、何も問題が起きるはずもなかったのに……。

長崎県の仕事をしている僕は、この堤防を通ったことがある。干拓堤防道路「ふるさと農道」と名づけられている。全長約八・五キロ（うち堤防部分約七キロ）。ただただ一直線の長い道。端から見渡すと気が遠くなりそうだ。

京都の南、伏見に、かつて「巨椋池《おぐらいけ》」という周囲一六キロもの大きな湖があった。すぐそばを宇治川が流れ、双方がしばしば氾濫《はんらん》して被害をもたらした。それを大幅に改修したのは、誰あろう豊臣秀吉。護岸の堤を築いた。遺構が見つかっており、「太閤堤」と呼ばれている。その後、近代になって池そのものの干拓が開始され、終了したのは一九四一年。巨椋池は消滅した。

時に猛威を振るう自然に対し、人間生活を護るための治水事業は、古来からおこなわれてきた。噴火した御嶽山《おんたけさん》に避難シェルターをつくる話も出ている。これは、治山ということだ。

地球という天然の星の上で人間が生きていく以上、自然に対し、時にモノ申す状況が生じるのは当然である。だが、申しすぎると、自然は怒る。自然が怒れば人間はほとんど無力。ということはつまり「どこまでモノ申すか」が、重要な問題なのではないか。人間にとって、これは永遠の設問だろう。

（二〇一四年一一月三日号）

オナガ

芝居の音楽を担当しているので、今年（二〇一四年）も何度か、無名塾の稽古場へ通った。稽古の合間に外でたたずんでいると、真上の空をけたたましい声で啼《な》きながら舞っている鳥がいる。

お、オナガじゃないか……。見かけるのは何年ぶりだろう……。

オナガ＝スズメ目カラス科。体長三〇～四〇センチ。うち尾羽が二〇～二三センチ。長い。名前はこれに由来する。美しい青色の鳥だが、その姿とうらはらに、すさまじい声。ギャーギャーと、実にやかましい。しかしこれは警戒の声だそうで、仲間同士で啼く時は静かでかわいらしい声の由。聞いたことがないけど。

世田谷区の区鳥である。他にも福島県浅川町、埼玉県狭山市、千葉県柏市、神奈川県大和市ほか、地域の鳥に指定している市や町がいくつもある。関東～東北に限られているのは、かつては本州全域と九州の一部に棲息したが、一九七〇年代以降、西日本では見られなくなった背景があるかららしい。一説では、西日本に多いカササギに追われた、とも。

久しぶりにオナガを見た無名塾は、すなわち仲代達矢さんのご自宅だが、世田谷区の西端、神奈川県との境である多摩川に近い岡本という所だ。いっぽう僕の家は区内の反対側、北西の端で、すぐ隣が渋谷区、北沢という所。離れてはいるが、無名塾も我が家も同じ世田谷区である。今の住居近くに、僕が育った家がある。その家の庭にはけっこう大きな樹が何本もあって、さまざまな鳥がいつも集結していた。その中でひと際めだっていたのが、オナガだった。

僕は、大学を出て何年か、自宅で音大受験生のソルフェージュを教えたりしていた。ソルフェージュとは、音を書きとったり（聴音）、楽譜を見てすぐに歌ったりする基礎技術である。ある日、聴音のレッスンをしていた。僕が弾くピアノの旋律や和音を、生徒が聴いて五線紙に書いていく。折しも、庭の鳥がやかましかった。あいにく二階の部屋で、窓のすぐ外に樹々の枝が伸びている。

「鳥がうるさくて聴きとれません。どうにかしてください」と、たまりかねて生徒が言った。オナガの群れだ。たしかに、ものすごい声の塊！
僕は、「うるさい、あっちへ行け！」くらいのことは言ったと思うが、オナガ相手じゃどうにもならない。で、どうしたかは、忘れた。

そもそも、鳥が好きなのだ、僕は。中学～高校のころ僕の部屋ではジュウシマツとキンカチョウ、ブンチョウにカナリヤ、そしてセキセイインコなどが賑《にぎ》やかに啼いていた。餌は近所の小母《おば》さんの所で買う。掘っ立て小屋という感じの小さな家で、アワやヒエを紙袋に入れてもらった。昭和、しかも歴然と「戦後」であった。だが、荒廃のなかに穏やかな空気が流れていた。オナガも、それを知っているようだった。今、我が家の辺りでオナガには出会えない。区内岡本でオナガに久しぶりで会って、数十年前を懐かしむ僕であった。

（二〇一四年一一月一〇日号）

ペンギンから学ぶこと

（承前）我が家の地域でオナガを見ることがなくなったのは、カラスに追われたせい。それから、近年多いのはヒヨドリだ。日本タンポポが外来種に、フナなどの淡水魚がブラックバスに敗北し、減少している。でも、まぁこれは自然界においては仕方がないこともいえる。古来、同じ生態系がいつまでも持続するわけはない。自然界に何かの力が加わり、生物もその波をかぶる――これはある意味で当然の摂理だ。

ただ、自然界には自然の規範がある。ペンギンの雛《ひな》は、生まれてすぐ親元を離れて海に入るが、まもなく陸に上がり、親を探す。親鳥は啼《な》いて自分の存在を雛に知らせる。雛はそれを聞き分け、親元へ無事たどり着く。

ペンギンはすごい！　という人もいるだろうが、これが自然界なのだ。何万年も受け継がれてきた自然界の能力なのだ。人間とて同様のはずである。ところが、人間界では異変が起きている。

会社の大金を電車の網棚に忘れてしまった。発覚したら大変なことになる。何とか融通してほしい、と電話してきた息子を名乗る男に騙《だま》されて、何百万、何千万円を振り込んでしまう母親……。気の毒だと思うが、しかし電話の声で判断できないなんて……。日本語には一人称の種類が多い。それによりわかったりするのではないか。


男声用語だけでも、ワタシ、ワガハイ、ボク、オレ、コチトラ、ワレ、ワシ（きょうびあまり使わないか）、ウチ、オイドン（鹿児島の方言だね）、オイラ、セッシャ（時代劇だな）、朕《ちん》（一般人が使うか?・）、その他たくさん……。英語なんて、男だろうが女だろうが、すべてIだけじゃないか。日本語は、本当に複雑だ。

で、ふだん意識しなくても、いつもボクといっている子がオレなんて言ったら、変だな……くらい感じるのではないか。親なら、そのくらいわかっているだろう。

かつては「オレオレ詐欺」だったが、今は「振り込め詐欺」と呼んでいる一連の事件の話である。金銭に関して騙されてしまう人がこんなにも大勢いるということが、どうにも信じられない。ペンギンのほうが意識が高い――ではあるが、ことに老人をターゲットにした卑劣な詐欺には本当に腹が立つ。

迷惑電話というのもある。株の購入勧誘、どこどこの国債が有利です、「金」が今買い時です、保険に入りませんか等々……。

「お金のことは、電話では話しません」――これが我が家の撃退法である。最も大切なものがお金だと思っていないから、このような勧誘にも恬淡《てんたん》としていられるのかもしれないが……。

それにしても、家々の旧来の慣習が変化し、家族や親戚の結びつきが弱くなってきている。この辺で人間は謙虚になり、自然界を見まわし、他の生物から学べることを、静かに学ぶべきではないか。ペンギンから教えられるということもわかったことだし……。

（二〇一四年一一月一七日号）

好奇心

「でも俺、そんなにジジイに見える？」と老いた名優が尋ねる。プロンプターの男が答える——年相応に見えてるんじゃないですか。

つい先日、僕が音楽を担当した無名塾の芝居「バリモア」の一節である。実在の名優ジョン・バリモア（一八八二～一九四二年）を演じたのは八一歳の仲代達矢さん。僕も「古稀《こき》＋一」の年齢だ。そりゃ、前記バリモア同様、年相応に見えているだろう。しかし自分では、たいして変化を感じていない。精神的にも身体能力的にも。

ついこの間、茨城県龍ケ崎市「九条の会」で講演をした。ＪＲ常磐線・佐貫駅に近い所だ。そこまで迎えに行きましょうというあちらの申し出をお断りさせてもらった。だって、その佐貫駅から関東鉄道竜ヶ崎線という私鉄が走っている。子どものころから乗ってみたかった。が、チャンスがなかった。それが巡ってきたのだ。始点と終点の間の駅が一つという短い路線だが、歴史は古い。何と、開業は一九〇〇年！　はじめは蒸気軽便鉄道だった由。

昨年（二〇一三年）も、仕事先の大阪で、わずかな自由時間に天王寺へ行き「阪堺電軌《はんかいでんき》」に乗った。路面電車である。三つめの駅で降り、すぐそこから引き返した。これで国内の路面電車で乗っていないのは、愛知県豊橋の路線だけに。

それがどうした、ですって？

好奇心です。

これも先日。ノーベル文学賞受賞を村上春樹氏が逸して話題になった。受賞はフランスのパトリック・モディアノだった。この作家、知ってました？　僕は知らなかった。フランスでは「モディアノ中毒」という言いかたがあるほど人気が高いそうだ。いくつか邦訳も出ている――『イヴォンヌの香り』『暗いブティック通り』『ある青春』『失われた時のカフェで』……。僕は、猛烈にモディアノを読んでみたくなった。どうして？

好奇心です。

「ナンクロ」って知ってる？　正しくは「ナンバークロス」。同じ番号のマスに同じ字が入る。それを見つけるパズルで、雑誌の形態で何冊も出ている。これを月に三〜四冊完遂する。仕事がかなり忙しくても、やる。カナ版もやるが、好きなのは漢字版。それって気分転換？

いえ、好奇心でしょうね。知らない熟語を覚えたりできる。それを書きとめる。櫛比《しっぴ》、掣肘《せいちゅう》、罹患《りかん》、草昧《そうまい》、不可不《ふかふ》、金衣公子《きんいこうし》、観天望気《かんてんぼうき》、水天一碧《すいてんいっぺき》、気韻生動《きいんせいどう》……。へぇ、こんな言葉があるんだ……。面白くて仕方がない。前記熟語、説明しませんよ。辞書を引く楽しみを味わってくださいね。

好奇心は、老化防止に役立つかもしれない、なんて考えてもいない。ただ、そうなるだけ。もちろん、大好きな野球や相撲、現下の社会の動向、当たり前だが（仕事だからね）音楽界の状況……周囲のあらゆることに関心が向いてしまう。ま、そういう性癖なんだ、きっと。死ぬまで治らないだろうな……。

（二〇一四年一一月二四日・一二月一日号）

学生の声

香港の「雨傘革命」から、目が離せない。

イギリスからの返還（一九九七年）以来、中国政府は香港に対し「一国二制度」を標榜《ひょうぼう》してきた。にもかかわらず香港の行政監督を、中央の操作による見せかけの「普通選挙」で決めようとした。それに反旗を翻《ひるがえ》したのが学生たち。真の民主化を訴えて立ち上がった。香港の幹線道路にバリケードを築き、デモをして、抗議の声をあげつづけている。学生代表が北京へ赴き、政府と話し合いをしようとしたが、拒否された。中国政府は、学生の動きをそもそも違法と断じているのだ。長期化は避けられないだろう。第二の天安門事件になりかねないという見方すらある。

学生の結集は、僕の世代には懐かしく映る。「学生運動の時代」の発端といわれるフランスの「五月革命」は、今も記憶に鮮やかだ。だがそれより前、日本では六〇年一月に

「全学連羽田空港占拠事件」があり、同年「六〇年安保闘争」も起きる。六月だった。国会・衆議院南通用門でのデモで、東大生の樺美智子《かんば》さんが亡くなった。

やがてベトナム戦争の泥沼化などに伴い、「中核派」、「革マル派」など学生運動は細分化され、激化の一途をたどった。六八、六九年には日本大学、岡山大学で機動隊員が死亡する事件も発生。七〇年代に入ると「派」どうしの内ゲバに発展する。革命左派の「上赤塚交番襲撃事件」（七〇年一二月。同派の柴野春彦が警官に射殺された）や、連合赤軍の「あさま山荘事件」（七二年二月）にまで行き着いてしまう。

学生運動は、大学だけではなかった。全国の高校へも燎原《りょうげん》の火のように広がっていた。僕は、高校一年が一九六〇年。上記「学生運動の時代」は、僕自身の学生時代に重なっている。僕が通う東京都立新宿高校は、完全に燎原の火におおわれていた。デモに参加した。青臭い政論の日々だった。僕は東京藝大へ進み、そこに政論はなかったが、夜は高校時代の友人たちと飲みながらの議論がつづいた。八〇年、韓国での「光州事件」。八九年北京での「天安門事件」。それらを頂点として、世界的に学生運動は終息に至った。以来、ノン・ポリティックス（非政争）がつづいている。日本の現下の状況に対しても、学生は無言だ。何とも、頼りないなぁ……。

と感じていたら、嬉しいニュースが聞こえてきた。ＳＡＳＰＬの活動だ。Students Against Secret Protection Law＝特定秘密保護法に反対する学生有志の会。この法律の危険性についてシンポジウムやデモを主催してきた。「作られた言葉ではなく、刷り込まれた意味でもなく、他人の声ではない私の意思を、私の言葉で、私の声で、主張することにこそ、意味があると思っています。私は私の自由と権利を守るために意思表示することを恥じません。そしてそのことこそが私の〈不断の努力〉であることを信じます」――この学生の声に、拍手を送りたい。学生の行動力は依然生きている。「頼りない」を、撤回！

（二〇一四年一二月八日号）

沖縄県新知事

先日、世田谷区の区鳥・オナガについて書いたら（本書三九一ページ）、一一月一六日の沖縄県知事選で翁《お》長《なが》雄志《たけし》さんが現職の仲井眞弘多《ひろかず》さんを破って、勝利を収めた。「オナガ」について書く時、翁長さんのことを想起したかというと、それは全くなかった。不思議な符合だ。

二六万一〇七六票の仲井眞さんに対し、翁長さんは三六万八二〇票。大差だ！ 米軍基地問題なかんずく普天間飛行場の辺野古移転に反対する翁長さんを、県民が支持した。これは、明白な結果である。

ついでにほか二人の候補者のことを。下《しも》地《じ》幹《みき》郎《お》さんが六万九四四七票。そして喜《き》納《な》昌《しょう》吉《きち》さん七八二一票。「泣きなさい、笑いなさい」――あの「花～すべての人の心に花を」の喜納さんだ。二〇〇四年に参院比例区で民主党から立候補し、当選。しかし二〇一〇年の同選で落選した、あの喜納さんだ。

あれは二〇〇三年だったか、喜納さんが戦火のイラクへ行く、という時、僕は仕事で那覇に滞在していた。「戦争より祭を——イラク訪問団」として、かの地でコンサートをやったはずである。当時、那覇近郊にわが友・池澤夏樹が住んでおり、彼の誘いで「喜納昌吉壮行会」に参加した。やや無手勝流の感もあるとはいえ、平和を希求する市民の声を代表している、と感じた。今回の知事選での低い得票率は、少し意外でもある（喜納さんのことについては第六巻六四ページ「沖縄からイラクへ」でもふれた）。

さて、今回の沖縄知事選の投票率だが、六四・一三パーセントと発表された。高くないと感じてしまうが、前回＝二〇一〇年一一月二八日が六〇・八八パーセントだったことを思えば、悪くない結果だ。しかし一九七六年、日本復帰から四年後の知事選の投票率は、実に八二・〇七パーセントである。今回、県民のもっと高い熱量を示してもらいたかったのも、実感。

蛇足めくが、沖縄県知事選と同じ日に投開票が行われた福岡市長選の投票率は、三八・七三パーセント。これは、ちょっと低すぎますね。選挙権の行使ということに、毅然《きぜん》とした尊厳を付加させてほしい。辺野古の問題は国の裁量であり、知事に権限はないという説もある。だが、翁長さんは言う――米軍基地を戦後六九年も放っておいて、今後五〇年も一〇〇年も依然沖縄に置いておくなどということは断じて許せない。沖縄人の基地への恐怖は皮膚感覚だ。基地問題を放置してしまったら、沖縄に生まれた政治家として将来の子や孫に責任が持てない。殺伐とした豊かさではなく、潤いのある豊かさを！

辺野古の海を、僕も知っている。宜野湾市の佐喜眞《さきま》美術館の屋上から普天間飛行場を眺めたこともある。嘉手納飛行場や、かつての「象の檻《おり》」（楚辺《そべ》通信所、二〇〇七年撤去）も、外からだが、見ている。沖縄から米軍基地をなくすことは、沖縄人だけでなく、日本国民の願いだ。もちろんその背後に、東アジアの平和と安定、近隣諸国との真の友好という問題があることもわかっている。容易に解決する問題ではないが、一歩ずつの、しかし確実な前進を、と新知事・翁長さんに大きな期待を寄せる。

（二〇一四年一二月一五日号）

盲学校弁論大会

やや旧聞に属する話だが、この一〇月三日、全国盲学校弁論大会全国大会で、特別審査員を務めた。毎日新聞社点字毎日、全国盲学校長会などの主催で、何と第八三回である。全国七地区の予選を勝ち抜いた九人が出場した。

九州地区代表の福岡県立福岡高等視覚特別支援学校高等部普通科二年、柿野明里さん（一七歳）の、「守りたい」と題されたスピーチを、概略だが紹介したい。

――生まれながらの弱視で、肢体不自由という障害も生来のもの。小・中学校と一般の学校へ通っていたころは、目立たないように、反感を買わないようにと、自分を偽ることで精いっぱいだった。

私には健常者の姉と障害者の母がいる。当時の私は姉が憎らしく、母親は恥ずかしい、いや障害者として自分を生んだことで、やはり憎いと思っていた。でも本当に憎いのは自分の体。苦しくて、何度も自分の手の甲を切りつけた。一番身近な二人に私の苦しみをわかってほしいのに……。すべてがどうでもいいという毎日。自傷行為をつづけ、「助けて」と無言で叫んだ。もう限界、と言うと、母は少し黙って、それから「転校、する？」とひと言。そして特別支援学校へ通い始めた。同じように障害のある生徒たちがいた。初めて「温かい」と思える人たちに出会った。そうなって初めて、母も姉も精神的にぼろぼろだったことに気づいた。

両親が離婚したのは、私が中学一年の時。障害のある母の負担にならないよう、私は父についていくことを決めた。それを告げると母は、「千晶（姉）も明里も、一人でも欠けたら生きていけん。二人ともママの生きがいなんやけん」と涙を流した。そう言って私の手を強く握った。その手の痛さは心地よくて、温かくて、嬉しくて……。それなのに、どうして忘れていたんだろう。私はもう二度と同じ過ちを繰り返さない。こんな私を大切に思ってくれている二人のためにも精一杯生きていく。そして今度は、何があっても、たとえ力がなくても、決して失いたくない二人を私は守っていきたい――。

この柿野さんが、優勝した。僕の配点でも第一位だった。とはいえ、他のかたがたの弁論もすばらしく、表彰式で講評を述べる僕の眼には、涙が溢《あふ》れつづけた。講評のなかで僕は、この大会の少し前に会った盲目のピアニスト＝辻井伸行君に触れた。オーケストラ・アンサンブル金沢とのラヴェルの協奏曲を聴いたのだが、その音色はかつて聴いたことがないくらい、透明で美しかった。コンサート後に会食をしたが、その明るさと食べっぷりに、僕はまたまた感じ入った。

障害とは、何だろうか……。伸行君の音の美しさは、彼の耳がつくり出している。やはり友人である梯《かけはし》剛之《たけし》君についても同様のことがいえる。

これは以前にお話ししたことだが、障害者ということに関してある時気づいた大切なことがある。繰り返しかもしれないが、十分に時が経った。次回にその話をしよう。

（二〇一四年一二月二二日号）

パーフェクト・マイナス（n＋1）

一九八一年、僕は愛媛県松山市の民放・南海放送の「父から子への歌声」というドキュメンタリー番組の音楽を担当した。主役は、松山出身で盲目のオルガニスト、チェンバリスト＝武久源造君（一九五七年〜）である。当時、彼は東京藝大の学部生かあるいは大学院生だったが、南海放送はその幼い日々から、折に触れ、源造君を撮っていたのだった。地方民放ならではのこの姿勢、素晴らしいと僕は考える。

源造君は才能あふれる音楽家だ。ソロはもちろんアンサンブルまで、積極的におこなっている。目が見えないのにアンサンブルが可能なのは、周囲の演奏の息づかいで合わせることが、彼にはできるからだ。

源造君の父親も音楽の先生で、やはり盲目。父子が将棋で遊ぶシーン。将棋盤はない。二人とも心の中に盤面があるのだ。「あ、ちょっと待った」「それはないよ。ダメ」などと、自在に指している。
東京で下宿に帰るのは、とっぷりと日が暮れたころ。真っ暗な部屋に入り、真っ暗な台所で自分用の夕食を作る。なるほど……電灯は不要なんだ……僕は感心した。またある日、源造君はやはり目の不自由な友人と喫茶店で談笑している。

「あのサ、目の見える人ってサ、手の届かない所にあるコップに、どのくらい水が入っているかわかるんだよな」「そうなんだよ。面白いなぁ、まるで宇宙人だ、アハハハハ」。このシーンを見た僕は、ショックを受けていた。信じられないほど明るいのだ、二人は。

この時、僕は気づいた。彼らは自分たちを「健常マイナス1」と感じていない。僕たちは「健常者」と称して、目の不自由な人を「マイナス1」と考えているが、それは違うのではないか。僕たち自身が気づいていないだけで、どこかの宇宙人から見たら実は具備していない能力がいくつもあるかもしれない。であれば、僕たちはすでに「マイナスn」（nは不定数）で、目の不自由な人は「パーフェクト・マイナス（n＋1）」だ。もちろん世の中は、現状の「健常人」に合わせて構築されているのだから「マイナス」が一つ多いことは、十分に不自由なはず。

とはいえ、僕らが自分たちをパーフェクトと感じ、目の不自由な人たちはマイナス1だから気の毒、と考えるのは不遜《ふそん》ではないか。

それどころか、何かがひとつ不自由な人は、別な感覚をすさまじく発達させることができる。前記源造君のみならず、かつての世界的名オルガニスト、ヘルムート・ヴァルヒャ（一九〇七～九一年、独）や、ピアニストの梯剛之《かけはしたけし》君や辻井伸行君など、その分析・解釈力や音色の美しさは、健常者では達せない高みにあるといって過言でない。

決して、健常者の驕《おご》りを持ちたくない。マイナスnの視座が肝要だ。僕は、源造君に教えられたあのショック以来ずっと、心の裡《なか》で思いつづけている。以上、前に（『空を見てますか… 1』六〇ページ、「もう一度、角度を変えて」）話したことだが……。

（二〇一五年一月五・一二日号）

バックステージ賞

日生劇場を擁する公益財団法人ニッセイ文化振興財団が、一九九五年から毎年、「ニッセイ・バックステージ賞」という顕彰を実施している。その要綱の「表彰対象」の項――舞台芸術を裏から支え、優れた業績をあげている舞台技術者＝広い意味での「裏方さん」。これまでの受賞者一覧に目を通せば、歌舞伎の床山さん、舞台監督、衣装制作、大道具、小道具、舞台照明、演劇鑑賞団体の運営など、実に多岐にわたっている。演劇だけではない。ピアノ調律者も受賞している。演劇の通訳で受賞した人もいる。

通訳の受賞者は二〇〇一年の垣ケ原《かきがはら》美枝さんで、演劇集団「円」のシェイクスピア作「から騒ぎ」（一九七九年）や、パルコ公演シェーファー作「ピサロ」（一九八五年）で、テレンス・ナップ氏（英）が来日・演出した折、音楽担当の僕もお世話になった。

サントリーホールはじめオーケストラ公演ですばらしい仕事をしてきたステージ・マネ

ージャー・宮崎隆男さんも、垣ケ原さんと同年に受賞している。ながねん「マーちゃん」と呼んで僕も親しい宮崎さんは、オーケストラ・メンバーの譜面台や椅子を並べるに際し、各人の好みの、それらの高さまで熟知している。日本楽壇の名物男といっていい存在で、僕が知り合った時から「マーちゃん」だ。なぜ「マーちゃん」かというと、マネージャーの「マ」なのであるらしい。それくらい、仕事と人物が結合しているわけ。

で、しばらく前から、僕はこの賞の選考委員の一人である。二〇一五年は、かつら制作の石川卓男氏（八九歳）と音響効果オペレーションの富田健治氏（七一歳）が選ばれた。僕は、富田さんとは古いつき合いだ。芝居には音楽や効果音など、音響の役割が小さくない。劇場で機器を操作するのが富田さんの仕事。舞台進行や役者の台詞にデリケートに添いながら音出しをしなければならない。おびただしい数の芝居の音楽を書いてきた僕は、それを現場で生かしてくれる富田さんに、その都度感謝してきた。

いっぽう映画界の「日本アカデミー賞」にも「特別賞」があり、僕はこちらも選考委員の一人だ。監督賞、主演・助演男優・女優賞や、音楽、美術、編集などの本賞にない部門で優れた仕事をした人を顕彰する。やはり道具や衣装関係、また結髪《けっぱつ》、殺陣《たて》など、これも多様。故・宇野一朗さんが受賞した時はとりわけ嬉しかった。僕が映画の仕事をする際に、いてくれなくてはならない人。先輩、故・武満徹《たけみつとおる》さんにとってもそれは同様だった。音楽コーディネーターという仕事である。故・黒澤明監督の秘書的な役目を長く務めたノンちゃん（野上照代さん）の受賞も、我がことのように喜んだ。

光が当たる部署ではないが、裏方さんがいなければ、どんな芝居も映画もつくれない。これは、あらゆる他の分野でも同じはず。「見えるもの」の裏には、重要な「見えないもの」が存在している。まちがいなく、人間は支えあって生きる動物なのである。

（二〇一五年一月一九日号）

池辺晋一郎（いけべ　しんいちろう）

作曲家。1943年水戸市生まれ。67年東京藝術大学卒業。71年同大学院修了。池内友次郎、矢代秋雄、三善晃氏などに師事。66年日本音楽コンクール第１位。同年音楽之友社室内楽曲作曲コンクール第１位。68年音楽之友社賞。以後ザルツブルクテレビオペラ祭優秀賞、イタリア放送協会賞３度、国際エミー賞、芸術祭優秀賞４度、尾高賞３度、毎日映画コンクール音楽賞３度、日本アカデミー賞優秀音楽賞９度、横浜文化賞、姫路市芸術文化大賞などを受賞。97年 NHK 交響楽団・有馬賞、2002年放送文化賞、04年紫綬褒章、18年文化功労者、JXTG 音楽賞、19 年水戸市文化栄誉賞。現在、日中文化交流協会理事長、東京オペラシティ、石川県立音楽堂、姫路市文化国際交流財団ほかの館長、監督など。東京音楽大学名誉教授。

作品：交響曲 No.1～10、ピアノ協奏曲 No.1～3、チェロ協奏曲、オペラ「死神」「耳なし芳一」「鹿鳴館」「高野聖」ほか、室内楽曲、合唱曲など多数。映画「影武者」「楢山節考」「うなぎ」、TV「八代将軍吉宗」「元禄繚乱」など。演劇音楽約 470 本。2009年３月まで 13 年間 TV「N 響アワー」にレギュラー出演。

著書に『空を見てますか…』第１巻～ 10 巻、『音のウチ・ソト』（以上、新日本出版社）のほか、『音のいい残したもの』『おもしろく学ぶ楽典』『ベートーヴェンの音符たち』『モーツァルトの音符たち』（音楽之友社）、『スプラッシュ』（カワイ出版）、『オーケストラの読みかた』（学習研究社）など。

空《そら》を見《み》てますか…11　人《ひと》の絆《きずな》、音楽《おんがく》とともに

2020年２月25日　初　版

著　者　池 辺 晋 一 郎
発行者　田　所　　稔

郵便番号　151-0051 東京都渋谷区千駄ヶ谷 4-25-6
発行所　株式会社　新日本出版社
電話　03（3423）8402（営業）
03（3423）9323（編集）
振替番号 00130-0-13681
印刷　亨有堂印刷所　　製本　小泉製本

落丁・乱丁がありましたらおとりかえいたします。

JASRAC　出 2000187-001

ISBN978-4-406-06470-5 C0095　Printed in Japan